S [illegible] KU

TERRY PRATCHETT

RÓWNO-
UMAGICZNIENIE

ŚWIAT DYSKU

TERRY PRATCHETT

RÓWNO-UMAGICZNIENIE

Przełożył
Piotr W. Cholewa

Prószyński i S-ka

Tytuł oryginału
EQUAL RITES

First published by Victor Gollancz Ltd,
an imprint of the Orion Publishing Group, London

Projekt graficzny serii
Zombie Sputnik Corporation

Ilustracja na okładce
©Josh Kirby/via Thomas Schlück GmbH

Redakcja
Dorota Malinowska

Redakcja techniczna
Jolanta Trzcińska

Korekta
Teresa Pajdzińska

Łamanie
Małgorzata Wnuk

ISBN 978-83-7648-686-4

Warszawa 2011

Fantastyka

Wydawca
Prószyński Media Sp. z o.o.
02-697 Warszawa, ul. Rzymowskiego 28
www.proszynski.pl

Druk i oprawa
OPOLGRAF Spółka Akcyjna
45-085 Opole, ul. Niedziałkowskiego 8–12

Tego samego autora polecamy:

KOLOR MAGII
★
BLASK FANTASTYCZNY
★
RÓWNOUMAGICZNIENIE
★
MORT
★
CZARODZICIELSTWO
★
ERYK
★
TRZY WIEDŹMY
★
PIRAMIDY
★
STRAŻ! STRAŻ!
★
RUCHOME OBRAZKI
★
NAUKA ŚWIATA DYSKU I, II, III
★
KOSIARZ
★
WYPRAWA CZAROWNIC
★
POMNIEJSZE BÓSTWA
★
PANOWIE I DAMY
★
ZBROJNI
★
MUZYKA DUSZY
★
CIEKAWE CZASY
★
MASKARADA
★
OSTATNI BOHATER
★
ZADZIWIAJĄCY MAURYCY I JEGO EDUKOWANE GRYZONIE
★
NA GLINIANYCH NOGACH
★
WIEDŹMIKOŁAJ
★
WOLNI CIUT LUDZIE
★
BOGOWIE, HONOR, ANKH-MORPORK
★
OSTATNI KONTYNENT
★
CARPE JUGULUM
★
PIĄTY ELEFANT
★
PRAWDA
★
ZŁODZIEJ CZASU
★
ZIMISTRZ
★
STRAŻ NOCNA
★
POTWORNY REGIMENT
★
PIEKŁO POCZTOWE
★
ŁUPS!
★
ŚWIAT FINANSJERY
★
HUMOR I MĄDROŚĆ ŚWIATA DYSKU
★
NIEWIDOCZNI AKADEMICY
★
W PÓŁNOC SIĘ ODZIEJĘ
★
NIUCH
★
ŻÓŁW PRZYPOMNIANY
★
PARA W RUCH
★
FOLKLOR ŚWIATA DYSKU
★
PASTERSKA KORONA

Dziękuję Neilowi Galmanowi, który wypożyczył nam ostatni ocalały egzemplarz Liber Paginarium Fulvarum *i pozdrawiam dzieciaki z Wakacyjnego Klubu H. P. Lovecrafta. Chciałbym wyraźnie zaznaczyć, że ta książka nie jest zwariowana. Tylko przygłupie rude panienki w serialach z lat pięćdziesiątych są zwariowane. Nie jest też błazeńska.*

Jest to opowieść o tym, czym jest magia i dokąd zmierza, a co ważniejsze, skąd przychodzi i po co. Poniższa historia nie pretenduje jednak do odpowiedzi na wszystkie te pytania.

Może jednak pomóc w wyjaśnieniu, dlaczego Gandalf nigdy się nie ożenił i dlaczego Merlin był mężczyzną. Ponieważ jest to również opowieść o seksie, choć raczej nie w sensie atletyczno-gimnastycznym, czy też w sensie „policz wszystkie nogi i podziel przez dwa". Chyba że postacie całkowicie wyrwą się spod kontroli autora. Co jest możliwe.

Jednakże przede wszystkim jest to opowieść o świecie. Oto on. Przyjrzyjmy się uważnie, gdyż efekty specjalne kosztowały naprawdę sporo.

Rozbrzmiewa basowa nuta. Ten głęboki, wibrujący akord sugeruje, że sekcja dęta lada chwila zagrzmi fanfarą na cześć kosmosu, albowiem scena przedstawia czerń dalekiej przestrzeni i tylko kilka gwiazd migocze niby łupież na kołnierzyku Boga.

I nagle pojawia się: większy od największego, najgroźniej uzbrojonego gwiezdnego krążownika z wyobraźni producenta filmowych widowisk: żółw, długi na dziesięć tysięcy mil. To Wielki A'Tuin, jeden z rzadkich okazów we Wszechświecie, gdzie rzeczy mniej są tym, czym być powinny, a bardziej tym, czym ludzie je sobie wyobrażają. Niesie na swej pooranej meteorami skorupie cztery gigantyczne słonie, a te na swych ogromnych grzbietach dźwigają wielki krąg świata Dysku.

Kiedy przemieszcza się punkt widzenia, w świetle maleńkiego, orbitującego słońca obserwator dostrzega cały świat. Są tu kontynenty, archipelagi, morza, pustynie, łańcuchy górskie, a nawet niewielka, centralna pokrywa lodowa. Tutejszych mieszkańców, co oczywiste, nie interesują klasyczne globalne teorie. Ich świat, otoczony ze wszystkich stron oceanem przez wieczność przelewającym się w kosmos w jednym nieprzerwanym wodospadzie, jest płaski jak geologiczna pizza, chociaż bez anchois.

Taki świat – istniejący wyłącznie dlatego, że bogowie lubią sobie pożartować – musi być miejscem, gdzie działa magia. I oczywiście seks.

Nadszedł wśród burzy i od razu można było w nim poznać maga. Po części z powodu długiego płaszcza i rzeźbionej laski, ale przede wszystkim dlatego, że krople deszczu zatrzymywały się kilka stóp nad jego głową i parowały obficie.

Działo się to w pięknej burzowej okolicy, w Górach Ramtopu, krainie ostrych szczytów, gęstych lasów i wąskich rzecznych kotlinek tak głębokich, że kiedy światło dnia docierało wreszcie do podłoża, czas mu już było się zbierać. Poszarpane strzępki chmur lgnęły do mniejszych szczytów poniżej górskiej ścieżki, którą – ślizgając się w błocie i potykając – podążał mag. Kilka kóz z niejakim zaciekawieniem obserwowało go przez zmrużone oczy. Niewiele trzeba, żeby zaciekawić kozy.

Czasami zatrzymywał się i podrzucał swą ciężką laskę. Zawsze spadała wskazując ten sam kierunek, a mag wzdychał, podnosił ją i podejmował trudny marsz.

Burza szła między wzgórzami na nogach z błyskawic, pokrzykując i warcząc.

Mag zniknął za zakrętem i kozy powróciły do przeżuwania.

Gdy nagle coś jeszcze zwróciło ich uwagę. Zesztywniały, szeroko otworzyły oczy i rozdęły nozdrza.

Było to dziwne, ponieważ ścieżka pozostała pusta. Jednak kozy wciąż obserwowały, jak coś przechodzi, póki nie zniknęło z pola widzenia.

Wieś skuliła się w wąskiej dolince pomiędzy porośniętymi lasem stromymi zboczami. Nie była to duża wioska i nie ukazywała jej żadna mapa okolicy. Ledwie była widoczna na mapie wioski.

Właściwie było to jedno z tych miejsc, które istnieją wyłącznie po to, żeby ktoś mógł z nich pochodzić. Wszechświat jest ich pełen: zagubionych wiosek, omiatanych wiatrem miasteczek pod szerokim niebem czy odosobnionych górskich chat. Jedyny ich ślad w historii to fakt, że są miejscami absolutnie zwykłymi, gdzie zaczęło się dziać coś absolutnie niezwykłego. Często upamiętnia to niewielka tablica pamiątkowa głosząca, że wbrew wszelkiemu ginekologicznemu prawdopodobieństwu ktoś bardzo sławny urodził się na ścianie.

Mgła kłębiła się między chatami, kiedy mag przekraczał wąski mostek nad wezbranym potokiem i kierował się do kuźni. Te dwa zdarzenia nie miały ze sobą nic wspólnego. Mgła kłębiłaby się i tak: była mgłą bardzo doświadczoną i doprowadziła kłębienie do poziomu sztuki.

W kuźni, oczywiście, zebrało się sporo ludzi. Jest to miejsce, gdzie można zawsze liczyć na dobry ogień i kogoś do pogawędki. Wieśniacy przysiedli w ciepłym mroku. Kiedy zbliżył się mag, wyprostowali się gwałtownie i próbowali przybrać inteligentny wyraz twarzy, na ogół bez większych sukcesów.

Kowal uznał, że nie musi przestrzegać takich form. Skinął magowi głową, ale było to powitanie równych sobie... a przynajmniej równych z punktu widzenia kowala. W końcu byle jaki mniej więcej kompetentny kowal poznał magię bardziej niż tylko przelotnie. Tak mu się przynajmniej wydaje.

Mag skłonił się. Biały kot śpiący obok paleniska ocknął się nagle i spojrzał na niego badawczo.

– Jak się nazywa ta wieś, panie? – zapytał przybysz.

Kowal wzruszył ramionami.

– Głupi Osioł.

– Głupi...?

– Osioł – powtórzył kowal takim tonem, jakby wzywał gościa, żeby spróbował sobie z tego zażartować.

Mag zamyślił się.

– Ta nazwa ma pewnie swoją historię – stwierdził w końcu. – W innych okolicznościach chętnie bym jej wysłuchał. Ale chciałbym porozmawiać z tobą, kowalu, o twoim synu.

– Którym? – spytał kowal.

Wśród gapiów rozległy się śmiechy. Mag uśmiechnął się także.

– Masz siedmiu synów, prawda? A sam jesteś ósmym synem?

Twarz kowala zmartwiała. Obejrzał się na wieśniaków.

– No dobra, przestaje padać – rzekł. – Uciekajcie stąd wszyscy. Ja i... – spojrzał na maga i podniósł brwi.

– Drum Billet – wyjaśnił mag.

– ...i pan Billet mamy do omówienia ważne sprawy.

Skinął młotem i publiczność opuściła kuźnię, po drodze oglądając się jeszcze na wypadek, gdyby mag zrobił coś ciekawego.

Kowal wyjął spod blatu dwa stołki. Z szafki obok pojemnika z wodą wyciągnął butelkę i do dwóch bardzo małych kieliszków nalał przejrzystego płynu.

Obaj mężczyźni usiedli i przez chwilę obserwowali deszcz i mgłę kłębiącą się nad mostem. Wreszcie odezwał się kowal:

– Wiem, o którego syna wam chodzi. Babcia Weatherwax jest teraz przy mojej żonie. Ósmy syn ósmego syna... Faktycznie, coś przemknęło mi przez myśl, ale nie zwracałem na to uwagi. No tak... Mag w rodzinie, co?

– Szybko się pan zorientował – zauważył Billet.

Biały kot zeskoczył z legowiska, przebiegł po podłodze i jednym susem znalazł się na kolanach przybysza. Tam zwinął się w kłębek. Cienkie palce maga z roztargnieniem gładziły jego sierść.

– No tak... – powtórzył kowal po raz drugi. – Mag w Głupim Ośle, zgadłem?

– Możliwe, możliwe – przyznał Billet. – Oczywiście najpierw musi pójść na Uniwersytet. Naturalnie, może sobie tam doskonale poradzić.

Kowal dokładnie rozważył tę ideę i uznał, że bardzo mu odpowiada. Nagle coś przyszło mu do głowy.

– Chwileczkę... Próbuję sobie przypomnieć, co mówił mój ojciec. Podobno mag, który wie, że ma umrzeć, może tak jakby przekazać swoją tak jakby magiczność tak jakby następcy. Zgadza się?

– Nie słyszałem jeszcze równie skrótowego opisu, ale owszem.

– Czyli macie tak jakby umrzeć?

– Tak jest.

Kot mruczał cicho, gdy wąskie palce drapały go za uchem.

Kowal zakłopotał się wyraźnie.

– Kiedy?

Mag zamyślił się na moment.

– Za jakieś sześć minut – stwierdził.

– Och.

– Proszę się nie martwić. Prawdę mówiąc, oczekuję już tego. Słyszałem, że to zupełnie bezbolesne.

Kowal pomyślał chwilę.

– A kto wam powiedział? – zapytał.

Mag udał, że nie dosłyszał. Obserwował most, czekając na znaczącą turbulencję wśród mgły.

– Do rzeczy – odezwał się kowal. – Wytłumaczcie mi lepiej, jak się wychowuje maga, bo, widzicie, w naszej okolicy nie ma ani jednego i...

– Wszystko samo się ułoży – wyjaśnił uprzejmie Billet. – Magia mnie tutaj doprowadziła i magia się wszystkim zajmie. Jak zwykle zresztą. Czyżbym słyszał krzyk?

Kowal spojrzał w sufit. Poprzez szum potoku przebił się odgłos pary nowych płuc pracujących z pełną mocą.

Mag uśmiechnął się.

– Niech go tu przyniosą – polecił.

Kot usiadł nagle i spojrzał zaciekawiony w szerokie wrota kuźni. Kiedy podniecony kowal wołał kogoś z pięterka, kot zeskoczył i ruszył wolno przed siebie, mrucząc głośno jak piła.

Ze schodów zeszła wysoka siwowłosa kobieta, dźwigając opatulone kocem zawiniątko. Kowal podprowadził ją szybko do miejsca, gdzie siedział mag.

– Ale... – zaczęła.

– To bardzo ważne – oświadczył poważnym tonem kowal. – Co teraz, panie?

Mag podniósł laskę. Była długości człowieka i grubości ręki w przegubie, pokryta rzeźbionymi znakami, które zdawały się zmieniać w oczach kowala. Całkiem jakby nie chciały, żeby zobaczył, jak wyglądają.

– Dziecko musi ją chwycić – wyjaśnił Drum Billet.

Kowal skinął głową i pogmerał pod kocem, aż znalazł maleńką różową dłoń. Przysunął ją delikatnie do drewna. Paluszki chwyciły laskę.

– Ale... – powtórzyła akuszerka.

– Wszystko w porządku, Babciu – przerwał jej kowal. – Wiem, co robię. Jest czarownicą, panie. Nie zwracajcie na nią uwagi. Dobrze. Co teraz?

Gość milczał.

– Co mam teraz zro...

Kowal urwał nagle. Pochylił się, by spojrzeć na twarz maga. Drum Billet uśmiechał się, ale trudno powiedzieć, co go tak rozbawiło.

Kowal oddał dziecko zirytowanej akuszerce. Potem z szacunkiem odgiął zaciśnięte na lasce wąskie, blade palce.

Laska była dziwna w dotyku, trochę śliska, jakby naelektryzowana. Samo drewno pociemniało, ale rzeźbione znaki były jaśniejsze. Oczy bolały, kiedy człowiek próbował dokładnie się im przyjrzeć.

– Zadowolony jesteś z siebie? – spytała akuszerka.

– Co? A tak, szczerze mówiąc tak. A bo co?

Odchyliła róg koca. Kowal spojrzał i nerwowo przełknął ślinę.

– Nie... – wyszeptał. – On mówił...

– A co on mógł o tym wiedzieć? – prychnęła pogardliwie Babcia.

– Powiedział, że to będzie syn!

– Nie wygląda mi to na syna, drogi chłopcze.

Kowal opadł na stołek i ukrył twarz w dłoniach.

– Co ja narobiłem? – jęknął.

– Dałeś światu pierwszego żeńskiego maga – odparła akuszerka. – I cio telaź, maciupcia moja?

– Co?

– Mówiłam do dziecka.

Kot mruczał głośno i prężył grzbiet, jakby ocierał się o nogi starego przyjaciela. Co dziwne, ponieważ nikogo tam nie było.

– To było nierozsądne – odezwał się głos tonem, którego nie mógł usłyszeć żaden ze śmiertelnych. – Założyłem, że magia wie, co robi.

MOŻE I WIE.

– Gdybym tylko mógł coś na to poradzić...

NIE MA POWROTU. NIE MA POWROTU, oznajmił głos głęboki i ciężki jak zatrzaskujące się wrota krypty.

Smużka nicości, która niedawno była Drumem Billetem, zastanowiła się przez chwilę.

– Przecież ta mała będzie miała mnóstwo kłopotów.

TAKIE PRZECIEŻ JEST ŻYCIE. TAK MI MÓWIONO. NATURALNIE, SAM NIE MAM O TYM POJĘCIA.

– A co z reinkarnacją?

Śmierć zawahał się.

NIE SPODOBA CI SIĘ, stwierdził. UWIERZ MI NA SŁOWO.

– Słyszałem, że niektórzy robią to bez przerwy.

KONIECZNE JEST PRZESZKOLENIE. MUSISZ ZACZYNAĆ NISKO I POWOLI PRZESUWAĆ SIĘ CORAZ WYŻEJ. NIE MASZ POJĘCIA, JAKIE TO STRASZNE BYĆ MRÓWKĄ.

– Aż tak źle?

NIE UWIERZYŁBYŚ. A PRZY TWOJEJ KARMIE TRUDNO OCZEKIWAĆ AŻ MRÓWKI.

Dziecko wróciło do matki, a kowal posępnie wpatrywał się w ściekające z okapu kuźni krople wilgoci.

Drum Billet z roztargnieniem podrapał kota za uchem i pomyślał o swoim życiu. Trwało długo, co jest jednym z przywilejów zawodu maga. Dokonał wielu rzeczy, z których nie zawsze był dumny. Najwyższa już pora...

CZAS NAS GONI, przypomniał Śmierć.

Mag spojrzał w dół, na kota, i po raz pierwszy uświadomił sobie, jak dziwacznie wygląda zwierzę.

Żywi często nie zdają sobie sprawy z tego, jak skomplikowany jest świat, kiedy człowiek już umrze. To dlatego, że śmierć uwalnia umysł z kaftana bezpieczeństwa trzech wymiarów, a także odcina go od czasu, który w końcu jest tylko jeszcze jednym wymiarem. W związku z tym kot ocierający się o niewidzialne nogi maga był niewątpliwie tym samym kotem, którego mag widział kilka minut temu, ale całkiem wyraźnie był też maleńkim kociakiem, tłustym, na wpół ślepym kocurem i wszystkimi etapami pomiędzy nimi. Jednocześnie. Ponieważ zaczynał jako maleństwo, przypominał teraz białą, kotokształtną marchewkę. Ten opis musi wystarczyć, dopóki ludzie nie wprowadzą odpowiedniejszych czterowymiarowych przymiotników.

Kościsty palec Śmierci stuknął lekko Billeta w ramię.

CHODŹMY JUŻ, SYNU.

– Czy nic nie mogę zrobić?

ŻYCIE JEST DLA ŻYWYCH. ZRESZTĄ ZOSTAWIŁEŚ JEJ SWOJĄ LASKĘ.

– Tak, to prawda.

Akuszerka nazywała się Babcia Weatherwax. Była czarownicą. W Ramtopach nikomu to nie przeszkadzało i nikt nie mówił o czarownicach złego słowa. W każdym razie, jeśli chciał się rano zbudzić w tej samej postaci, w jakiej kładł się do łóżka.

Kowal spoglądał zadumany w deszcz. Czarownica zeszła po schodach i położyła mu pomarszczoną dłoń na ramieniu.

Podniósł głowę.

– Co robić, Babciu? – zapytał. W jego głosie zabrzmiała całkiem niechciana, błagalna nuta.

– Co zrobiłeś z magiem?

– Położyłem go w komórce na drewno. Można tak?

– Na razie wystarczy – potwierdziła. – A teraz musisz spalić laskę.

Oboje obejrzeli się na ciężką laskę, opartą o ścianę w najciemniejszym kącie kuźni. Zdawało się niemal, że się im przygląda.

– Przecież jest magiczna – wyszeptał kowal.

– No więc?

– Czy będzie się palić?

– Nie spotkałam jeszcze drewna, które by się nie paliło.

– Przecież tak nie można.

Babcia Weatherwax zatrzasnęła szerokie wrota i zmierzyła go groźnym wzrokiem.

– Wysłuchaj mnie, Gordo Kowalu! – rzekła. – Kobiety nie mogą być magami! To dla kobiet nieodpowiednia magia, te czary magów: same księgi, gwiazdy i gommetria. Ona nigdy się tego nie nauczy. Czy kto słyszał kiedy o magu-kobiecie?

– Są czarownice – stwierdził niepewnie kowal. – I podobno również czarodziejki.

– Czarownice to zupełnie inna sprawa – burknęła Babcia Weatherwax. – Ich magia pochodzi z ziemi, nie z nieba. Mężczyźni w życiu nie potrafią jej zrozumieć. A co do czarodziejek – dodała – to nie próbują być lepsze niż im wypada. Posłuchaj mojej rady: spal tę laskę, pochowaj ciało i pilnuj, żeby nic takiego się więcej nie powtórzyło.

Kowal niechętnie skinął głową, podszedł do paleniska i dmuchnął miechami, aż poleciały iskry. Potem wrócił po laskę.

Nie chciała się ruszyć.

– Nie chce się ruszyć!

Pot wystąpił mu na czoło, kiedy raz za razem szarpał za drewno. Pozostało niewzruszone

– Daj, ja spróbuję – powiedziała Babcia i wyciągnęła rękę. Coś trzasnęło i zapachniało przypaloną cyną.

Pojękując cicho kowal przebiegł przez kuźnię do przeciwległej ściany, gdzie do góry nogami wylądowała Babcia.

– Dobrze się czujecie?

Jej oczy przypominały dwa błyszczące gniewnie diamenty.

– A więc to tak... – powiedziała. – Rozumiem.

– Co niby tak? – Kowal niczego nie rozumiał.

– Pomóż mi wstać, durniu jeden. I przynieś siekierę.

Ton jej głosu sugerował, że okazywanie nieposłuszeństwa byłoby posunięciem dalece nierozsądnym. Kowal przeszukał nerwowo stos złomu i po chwili znalazł stary dwuręczy topór.

– Dobrze. A teraz ściągaj fartuch.

– Dlaczego? Co chcecie zrobić? – przestraszył się kowal, który zaczynał już tracić kontakt z rzeczywistością.

Babcia westchnęła zniechęcona.

– To jest skóra, ty idioto. Mam zamiar owinąć nią uchwyt. Dwa razy nie dam się złapać na tę samą sztuczkę.

Kowal zrzucił ciężki skórzany fartuch i wręczył pokornie czarownicy. Owinęła stylisko i raz czy dwa na próbę machnęła toporem w powietrzu. Potem – pajęcza sylwetka w blasku gorejącego paleniska – podkradła się i stęknąwszy z wysiłku i emocji, uderzyła ciężkim ostrzem w sam środek laski.

Coś szczęknęło. Zabrzmiał dźwięk podobny do wrzasku kuropatwy. Potem głuchy stuk.

I cisza.

Nie poruszając głową kowal bardzo powoli uniósł rękę i dotknął ostrza topora. Nie tkwiło już na stylisku. Wbiło się we wrota, tuż obok jego głowy, przy okazji ścinając maleńki skrawek ucha.

Sylwetka Babci wydawała się lekko rozmyta od wibracji po uderzeniu w absolutnie nieruchomy obiekt. Wpatrywała się w odłamek drewna w ręku.

– Nnno dobbbbbrzrzrze – zająknęła się. – Wwww takiiimmm rrrazzzzie...

– Nie – przerwał jej stanowczo kowal. Potarł skaleczone ucho. – Cokolwiek chcecie zaproponować, nie. Zostawcie to. Przysypię ją jakimiś śmieciami. Nikt nie zauważy. Zostawcie. Przecież to tylko kij.

– Tylko kij?

– A macie jakieś lepsze pomysły? Może taki, po którym nie stracę głowy?

Babcia spojrzała na laskę, która sprawiała wrażenie, jakby nie zwracała na nią uwagi.

– Nie w tej chwili – przyznała Babcia. – Ale daj mi tylko odrobinę czasu...

– Dobrze, dobrze. W każdym razie mam teraz trochę roboty, jakichś magów do pogrzebania... Sami wiecie, jak to jest.

Zza tylnych drzwi wyjął łopatę i zawahał się.

– Babciu...

– Co?

– Wiecie, jak lubią być chowani magowie?

– Tak!

– No to jak?

Babcia Weatherwax zatrzymała się u stóp schodów.

– Wcale!

Jakiś czas później łagodnie zapadła noc. Resztki powolnego światła Dysku spłynęły z doliny, a blady, spłukany deszczem księżyc zabłysnął na usianym gwiazdami niebie. W mrocznym sadzie obok kuźni rozlegały się z rzadka brzęki szpadla o kamień, a czasem stłumione przekleństwa.

W kołysce na pięterku pierwsza kobieta-mag tego świata śniła o czymś nieistotnym.

Biały kot drzemał na swojej osobistej półce niedaleko paleniska. W ciepłej, ciemnej kuźni jedynym dźwiękiem był trzask węgli stygnących pod popiołem.

Laska stała w kącie, tam gdzie chciała pozostać, otulona cieniami odrobinę bardziej czarnymi, niż zwykle bywają cienie.

Czas płynął, co jest w zasadzie jego obowiązkiem.

Coś brzęknęło cicho i poruszyło się powietrze. Po chwili kot usiadł i zaczął przyglądać się z zaciekawieniem.

Nadszedł świt. Tu, w Ramtopach, świt zawsze robi duże wrażenie, zwłaszcza kiedy burza oczyściła powietrze. Z doliny, gdzie leżała wieś Głupi Osioł, rozpościerała się panorama pomniejszych gór, zabarwionych purpurą i pomarańczem w zalewającym je z wolna porannym blasku (z wolna, ponieważ w silnym polu magicznym Dysku światło podróżuje w tempie raczej spacerowym). Dalekie równiny nadal były rozlewiskiem cienia. Jeszcze dalej słabą iskierką rozbłyskiwało czasem morze.

Właściwie roztaczał się stąd widok aż do krańca świata.

Nie była to poetycka metafora, ale realny fakt, jako że świat był zdecydowanie płaski. Wiadomo też, że płynął w kosmosie na grzbietach czterech słoni, które z kolei podróżowały na skorupie Wielkiego A'Tuina, Ogromnego Żółwia Niebios.

W dolinie wioska Głupi Osioł budziła się do życia. Kowal wszedł właśnie do kuźni i stwierdził, że jest wysprzątana lepiej niż przez ostatnie kilkaset lat, wszystkie narzędzia leżą na właściwych miejscach, ktoś zamiótł podłogę, a w palenisku płonie ogień. Kowal siedzi teraz na kowadle, przeniesionym na drugi koniec izby, obserwuje laskę i usiłuje myśleć.

Przez całe siedem lat nic się właściwie nie wydarzyło. Tylko jedna z jabłoni w sadzie obok kuźni urosła wyraźnie wyższa od pozostałych. Często wspinała się na nią dziewczynka ze szparą między przednimi zębami, o kasztanowych włosach i rysach twarzy obiecujących, że w przyszłości stanie się, jeśli nawet nie piękna, to przynajmniej atrakcyjnie interesująca.

Nazwano ją Eskarina – bez szczególnego powodu. Po prostu jej matce spodobało się brzmienie tego słowa. Babcia Weatherwax obserwowała ją pilnie, nie zauważyła jednak żadnych znaków działania magii. To prawda, dziewczynka częściej, niż zwykle dziewczynki wspinała się na drzewa i w ogóle dokazywała, ale takiej, która ma w domu tylu braci, wiele można wybaczyć. Czarownica uspokoiła się zatem i zaczynała już wierzyć, że magia nie zapuściła korzeni.

Magia jednak ma w zwyczaju czekać w ukryciu niby grabie leżące w trawie.

Znowu nadeszła zima i była ostra. Chmury niczym wielkie tłuste owce zawisły nad Ramtopami. Zasypywały kotliny śniegiem, a lasy zmieniały w milczące, mroczne groty. Przełęcze były nieprzejezdne i karawany miały powrócić dopiero na wiosnę. Głupi Osioł stała się niewielką wysepką ciepła i światła.

– Martwię się o Babcię Weatherwax – odezwała się przy śniadaniu matka Esk. – Nie widziałam jej ostatnio.

Kowal spojrzał na nią ponad łyżką owsianki.

– Ja tam nie narzekam – stwierdził. – Ona...

– Ona ma długi nos – wtrąciła Esk.

Rodzice zmierzyli ją gniewnymi spojrzeniami.

– Nikt cię nie prosił o takie uwagi – oświadczyła surowo matka.

– Ale tato powiedział, że ona stale wtyka swój...

– Eskarino!

– Przecież mówił...

– Powiedziałam!

– Tak, ale tato mówił, że...

Kowal wyciągnął rękę i dał jej klapsa. Niezbyt mocno, zresztą natychmiast zrobiło mu się przykro. Synowie dostawali ręką albo pasem, kiedy tylko zasłużyli na lanie. Problem z córką nie polegał na zwykłym nieposłuszeństwie, ale na jej irytującym zwyczaju drążenia tematu dyskusji długo po tym, kiedy powinno się go już zakończyć. Kowala zawsze doprowadzało to do pasji.

Dziewczynka wybuchnęła płaczem. Kowal wstał, zły na siebie i zakłopotany. Głośno tupiąc pomaszerował do kuźni.

Rozległ się trzask i głuchy stuk.

Znaleźli go nieprzytomnego na podłodze. Potem utrzymywał, że uderzył głową o framugę drzwi. To dziwne, ponieważ nie był zbyt wysoki i zawsze swobodnie pod nimi przechodził. Był jednak całkowicie pewien, że cokolwiek się zdarzyło, nie miało żadnego związku z podejrzanym błyskawicznym poruszeniem w najciemniejszym kącie kuźni.

Wydarzenia naznaczyły jakoś ten dzień. Stał się dniem potłuczonych naczyń, dniem ludzi wchodzących sobie w drogę i trapionych złym humorem. Mama Esk upuściła dzbanek, który należał jeszcze do jej babki, a na stryszku nadgniła cała skrzynka jabłek. W kuźni ogień nie chciał się rozpalić, a komin nie ciągnął. Jaims, najstarszy syn, pośliznął się na drodze i zwichnął rękę. Biały kot, czy może jeden z jego potomków, jako że koty prowadziły własne, dyskretne i skomplikowane życie w stodole obok kuźni, wlazł do komina nad kuchnią i nie chciał wyjść. Nawet niebo przygniatało wszystkich niczym stary materac, a powietrze mimo mrozu wydawało się duszne.

– Dość już tego! Mam dosyć! – krzyknęła mama Esk. – Cern, ty z Gultą i Esk moglibyście sprawdzić, jak się czuje Babcia i... gdzie Esk?

Dwaj najmłodsi chłopcy wyjrzeli spod stołu, gdzie bili się bez przekonania.

– Poszła do sadu – wyjaśnił Gulta. – Znowu.

– No to zawołaj ją i ruszajcie.

– Ale jest zimno!

– Zaraz będzie padać śnieg!

– To tylko mila, droga jest czysta, a jak spadł pierwszy śnieg, to kto tak się wyrywał na dwór? Idźcie już i nie wracajcie, dopóki się nie uspokoicie.

Znaleźli Esk w rozwidleniu konarów wielkiej jabłoni. Chłopcy nie lubili tego drzewa. Przede wszystkim tak gęsto porastała je jemioła, że nawet zimą było zielone. Poza tym dawało owoce małe, które jednego dnia były tak kwaśne, że aż wykrzywiały, a następnego już przegniłe i atrakcyjne tylko dla much. Wydawało się, że na jabłoń łatwo się wspiąć, ale miała zwyczaj łamania gałęzi pod stopami w najbardziej nieodpowiednich momentach. Cern przysięgał, że kiedyś konar odwrócił się, żeby go zrzucić na ziemię. Drzewo tolerowało Esk, która wspinała się na nie, kiedy była zła, zmęczona albo zwyczajnie chciała zostać sama. Chłopcy wyczuwali, że święte braterskie prawo do łagodnego dręczenia siostry ulega u stóp pnia zawieszeniu.

Dlatego teraz tylko rzucili w Esk śnieżką. Nie trafili.

– Idziemy w odwiedziny do starej Weatherwax.

– Ale ty możesz zostać.

– Bo będziesz się wlec za nami, a zresztą i tak się pewnie rozpłaczesz.

Esk z powagą spojrzała na nich z góry. Rzadko płakała – zwykle nie przynosiło to efektów.

– Jeśli nie chcecie, żebym poszła, to pójdę – oświadczyła.

Między rodzeństwem takie wnioski uchodzą za logiczne.

– Ależ chcemy, żebyś poszła – zapewnił pospiesznie Gulta.

– Miło mi to słyszeć.

Esk zeskoczyła na ubity śnieg.

Zabrali ze sobą kosz z wędzoną kiełbasą, jajkami oraz – ponieważ matka była osobą nie tylko wielkoduszną, ale i gospodarną – wielki słój brzoskwiniowych konfitur, których nikt w rodzinie specjalnie nie lubił. Ale i tak przygotowywała je co roku, kiedy dojrzewały drobne dzikie brzoskwinie.

Mieszkańcy Głupiego Osła umieli sobie radzić podczas surowych zim. Ustawiali deski wzdłuż dróg, żeby chronić je od zasp, a co ważniejsze, żeby chronić podróżnych przed zabłądzeniem. Dla miejscowych nie było to szczególnie niebezpieczne, gdyż jakiś zapoznany geniusz z rady wioski, żyjący przed kilkoma pokoleniami, wpadł na pomysł wycinania znaczników na co dziesiątym drzewie w okolicznym lesie, w promieniu prawie dwóch mil. Trwało to całe wieki i odnawianie ich zawsze dostarczało zajęcia każdemu, kto znalazł wolną chwilę. Jednak podczas zimy, kiedy przy zawiei człowiek może się zgubić o kilka sążni od domu, wymacywane pod śniegiem nacięcia wielu już ocaliły życie.

Śnieg znów zaczął padać, kiedy dzieci zeszły z drogi na ścieżkę prowadzącą do miejsca, gdzie latem chatka czarownicy wznosiła się wśród gąszczu jeżyn i kęp dziwacznej czarciej trawy.

– Żadnych śladów – zauważył Cern.

– Oprócz lisich – dodał Gulta. – Ona podobno może się zamienić w lisa. Albo w coś innego. Nawet w ptaka. We wszystko. Dlatego zawsze wie, co się dzieje.

Rozejrzeli się czujnie. Rzeczywiście, nastroszony kruk obserwował ich z oddalonego pniaka.

– Słyszałem, że pod Pękniętym Szczytem żyje rodzina, w której wszyscy umieją się zmieniać w wilki – poinformował Gulta. Nie chciał porzucać tak obiecującego tematu. – Którejś nocy ktoś postrzelił wilka, a następnego dnia ich ciotka kulała i miała ranę od strzały w nodze. I...

– Nie wierzę, żeby ludzie mogli się zmieniać w zwierzęta – oświadczyła wolno Esk.

– Nie, panno Mądralińska?

– Babcia jest całkiem spora. Gdyby zmieniła się w lisa, co by zrobiła ze wszystkimi kawałkami, które by się nie zmieściły?

– Zaczarowałaby je – wyjaśnił Cern.

– Nie sądzę, żeby tak działała magia – powiedziała Esk. – Nie można tak po prostu czegoś sprawić. To... to jak na huśtawce: kiedy jeden koniec pchniesz w dół, drugi wyskakuje do góry...

Umilkła.

Bracia spojrzeli na nią z wyższością.

– Nie wyobrażam sobie Babci na huśtawce – oświadczył Gulta.

Cern zachichotał.

– Nie... Chciałam powiedzieć, że... kiedy coś się zdarza, musi się też wydarzyć coś innego... Tak myślę – zakończyła niepewnie Esk, ostrożnie wybierając drogę między głębszymi niż zwykle zaspami. – Tyle że... no... w drugą stronę.

– To głupie – ocenił Gulta. – Pamiętasz jarmark latem? Był tam czarodziej i wyczarowywał ptaki z niczego. Rozumiesz, to się po prostu działo: powiedział jakieś zaklęcie, pomachał rękami i już. Nie było żadnych huśtawek.

– Była karuzela – przypomniał Cern. – I takie miejsce, gdzie trzeba rzucać różnymi rzeczami w różne inne rzeczy, żeby wygrać jeszcze inne różne rzeczy. A ty do niczego nie trafiłeś, Gul.

– Ty też nie. Mówiłeś, że te rzeczy są przyklejone do tych innych rzeczy i nie można ich strącić. Tak powiedziałeś.

Ich rozmowa zeszła z tematu niczym para szczeniaków ze ścieżki. Esk słuchała jednym uchem. Wiem, o co mi chodzi, powiedziała sobie. Magia jest łatwa: wystarczy znaleźć miejsce, gdzie wszystko się równoważy, i pchnąć. Każdy może to zrobić. Nie ma w tym nic magicznego. Wszystkie te śmieszne słowa i machanie rękami to tylko... to dla...

Przystanęła zdziwiona. Wiedziała, o co chodzi. Myśl zawisła tuż obok, tuż przed jej umysłem. Ale nie potrafiła wyrazić jej słowami, nawet mówiąc do siebie.

To straszne uczucie, odkryć w głowie jakąś myśl i nie wiedzieć, skąd się wzięła. To...

– Chodź, bo stracimy cały dzień.

Potrząsnęła głową i pobiegła za braćmi.

Chatka czarownicy składała się z tylu przybudówek i szop, że trudno było się domyślić, jak wyglądał główny budynek, a nawet czy w ogóle taki istniał. Latem otaczały ją gęste zagony czegoś, co Babcia ogólnie nazywała „Ziołami" – niezwykłych roślin, rozgałęzionych, niskich albo pnących, z dziwnymi kwiatami, jaskrawymi owocami czy nieprzyjemnie nabrzmiałymi strąkami. Tylko Babcia wiedziała, do czego mogą służyć, a każdy gołąb dostatecznie głupi, żeby się na nie rzucić, wychodził z gąszczu chichocząc do siebie i wpadając na przeszkody. A czasami nigdy się nie wynurzał.

Teraz wszystko pokrywał śnieg. Smętny rękaw wskaźnika wiatru obijał się o słup. Babcia nie przepadała za lataniem, ale niektóre jej przyjaciółki nadal używały mioteł.

– Wygląda na opuszczony – stwierdził Cern.

– Nie widać dymu – dodał Gulta.

Okna są jak oczy, pomyślała Esk, ale zachowała to dla siebie.

– To przecież tylko chata Babci – powiedziała głośno. – Nie ma w niej nic strasznego.

Domek emanował pustką. Cała trójka to wyczuwała. Okna rzeczywiście przypominały oczy, czarne i groźne na białym śnieżnym tle. W dodatku nikt w Ramtopach nie dopuszczał, by zimą w palenisku wygasł ogień. Była to kwestia honoru.

„Wracajmy do domu", chciała zaproponować Esk, ale zdawała sobie sprawę, że chłopcy przystaliby na to natychmiast. Dlatego powiedziała tylko:

– Mama mówiła, że klucz do drzwi wisi na gwoździu w wygódce. To nie był dobry pomysł. Nawet zwyczajna nieznana wygódka kryje w sobie pewne zagrożenia, na przykład gniazda szerszeni, wielkie pająki, tajemnicze rzeczy szeleszczące na dachu, czy wręcz małego niedźwiedzia pogrążonego w zimowym śnie. Stał się on powodem ostrego zatwardzenia u wszystkich członków rodziny kowala, dopóki nie przekonano go, że do spania lepsza jest stodoła.

W wygódce czarownicy może się znaleźć... wszystko.

– Pójdę i rozejrzę się, dobrze? – dodała.

– Jeśli chcesz – zgodził się od niechcenia Gulta, niemal skutecznie kryjąc uczucie ulgi.

Okazało się, kiedy Esk zdołała jakoś otworzyć zasypane śniegiem drzwi, że wygódka jest czysta i nie ma w niej niczego groźniejszego od starego almanachu. A dokładniej połowy starego almanachu, starannie zawieszonego na gwoździu. Babcia miała filozoficzne obiekcje dotyczące czytania, ale na pewno nie zgodziłaby się z tezą, że książki nie nadają się do niczego. Zwłaszcza książki z ładnymi, cienkimi kartkami.

Klucz leżał na półce przy drzwiach obok poczwarki i ogarka świecy. Esk wzięła go ostrożnie, żeby nie drażnić poczwarki, po czym biegiem wróciła do chłopców.

Nie warto było sprawdzać drzwi frontowych. W Głupim Ośle przechodziły przez nie jedynie panny młode i trupy. Babcia starała się nie być ani jednym, ani drugim. Na tyłach domu zaspa blokowała drzwi kuchenne i nikt nie rozbił lodu na wodzie w beczce.

Światło spływało już z nieba, zanim dokopali się do drzwi i przekonali klucz do wykonania obrotu.

Wewnątrz wielka kuchnia była ciemna i zimna, i pachniała wyłącznie śniegiem. Ciemno było tu zawsze, jednak przyzwyczaili się do widoku ognia na szerokim kominku i ciężkich aromatów tego, co akurat Babcia gotowała, a co czasami sprowadzało ból głowy, a czasami wizje.

Kręcili się niepewnie dookoła i nawoływali, aż Esk doszła do wniosku, że nie da się dłużej odkładać wejścia na górę. Trzask skobla przy drzwiach na schody zabrzmiał o wiele głośniej niż powinien.

Babcia leżała w łóżku, ciasno obejmując rękami piersi. Małe okienko było otwarte na oścież. Drobny śnieg pokrywał podłogę i łóżko.

Esk wpatrywała się w pikowaną kołdrę pod ciałem staruszki, ponieważ zdarzają się takie chwile, kiedy jakiś drobny szczegół potrafi rozrosnąć się i wypełnić cały świat. Właściwie nie słyszała, jak Cern zaczął płakać; przypomniała sobie, że jej ojciec – choć zabrzmi to dziwnie – sam uszył tę kołdrę dwie zimy temu, kiedy śnieg napadał prawie tak samo głęboko i w kuźni nie było nic do roboty. Wykorzystał przeróżne gałgany, które przywędrowały do Głupiego Osła z całego świata: takie jak jedwąb, dylematowa skóra, wodna bawełna i wełna thargi. A że nie był dobrym krawcem, rezultat otrzymał dość dziwny i nierówny, bardziej przypominający płaskiego żółwia niż kołdrę, więc mama postanowiła wielkodusznie podarować ją Babci w ostatnią Noc Strzeżenia Wiedźm, i...

– Czy ona umarła? – zapytał Gulta, jak gdyby Esk była w tych sprawach ekspertem.

Esk przyjrzała się Babci Weatherwax. Twarz staruszki zdawała się sina i wychudła. Czy tak wyglądają nieżywi? Czy jej pierś nie powinna unosić się rytmicznie?

Gulta wziął się w garść.

– Za chwilę zrobi się całkiem ciemno, musimy natychmiast iść i kogoś sprowadzić. – oświadczył. – Ale Cern zostanie tutaj.

Brat spojrzał na niego ze zgrozą.

– Po co? – zapytał.

– Ktoś musi czuwać przy umarłych – wyjaśnił Gulta. – Pamiętasz, jak umarł wujek Derghart, a tato musiał przez całą noc siedzieć przy nim ze świecami i w ogóle? Inaczej przyszłoby coś paskudnego i zabrało jego duszę do... gdzieś – zakończył niepewnie. – I ludzie wtedy wracają i straszą.

Cern otworzył usta, jakby znowu miał się rozpłakać.

– Ja zostanę – wtrąciła szybko Esk. – Nie boję się. To przecież Babcia.

Gulta odetchnął z ulgą.

– Zapal jakieś świece albo co – poradził. – Chyba tak trzeba. A potem...

Coś zaszeleściło na parapecie – to kruk wylądował i mrugał na nich podejrzliwie. Gulta krzyknął i cisnął w ptaka swoją czapką. Kruk odleciał kracząc z wyrzutem, a chłopiec zamknął okno.

– Widziałem go już – stwierdził. – Babcia go chyba karmi... Karmiła – poprawił się. – W każdym razie niedługo wracamy z ludźmi. Raz dwa to załatwimy. Chodź, Ce.

Tupiąc zbiegli po schodach. Esk odprowadziła ich do wyjścia i zaryglowała drzwi. Słońce zmieniło się w czerwoną kulę między szczytami gór, a na niebie błysnęły pierwsze gwiazdy. Esk poszperała w kuchni i znalazła kawałek łojówki i pudełko z hubką. Po wielu wysiłkach udało jej się zapalić świecę i ustawić ją na stole. Właściwie wcale nie oświetlała izby. Zaludniła jedynie mrok cieniami. Esk znalazła stary Babciny fotel na biegunach i usiadła przy zimnym kominku. Czekała.

Czas mijał. Nic się nie działo.

I nagle coś zastukało w okno. Esk wzięła świecę i wyjrzała przez grube okrągłe szyby.

Mrugnęło do niej żółte, paciorkowate oko.

Świeca zamigotała i zgasła.

Esk znieruchomiała. Bała się nawet oddychać. Znowu rozległo się pukanie, potem ucichło nagle. Chwila ciszy... i zagrzechotał skobel przy drzwiach.

Chłopcy mówili, że przychodzi coś paskudnego.

Po omacku odszukała fotel, przeciągnęła go przez pokój i jak najmocniej podparła drzwi. Skobel brzęknął raz jeszcze i ucichł.

Esk czekała nasłuchując, aż cisza ryczała jej w uszach. Po chwili coś zaczęło dobijać się do okienka w komórce – cicho, ale uparcie. Po minucie przestało. Po chwili zaczęło znowu w sypialni na górze – ledwie słyszalne drapanie, jakby pazurów.

Esk czuła, że przyszła pora okazywania odwagi, jednak w taką noc odwaga gasła wraz ze świeczką. Po omacku, mocno zaciskając powieki, wróciła do drzwi.

W kominku stuknęło głucho, gdy do paleniska wpadła wielka kula sadzy. Gdy Esk usłyszała z komina wściekłe drapanie, szarpnęła za skobel, otworzyła drzwi i wyskoczyła w ciemność.

Zimno uderzyło ją niby nóż. Mróz pokrył śnieg twardą skorupą lodu. Dziewczynka nie patrzyła dokąd biegnie, ale strach wzbudził w niej silne pragnienie, aby dotrzeć tam jak najszybciej.

Kruk wylądował ciężko w chmurze sadzy. Burczał coś do siebie z irytacją. Poskakał w mrok, a po chwili rozległ się szczęk skobla i trzepotanie skrzydeł na schodach.

Esk sięgnęła jak najwyżej i obmacała korę, szukając znacznika. Tym razem miała szczęście. Jednak układ otworów i szczelin świadczył, że oddaliła się od wioski o ponad milę i biegła w niewłaściwym kierunku.

Księżyc wyglądał jak skórka sera, a gwiazdy lekko przyprószyły niebo: maleńkie, jaskrawe i bezlitosne. Las wokół składał się z czarnych cieni i jasnego śniegu. W dodatku – z czego zdawała sobie sprawę – nie wszystkie cienie były nieruchome.

Wszyscy wiedzą, że w górach żyją wilki, ponieważ w niektóre noce z wysokich szczytów dobiega echo ich wycia. Rzadko jednak zbliżają się do wsi – współczesne wilki są potomkami tych, które przeżyły, ponieważ nauczyły się, że ludzkie mięso bywa szkodliwe.

Ale trwała ostra zima, a to stado wygłodniało dostatecznie mocno, żeby zapomnieć o doborze naturalnym.

Esk przypomniała sobie, co powtarzano wszystkim dzieciom. Wejdź na drzewo. Rozpal ogień. Jeśli wszystko inne zawiedzie, poszukaj jakiegoś kija i spróbuj przynajmniej kilka zranić. Nigdy nie próbuj przed nimi uciekać.

Drzewo, przy którym stała, było bukiem – gładkim i niezdobytym.

Patrzyła przestraszona, jak długi cień oddziela się od kałuży ciemności i przesuwa bliżej. Przyklęknęła zmęczona i niezdolna do myślenia. Rozgarnęła lodowaty śnieg w poszukiwaniu kija.

Babcia Weatherwax otworzyła oczy i spojrzała na sufit, popękany i wydęty jak namiot.

Skupiła się na wspomnieniu, że ma ręce, nie skrzydła, i że nie musi skakać. Po Pożyczeniu rozsądnie jest poleżeć chwilę, żeby umysł przyzwyczaił się do ciała. Wiedziała jednak, że nie ma czasu.

– Niech licho porwie tego dzieciaka – mruknęła i spróbowała podfrunąć na poręcz łóżka.

Kruk obserwował ją z niejakim zainteresowaniem. Przeżył to już dziesiątki razy i sądził – w granicach możliwości ptasiego sądu, czyli raczej wąskich – że ciepłe gniazdo nocą i stała dieta ze skórek boczku i kuchennych resztek warta jest niewygód użyczania Babci swojego mózgu.

Babcia znalazła buty i zeszła po schodach, stanowczo się sprzeciwiając instynktowi latania. Drzwi były szeroko otwarte i na podłodze zebrała się już zaspa sypkiego śniegu.

– A niech to! – powiedziała Babcia.

Zastanowiła się, czy nie poszukać umysłu Esk. Lecz ludzkie myśli nigdy nie są tak ostre i wyraźne jak zwierzęce. Poza tym nadumysł lasu sprawiał, że poszukiwanie byłoby trudne niczym nasłuchiwanie szumu wodospadu wśród burzy z piorunami. Ale nawet nie szukając, wyczuwała stadny umysł wilków, gryzące uczucie wypełniające usta smakiem krwi.

Ledwie dostrzegała odciski małych stóp na zlodowaciałej skorupie. Wypełniały się już świeżym śniegiem. Burcząc i przeklinając, Babcia Weatherwax narzuciła chustę i ruszyła przed siebie.

Białego kota na jego osobistej półce w kuźni przebudziły jakieś odgłosy dobiegające z najciemniejszego kąta. Wychodząc z dwójką rozhisteryzowanych chłopców kowal starannie zamknął za sobą drzwi. Kot obserwował z zaciekawieniem, jak wąski cień opukuje zamek i sprawdza zawiasy.

Drzwi były dębowe, utwardzone czasem i żarem ognia, ale to nie uchroniło ich przed wyłamaniem i przeleceniem na drugą stronę drogi.

Maszerujący dróżką kowal usłyszał w górze jakiś szum. Babcia również. Był to stanowczy, brzęczący odgłos, jakby przelatywało stado gęsi. Chmury wrzały i falowały, gdy je rozcinał.

Wilki usłyszały, gdy przemykał tuż nad koronami drzew i pikował na polanę. Jednak dla nich było już za późno.

Babcia Weatherwax nie musiała dłużej szukać śladów na śniegu. Kierowała się na odległe błyski niesamowitego światła, dziwne szumy i uderzenia, na skowyt przerażenia i bólu. Obok niej przemknęło kilka wilków. Gnały ze skulonymi uszami, z ponurą determinacją, by oddalić się stąd jak najszybciej, choćby nie wiadomo co stanęło im na drodze.

Trzasnęły łamane gałęzie. Coś dużego i ciężkiego wylądowało na jodle obok Babci, po czym piszcząc zsunęło się w śnieg. Drugi wilk przeleciał płaskim torem tuż nad jej głową i odbił się od pnia.

Zapadła cisza.

Babcia przecisnęła się między ośnieżonymi krzakami.

Zobaczyła biały krąg wydeptany w śniegu. Na brzegach leżało kilka wilków, martwych albo rozsądnie uznających, że lepiej się nie ruszać.

Laska stała pionowo pośrodku. Mijając ją, Babcia miała wrażenie, że odwraca się, by nie spuszczać jej z oka.

Wewnątrz kręgu leżała także zwinięta w ciasny kłębek mała kupka szmat. Babcia przyklękła z pewnym wysiłkiem i łagodnie wyciągnęła rękę.

Laska poruszyła się. Właściwie drgnęła tylko, jednak dłoń Babci znieruchomiała o włos od ramienia Esk. Babcia zmierzyła wzrokiem rzeźbienia, jakby wyzywała laskę, by ta ośmieliła się znowu poruszyć.

Powietrze zgęstniało. Po chwili laska jakby cofnęła się, chociaż nadal tkwiła w tym samym miejscu. A równocześnie coś nieokreślonego aż nadto wyraźnie dało starej czarownicy do zrozumienia, że z punktu widzenia laski to wcale nie jest porażka, a co najwyżej taktyczne ustępstwo. Laska nie chciałaby, żeby Babcia uznała się za zwycięzcę, ponieważ wcale nie zwyciężyła.

Esk zadrżała lekko. Babcia poklepała ją lekko po ramieniu.

– To ja, maleńka. Twoja stara Babcia.

Kupka nie rozwijała się.

Babcia przygryzła wargę. Nie bardzo wiedziała, jak ma się zachować w stosunku do dziecka. Dzieci uważała – przy tych rzadkich okazjach, kiedy w ogóle o nich myślała – za coś pośredniego między ludźmi a zwierzętami. Znała się na niemowlakach: z jednego końca trzeba lać mleko, a drugi utrzymywać w czystości. Dorośli są jeszcze łatwiejsi, bo sami się karmią i myją. Ale pomiędzy jednymi a drugimi istniał świat, którego nie próbowała nawet zrozumieć. O ile się orientowała, należy tylko pilnować, żeby nie złapali czegoś groźnego, i mieć nadzieję, że wszystko się dobrze skończy.

Prawdę mówiąc, Babcia nie wiedziała, co robić. Wiedziała za to, że coś zrobić musi.

– Cio, poślasył naś źły wilciek? – zaryzykowała.

Z całkiem nieoczekiwanych powodów podejście okazało się skuteczne.

– Mam już osiem lat.

– Ośmioletni ludzie nie zwijają się w kłębek na śniegu – oznajmiła Babcia, próbując zorientować się w zawiłościach dialogu dorosłego z dzieckiem.

Kulka nie odpowiedziała.

– Mam chyba w domu trochę mleka i ciasteczka – spróbowała Babcia.

Bez dostrzegalnych efektów.

– Eskarino Kowal! Jeśli natychmiast nie zaczniesz się odpowiednio zachowywać, tak ci przyleję, że popamiętasz!

Esk ostrożnie wysunęła głowę.

– Nie musicie mnie straszyć – oświadczyła.

Kowal dotarł do chatki tuż za Babcią, prowadzącą Esk za rękę. Chłopcy wyglądali zza jego pleców.

– Uhm... – zaczął kowal, nie całkiem pewien, jak odzywać się do kogoś, kto podobno nie żyje. – Powiedzieli mi, że... no... jesteście chorzy.

Obejrzał się i zmierzył synów groźnym wzrokiem.

– Odpoczywałam sobie i musiałam się zdrzemnąć. Sypiam bardzo mocno.

– Tak... – mruknął kowal. – No tak. No to wszystko w porządku. Co się stało Esk?

– Trochę się przestraszyła – wyjaśniła Babcia, ściskając dłoń dziewczynki. – Cienie i takie tam różne. Musi się rozgrzać. Miałam ją położyć do swojego łóżka. Jest trochę ogłupiała. Jeśli wam to nie przeszkadza...

Kowal nie był pewien, czy mu to nie przeszkadza. Ale wiedział, że jego żona – podobnie jak wszystkie kobiety we wsi – żywi do Babci Weatherwax głęboki szacunek połączony nawet z odrobiną lęku. I jeśli zacznie oponować, szybko straci grunt pod nogami.

– Zgoda, zgoda – powiedział szybko. – Jeśli to nie kłopot... Przyślę po nią rano, dobrze?

– Oczywiście. Zaprosiłabym was do domu, ale zgasł mi ogień...

– Nie, nie. Nie ma potrzeby – zapewnił pospiesznie kowal. – W domu czeka na nas kolacja. Stygnie – dodał, spoglądając znacząco na Gultę, który otworzył usta, jakby chciał coś powiedzieć, ale rozsądnie zrezygnował.

Kiedy odeszli i słychać było już tylko protesty chłopców, odbijające się echem wśród drzew, Babcia otworzyła chatę, wepchnęła Esk do środka i zaryglowała drzwi. Zapaliła kilka świec ze swojego zapasu nad starą komodą. Potem z szuflady wyjęła parę starych, ale jeszcze całkiem dobrych i pachnących przeciwmolowymi ziołami wełnianych koców, otuliła nimi Esk i usadziła ją w fotelu na biegunach.

Uklękła przy akompaniamencie trzasków i stęknięć, po czym wzięła się do rozpalania ognia. Była to czynność skomplikowana, wymagająca suszonej, sproszkowanej huby, trocin, połamanych gałązek, sapania i licznych przekleństw.

– Babciu, przecież nie musicie tak się przy tym męczyć – zauważyła Esk.

Babcia zesztywniała i spojrzała na płytę w głębi kominka. Była dość ładna. Lata temu kowal odlał ją specjalnie dla niej i ozdobił motywem sów i nietoperzy. W tej chwili jednak Babci nie interesowały względy estetyczne.

– Doprawdy? – spytała lodowatym głosem. – Czyżbyś znała jakiś lepszy sposób?

– Możecie przecież rzucić czar, żeby ogień się zapalił.

Babcia w skupieniu układała wśród niepewnych płomyków kawałki gałązek.

– A jak miałabym to zrobić? – spytała, na pozór adresując tę wypowiedź do żelaznej płyty kominka.

– No... – zająknęła się Esk. – Ja... Nie pamiętam. Ale wy na pewno wiecie, prawda? Wszyscy wiedzą, że umiecie czarować.

– Są czary – stwierdziła Babcia. – Ale są też i czary. Najważniejsze, moja mała, to wiedzieć, do czego służy magia, a do czego nie służy. I możesz mi wierzyć na słowo, jej przeznaczeniem nigdy nie było rozpalanie ognia. Możesz być tego absolutnie pewna. Gdyby Stwórca chciał, żebyśmy czarami rozpalali ogień, to nie dałby nam... tych, no... zapałek.

– Ale potrafilibyście czarami zapalić ogień? – nie ustępowała Esk, kiedy Babcia zawiesiła na haku nad ogniem stary czarny kociołek. – To znaczy, gdybyście chcieli. Gdyby to było dozwolone.

– Może – odparła Babcia, która nie potrafiła. Ogień nie ma duszy i nie jest żywy: to dwa z trzech ważnych powodów.

– Potrafilibyście rozpalić ten ogień dużo lepiej.

– Jeśli warto coś zrobić, warto też zrobić to marnie. – Babcia odwołała się do aforyzmów, ostatniej obrony dorosłego człowieka pod oblężeniem.

– Tak, ale...

– Ale dość już tych ale.

Babcia przeszukała puzderko z ciemnego drewna na komodzie. Dumna była ze swej niedoścignionej wiedzy o ziołach Ramtopów – nikt lepiej od niej nie znał właściwości i zastosowań uchoziela, marzenia dziewicy czy oślizłej oszustki miłosnej. Zdarzały się jednak okazje, kiedy dla osiągnięcia pożądanego rezultatu musiała się uciec do niewielkiego zapasiku zazdrośnie strzeżonych i starannie zbieranych leków z Obcych Stron (które to określenie w przypadku Babci Weatherwax oznaczało wszystko, co położone jest dalej niż o dzień drogi).

Skruszyła kilka czerwonych liści, dodała miodu, gorącej wody z kociołka i wcisnęła kubek w dłonie Esk. Następnie ułożyła przy palenisku spory kamień – później, owinięty w kawałek starego koca, przyda się do rozgrzania łóżka. Surowo przykazała dziewczynce, żeby nie śmiała się ruszać z fotela i wyszła do spiżarni.

Esk bębniła piętami o nogi fotela i wolno piła napój. Miał dziwaczny, ostry smak. Zastanawiała się, co to takiego. Owszem, pijała już Babcine napary z dodatkiem miodu, większym lub mniejszym zależnie od tego, czy pijący bardziej czy mniej się krzywił. Wiedziała, że Babcia słynna jest w całych górach z powodu specjalnych wywarów na choroby, o których mama Esk – a także od czasu do czasu niektóre młodsze kobiety – wspominały tylko, unosząc brwi i zniżając głosy.

Kiedy Babcia wróciła, Esk już spała. Nie pamiętała, jak trafiła do łóżka ani kto pozamykał okna.

Babcia Weatherwax wróciła na dół i przysunęła fotel bliżej ognia.

Coś tam było, powiedziała sobie. Coś przyczaiło się w umyśle dziecka. Wolała nie myśleć, co to może być; pamiętała jednak, co się przytrafiło wilkom. I całe to gadanie o rozpalaniu ognia czarami. Magowie to robili; uczyli się tego prawie na samym początku.

Babcia westchnęła. Istniał tylko jeden sposób, żeby się upewnić, a ona była już za stara na takie zabawy.

Wzięła świecę i przez spiżarnię wyszła do szopy, gdzie trzymała swoje kozy. Przyglądały się jej bez lęku, podobne w swoich zagrodach do kosmatych brył. Trzy pyski pracowały rytmicznie nad dzienną porcją siana. Powietrze pachniało ciepłymi i odrobinę wzdętymi zwierzętami.

Wśród krokwi mieszkała mała sowa, jedno z licznych stworzeń, które uznały, że przebywanie w towarzystwie Babci warte jest pewnych niezbyt częstych niewygód. Wezwana, sfrunęła jej na rękę, a Babcia z roztargnieniem gładziła wielką głowę ptaka, rozglądając się za jakimś wygodnym legowiskiem. W tej chwili musiał jej wystarczyć stos siana.

Zdmuchnęła świecę i położyła się, z sową siedzącą na palcu. Kozy przeżuwały, czkały i przełykały w ciemnościach. Były to jedyne dźwięki w całym domu.

Ciało Babci znieruchomiało. Sowa poczuła, że ludzkie myśli wkraczają do jej umysłu i posunęła się uprzejmie. Babcia wiedziała, że tego pożałuje. Po dwukrotnym w ciągu jednego dnia Pożyczeniu, rankiem nie będzie się nadawała do życia. W dodatku będzie ją dręczył straszliwy apetyt na myszy. Naturalnie, kiedy była młodsza, wcale jej to nie przeszkadzało. Biegała z jeleniami, polowała z lisami, poznawała niezwykłe i mroczne życie kretów... Rzadko kiedy spędzała noc we własnym ciele. Ale teraz stawało się to coraz trudniejsze. Zwłaszcza powroty. Może nadejdzie kiedyś taki czas, kiedy nie zdoła już wrócić, może ciało pozostawione w domu stanie się tylko martwym mięsem, i może nie będzie to najgorszy sposób.

To było coś, o czym magowie nie mieli pojęcia. Gdyby wpadło im na myśl wejście w umysł innego stworzenia, robiliby to jak złodzieje. Nie ze złośliwości; po prostu do głowy by im nawet nie przyszło, nędznym draniom, żeby załatwić to inaczej. A co by komu przyszło z opanowania ciała sowy? Człowiek nie umie latać, musiałby całe życie poświęcić na naukę. Właściwym sposobem był lot wraz z ptakiem, sterowanie nim tak delikatnie jak zefirek steruje spadającym liściem.

Sowa drgnęła, machnęła skrzydłami i poszybowała w noc.

Chmury się rozwiały i wąski księżyc rozjaśnił zbocza gór. Babcia wyglądała przez oczy sowy, sunąc bezgłośnie pomiędzy rzędami drzew. To najlepszy sposób podróży, kiedy ciało już się przyzwyczai. Najbardziej lubiła Pożyczać od ptaków; wykorzystywała je, aby zbadać wysokie, ukryte doliny, gdzie nikt nie docierał, tajemnicze jeziora pomiędzy czarnymi urwiskami, maleńkie, otoczone murami pola, skrawki płaskiego gruntu między pionowymi skalnymi ścianami, należące do istot skrytych i unikających kontaktu. Raz poleciała ze stadem gęsi, które co roku wiosną i jesienią frunęły nad górami; przeżyła największy szok swego życia, kiedy niemal przekroczyła granicę powrotu.

Sowa wyleciała z lasu i przemknęła nad dachami chat. Wśród chmury śniegu wylądowała na najwyższej jabłoni w sadzie kowala. Jemioła gęsto porastała konary.

Gdy tylko pazury dotknęły kory, Babcia wiedziała, że trafiła we właściwe miejsce. Drzewo nie chciało jej tutaj; czuła, jak ją odpycha.

Nigdzie nie pójdę, pomyślała.

W nocnej ciszy odezwało się drzewo:

W takim razie proszę, znęcaj się nade mną tylko dlatego, że jestem drzewem. Typowe dla kobiet.

Teraz przynajmniej na coś się przydajesz, myślała Babcia. *Lepsze drzewo niż mag, co?*

Życie tu jest całkiem do rzeczy, zgodziło się w myślach drzewo. *Słońce. Świeże powietrze. Czas na zastanowienie. I pszczoły na wiosnę.*

Było coś pożądliwego w tonie, jakim drzewo wypowiedziało słowo „pszczoły". Babcia, która sama miała kilka uli, nie pomyślała nawet o miodzie. Czuła się tak, jakby ktoś jej przypomniał, że jajka to nie narodzone kurczęta.

Przyszłam w sprawie tej dziewczynki, Esk, syknęła.

Obiecujące dziecko, przyznało drzewo. *Obserwuję ją z zainteresowaniem. I w dodatku lubi jabłka.*

Ty bestio, pomyślała Babcia wstrząśnięta.

Co ja takiego powiedziałem? Przepraszam, że nie oddycham.

Babcia przysunęła się bliżej pnia.

Musisz ją uwolnić, myślała gorączkowo. *Magia zaczyna się już przebijać.*

Już? zdziwiło się drzewo. *Jestem pod wrażeniem.*

To niewłaściwy rodzaj magii! zaskrzeczała Babcia. *To czary magów, nie czary kobiet! Ona jeszcze o tym nie wie, ale ta magia zabiła dzisiaj z tuzin wilków.*

Świetnie! zawołało drzewo.

Babcia zahukała wściekle.

Świetnie? A gdyby kłóciła się z braćmi i straciła panowanie nad sobą? Co wtedy?

Drzewo wzruszyło konarami. Kaskady śnieżnych płatków posypały się na ziemię.

W takim razie musisz ją uczyć, stwierdziło.

Uczyć? Nie mam pojęcia, jak uczyć magów.

To poślij ją na uniwersytet.

Jest kobietą! zahukała Babcia, podskakując nerwowo na gałęzi.

To co? Gdzie jest powiedziane, że kobiety nie mogą być magami?

Babcia zawahała się. Równie dobrze drzewo mogło zapytać, dlaczego ryby nie mogą być ptakami. Nabrała tchu i zaczęła mówić. I urwała. Wiedziała, że istnieje odpowiedź ostra, logiczna, miażdżąca, a przede wszystkim oczywista. Tyle że jakoś nie przychodziła jej na myśl.

Kobiety nigdy nie bywały magami. To wbrew naturze. To tak, jakby powiedzieć, że czarownica może być mężczyzną.

Jeśli zdefiniujemy czarownicę jako osobę, która czci popęd pankreatywny, czyli inaczej mówiąc oddaje cześć naturze... zaczęło drzewo i kontynuowało przez kilka minut. Babcia Weatherwax z niecierpliwą irytacją słuchała takich zwrotów jak Bogini Matka albo prymitywny kult księżyca i powtarzała sobie, że świetnie wie, z czym się wiąże funkcja czarownicy. Wiąże się z ziołami, urokami, lataniem po nocach i – ogólnie rzecz biorąc – dochowywaniem wierności tradycji. Z pewnością nie polega na kontaktach z boginiami, matkami czy nie, które w dodatku najwyraźniej uciekały się do bardzo wątpliwych sztuczek. A kiedy drzewo zaczęło mówić *o tańcach nago*, starała się nie słyszeć. Wprawdzie zdawała sobie sprawę, że gdzieś pod licznymi warstwami jej kamizelek i narzutek znajduje się jakaś skóra, nie znaczy to jednak, że aprobowała ten fakt.

Drzewo zakończyło swój monolog.

Babcia odczekała chwilę, aż była całkiem pewna, że już niczego więcej nie doda.

Więc to jest właśnie czarownictwo, tak?

Owszem. Jego podstawy teoretyczne.

Wy, magowie, macie czasem zabawne pomysły.

Nie jestem już magiem, westchnęło drzewo. *Jestem zwykłym drzewem.*

Babcia nastroszyła pióra.

No to posłuchaj mnie, panie Teoretyczna Podstawo Drzewa. Gdyby kobietom było przeznaczone zostać magami, to rosłyby im długie białe brody. A ona magiem nie będzie. Czy to jasne? Magowie źle używają magii, słyszysz, u nich to tylko światła i ognie, i igranie z mocą, i ona nie będzie mieć z tym nic wspólnego, i dobranoc.

Sowa sfrunęła z gałęzi. Babcia nie trzęsła się z wściekłości tylko dlatego, że przeszkadzałoby to w locie. Magowie! Za dużo gadali i przypinali zaklęcia do książek jak motyle. A co najgorsze, uważali, że tylko ich magię warto uprawiać.

Babcia była absolutnie pewna jednego: kobiety nigdy nie bywały magami i na pewno nie zaczną teraz.

Trwała jeszcze noc, kiedy wróciła do domku. Jej ciało przynajmniej wypoczęło po drzemce na sianie i Babcia miała nadzieję, że spędzi parę godzin w bujanym fotelu i uporządkuje myśli. W taki czas, kiedy noc jeszcze nie całkiem się skończyła, a dzień niezupełnie się zaczął, myśli stawały się czyste, jasne, bez żadnych zasłon. Babcia...

Laska stała oparta o ścianę, obok komody.

Babcia znieruchomiała.

– Rozumiem – powiedziała po chwili. – Więc to tak? I to w moim własnym domu?

Bardzo powoli podeszła do paleniska, dorzuciła drew do gasnącego ognia i podmuchała miechem, aż płomienie zahuczały w kominie.

Gdy uznała, że to wystarczy, odwróciła się, dla ostrożności wymruczała pod nosem kilka ochronnych zaklęć i chwyciła laskę. Ta nie stawiała oporu i Babcia niemal się przewróciła. Teraz, kiedy trzymała ją w rękach, poczuła mrowienie, wyraźne trzaski magicznych wyładowań. Zaśmiała się.

A więc to takie proste... Laska nie miała zamiaru walczyć.

Rzucając klątwę na magów i wszystkie ich dzieła, uniosła laskę nad głową i z brzękiem rzuciła ją na kuchenne wilki, nad najgorętszą częścią płomienia.

Esk krzyknęła. Dźwięk przebił się przez podłogę sypialni i jak kosa rozciął nocną ciszę.

Babcia była stara i po długim dniu nie myślała zbyt jasno. Kto jednak chce przeżyć jako czarownica, musi opanować umiejętność wyciągania nieoczekiwanych wniosków. Patrzyła na laskę w płomieniach i słuchała krzyku, ale jej ręce sięgały już po czarny kociołek. Wylała wodę na ogień, wyciągnęła laskę w obłoku pary i pognała na górę, bojąc się tego, co może tam zobaczyć.

Esk siedziała w wąskim łóżku i krzyczała, choć nie była poparzona. Babcia objęła ją, przytuliła i spróbowała uspokoić. Nie bardzo wiedziała, jak się do tego zabrać, na szczęście poklepywanie po plecach i niewyraźne uspokajające mruknięcia przynosiły oczekiwany skutek. Wrzaski zmieniły się w płacz, potem w łkanie. Od czasu do czasu Babcia rozpoznawała takie słowa jak „gorąco" i „ogień". Zacisnęła wargi w wąską, gorzką linię.

W końcu uspokoiła dziewczynkę, okryła ją i cicho zeszła na dół.

Laska stała pod ścianą. Babcia bez zdziwienia zauważyła, że ogień nie pozostawił na niej żadnych śladów.

Odwróciła fotel przodem do intruza. Usiadła i z ponurą determinacją podparła dłonią podbródek.

Po chwili fotel zaczął się huśtać, sam z siebie. Skrzypienie biegunów było jedynym dźwiękiem wśród ciszy, która gęstniała, rozlewała się i wypełniała pokój niczym straszliwa, gęsta mgła.

Rankiem, zanim jeszcze Esk się obudziła, Babcia schowała laskę pod strzechę nad szopą. Tam była niegroźna.

Esk zjadła śniadanie i wypiła kwaterkę koziego mleka, nie zdradzając żadnych śladów przeżyć ostatnich godzin. Po raz pierwszy znalazła się w chatce Babci na dłużej, więc kiedy staruszka zmywała naczynia i doiła kozy, dziewczynka skorzystała z okazji, żeby się rozejrzeć.

Przekonała się, że życie tutaj nie było takie proste, jak mogło się wydawać. Na przykład kwestia imion kóz.

– Przecież muszą się jakoś nazywać – stwierdziła. – Każdy ma jakieś imię.

Babcia wyjrzała zza obłego boku najstarszej kozy. Mleko tryskało do niskiego skopka.

– Wydaje mi się, że mają swoje imiona w kozim – odparła. – Po co im jeszcze imiona w ludzkim?

– No... – Esk urwała. Zastanowiła się. – A skąd wiedzą, co chcecie, żeby robiły?

– Po prostu to robią, a jeśli jestem im potrzebna, wrzeszczą.

Esk w zamyśleniu nakarmiła kozę wiązką siana. Babcia obserwowała ją uważnie. Dobrze wiedziała, że kozy mają swoje imiona. Jest imię „koza, która jest moim dzieckiem" i „koza, która jest moją matką", „koza, która jest przewodnikiem stada" i jeszcze z pół tuzina innych, z których nie najmniej ważne brzmi „koza, która jest kozą". Kozy miały skomplikowany porządek stada, cztery żołądki i system trawienny, który w ciche noce wydawał się ciężko pracować. Babcia zawsze uważała, że imię w rodzaju Stokrotki jest obrazą dla szlachetnego zwierzęcia.

– Esk? – zaczęła, podjąwszy wreszcie decyzję.

– Tak?

– Czym chcesz zostać, kiedy dorośniesz?

Esk spojrzała niepewnie.

– Nie wiem.

– No tak... – Babcia nie przerywała dojenia. – A jak myślisz, co będziesz robić, kiedy dorośniesz?

– Nie wiem. Pewnie wyjdę za mąż.

– A chcesz?

Wargi Esk zaczęły się już formować w głoskę „N", ale dziewczynka pochwyciła wzrok Babci i zastanowiła się.

– Wszyscy dorośli się pożenili – stwierdziła w końcu i pomyślała jeszcze chwilkę. – Oprócz was – dodała ostrożnie.

– To prawda – przyznała Babcia.

– I nie chcieliście wyjść za mąż?

Teraz przyszła kolej Babci na zastanowienie.

– Jakoś nigdy nie znalazłam na to czasu – wyjaśniła. – Za wiele innych spraw miałam na głowie.

– Tato mówi, że jesteście czarownicą – zaryzykowała Esk.

– Istotnie jestem.

Esk kiwnęła głową. W Ramtopach czarownice cieszyły się pozycją, jaką w innych kulturach zajmowały zakonnice, poborcy podatkowi albo czyściciele szamba. Inaczej mówiąc, szanowano je, czasem podziwiano, ogólnie chwalono za wykonanie prac, jakie – logicznie rzecz biorąc – ktoś musiał wykonać, jednak ludzie nigdy nie czuli się zbyt pewnie, przebywając z nimi pod jednym dachem.

– A chciałabyś się nauczyć, jak być czarownicą? – spytała Babcia.

– To znaczy magii? – Oczy Esk błysnęły.

– Tak, magii. Ale prawdziwej, nie takiej od fajerwerków.

– Potraficie latać?

– Są rzeczy ciekawsze od latania.

– I mogę się ich nauczyć?

– Jeżeli twoi rodzice się zgodzą.

Esk westchnęła.

– Tata odmówi – stwierdziła posępnie.

– W takim razie sama z nim porozmawiam – oświadczyła Babcia.

– Posłuchaj mnie uważnie, Gordo Kowalu!

Kowal wycofywał się w głąb kuźni, unosząc ręce dla obrony przed furią Babci. Ona dreptała za nim, grożąc mu palcem.

– To ja wyjęłam cię z łona matki na świat, głupi człowieku. A teraz rozsądku masz nie więcej niż miałeś wtedy.

– Ale... – Kowal uskoczył za kowadło.

– Magia ją znalazła! Sztuka magów! Niedobra magia, rozumiesz? Nie dla niej przeznaczona!

– Tak, ale...

– Czy zdajesz sobie sprawę, do czego to może doprowadzić?

Kowal przygarbił się nieco.

– Nie.

Babcia umilkła i trochę się uspokoiła.

– Nie – powtórzyła łagodniejszym tonem. – Skąd mógłbyś wiedzieć.

Usiadła na kowadle i spróbowała uspokoić myśli.

– Posłuchaj. Magia ma coś w rodzaju... w rodzaju życia. To bez znaczenia, ponieważ... Widzisz, magowie... – Zerknęła na jego twarz, wyrażającą krańcowe niezrozumienie, i spróbowała inaczej. – Znasz wino jabłkowe?

Kowal skinął głową. Wracali na pewniejszy grunt, choć nie miał pewności, dokąd zmierza czarownica.

– I mamy też jabłecznik – mówiła dalej Babcia.

Kowal przytaknął. Wszyscy w Głupim Ośle robili zimą jabłecznik. Wystawiali naczynia z winem na noc, a rano zbierali lód, potem znowu, aż zostawał sam alkohol.

– Wina możesz wypić dużo, ale po nim czujesz się lepiej. Zgadza się?

Kowal przytaknął po raz trzeci.

– Ale jabłecznik pije się z tych małych kubków. Niedużo i nieczęsto, bo uderza prosto do głowy.

Kowal przytaknął znowu. Świadom, że niewielki wnosi wkład w bieg dialogu, dodał:

– To prawda.

– Na tym polega różnica – zakończyła Babcia.

– Różnica czego?

Babcia westchnęła.

– Różnica między magią czarownic a magów – wyjaśniła. – Znalazła ją, a jeśli Esk tego nie opanuje, to są Tacy, którzy ją opanują. Magia może być czymś w rodzaju drzwi, a po drugiej stronie żyją niemiłe Stwory. Rozumiesz?

Kowal pokiwał głową. Właściwie nie całkiem rozumiał, słusznie jednak podejrzewał, że gdyby się z tym zdradził, Babcia przeszłaby do opisu przerażających szczegółów.

– Jest mocna na umyśle, więc może to trochę potrwać. Ale wcześniej czy później spróbują rzucić jej wyzwanie.

Kowal podniósł z warsztatu młotek, spojrzał, jakby widział go pierwszy raz w życiu, po czym odłożył na miejsce.

– Ale... – zaczął. – Ale jeżeli tkwi w niej magia magów, to nauka czarownictwa nic nie da. Sami mówiliście, że to co innego.

– Jedno i drugie to magia. Jeśli nie możesz się nauczyć jeździć na słoniu, naucz się przynajmniej jeździć konno.

– Co to jest słoń?

– Rodzaj borsuka – wyjaśniła Babcia.

Nie dzięki przyznawaniu się do ignorancji od czterdziestu lat cieszyła się sławą znawczyni natury.

Kowal westchnął. Wiedział, że jest pokonany. Żona wyraźnie dała do zrozumienia, że odpowiada jej ten pomysł. Zresztą, kiedy się nad tym zastanowić, rzeczywiście miał swoje zalety. W końcu Babcia nie będzie żyła wiecznie, a być ojcem jedynej czarownicy w sąsiedztwie to chyba nie takie złe.

– No dobrze – zdecydował.

I tak, kiedy zima zawróciła i rozpoczęła długą, niechętną wspinaczkę ku wiośnie, Esk całe dnie spędzała u Babci Weatherwax, ucząc się fachu: czarownictwa.

Miała wrażenie, że składa się ono wyłącznie z rzeczy do pamiętania.

Lekcje były całkiem praktyczne. Na przykład sprzątanie kuchni i Podstawy Zielarstwa. Czyszczenie w szopie kóz i Korzyści z Grzybów.

Zmywanie i Przyzywanie Pomniejszych Bóstw. I zawsze pilnowanie wielkiego kotła w komórce wraz z Teorią i Praktyką Destylacji. Zanim dmuchnęły ciepłe, krańcowe wiatry, a po śniegu pozostały tylko małe plamy mazi po osiowej stronie drzew, Esk wiedziała już, jak przyrządzać rozmaite maści, kilka leczniczych nalewek, sporo specjalnych wywarów i parę tajemniczych napojów. Babcia stwierdziła, że w odpowiednim czasie dziewczynka dowie się, do czego służą.

Jedyne, czego się nie uczyła, to czarów.

– Wszystko w odpowiednim czasie – mówiła wymijająco Babcia.

– Przecież mam zostać czarownicą!

– Ale jeszcze nie jesteś. Wymień mi trzy zioła dobre na żołądek.

Esk założyła ręce do tyłu, przymknęła oczy i wyrecytowała:

– Kwitnące czubki większego grochanu, korzenie portek starucha, łodygi krwawej lilii wodnej, woreczki nasienne...

– Wystarczy. Gdzie można znaleźć wodne korniszony?

– Na torfowiskach i w stęchłej wodzie w stawach, w okresie od...

– Dobrze. Widzę, że się uczysz.

– Ale w tym nie ma nic magicznego!

Babcia usiadła przy kuchennym stole.

– Jak w większej części magii – powiedziała. – Magia to znać odpowiednie zioła, obserwować pogodę, odkrywać zwyczaje zwierząt. I zwyczaje ludzi.

– I to wszystko? – spytała wstrząśnięta Esk.

– Wszystko? Bardzo duże to wszystko. Ale nie, to nie wszystko. Są jeszcze inne rzeczy.

– Nauczysz mnie?

– W odpowiednim czasie. Nie ma potrzeby, żebyś już teraz się popisywała.

– Popisywała? Przed kim?

Babcia zerknęła niespokojnie na cienie w kątach izby.

– Niech cię to nie obchodzi.

Wkrótce ostatnie resztki śniegu zniknęły i wiosenne wichury zawyły wśród gór. Powietrze w lesie pachniało gnijącymi liśćmi i terpentyną. Kilka wczesnych kwiatów rzuciło wyzwanie nocnym przymrozkom i pojawiły się pierwsze pszczoły.

– O widzisz, pszczoły – powiedziała Babcia Weatherwax. – To jest prawdziwa magia.

Ostrożnie uniosła dach pierwszego ula.

– Pszczoły – mówiła dalej – to miód, wosk, kit pszczeli. Pszczoła to cudowne stworzenie. I rządzi nimi królowa – dodała tonem aprobaty.

– Nie żądlą cię?

Esk cofnęła się o krok. Pszczoły wylały się na drewniane ścianki ula.

– Prawie nigdy. Chciałaś czarów. Patrz.

Przysunęła dłoń do masy owadów i z głębi krtani wydała ostry, cichy pisk. Wśród masy ciał wszczął się jakiś ruch, a po chwili duża pszczoła, dłuższa i grubsza od pozostałych, wpełzła Babci na palec. Podążało za nią kilka robotnic; gładziły ją i ogólnie usługiwały.

– Jak to zrobiłaś? – zdziwiła się Esk.

– Aha... Chciałabyś wiedzieć, co?

– Tak. Chciałabym. Dlatego pytałam, Babciu – odparła stanowczo Esk.

– Sądzisz, że użyłam czarów?

Esk przyjrzała się królowej pszczół. Potem czarownicy.

– Nie – orzekła. – Myślę, że dużo wiesz o pszczołach.

Babcia uśmiechnęła się.

– Otóż to. To jedna z form magii, naturalnie.

– Co? Wiedzieć o czymś?

– Wiedzieć o tym, o czym inni nie wiedzą – wyjaśniła Babcia.

Delikatnie opuściła królową pszczół między poddanych i zamknęła ul.

– I myślę, że nadszedł czas, abyś poznała kilka sekretów – dodała.

Nareszcie, pomyślała Esk.

– Ale najpierw musimy złożyć wyraz szacunku Ulowi – oświadczyła Babcia. Udało jej się wymówić duże „U".

Esk dygnęła bez namysłu.

Dłoń czarownicy chwyciła ją mocno za kark.

– Pokłon. Mówiłam ci przecież – przypomniała bez gniewu. – Czarownice się kłaniają.

Zademonstrowała.

– Ale dlaczego? – nie rozumiała Esk.

– Ponieważ czarownice muszą się wyróżniać. To część tajemnicy.

Usiadły na pobielałej ławie przy krawędziowej ścianie domu. Przed nimi Zioła wyrosły już na stopę w górę: grządka złowieszczo bladozielonych liści.

– Do rzeczy. – Babcia usadowiła się wygodnie. – Wiesz, gdzie wisi mój kapelusz? Na haku koło drzwi? Przynieś go.

Esk posłusznie weszła do środka i zdjęła z haka kapelusz. Był wysoki, szpiczasty i oczywiście czarny.

Babcia obróciła go w dłoniach i przyjrzała się z uwagą.

– W tym kapeluszu – oznajmiła – tkwi jedna z tajemnic czarownictwa. Jeśli nie potrafisz mi powiedzieć, na czym ona polega, to mogę cię więcej nie uczyć. Dla kogoś, kto poznał sekret kapelusza, nie ma już odwrotu. Powiedz mi, co o nim wiesz.

– Mogę go potrzymać?

– Proszę bardzo.

Esk zajrzała do wnętrza kapelusza. Był tam jakiś drut, który usztywniał materiał i nadawał mu kształt, a poza tym dwie spinki. Nic więcej.

Kapelusz niczym specjalnym się nie wyróżniał oprócz tego, że nikt we wsi takiego nie miał. Ale przecież od tego nie stawał się magiczny. Esk przygryzła wargę; wyobraziła sobie, jak w niesławie wraca do domu.

Wydawał się zupełnie zwykły i nie miał żadnych ukrytych kieszonek. Babcia wkładała go zawsze idąc do wioski, chociaż do lasu zakładała zwyczajny skórzany kaptur.

Usiłowała sobie przypomnieć te strzępy nauk, jakie czarownica niechętnie jej wydzielała. Nie chodzi o to, co wiesz, ale o to, czego nie wiedzą inni. Magia może być czymś właściwym w niewłaściwym miejscu albo czymś niewłaściwym we właściwym miejscu. I jeszcze...

Babcia zawsze wkładała kapelusz, idąc do wsi. I szeroki czarny płaszcz, z pewnością wcale nie magiczny, skoro przez zimę służył kozom za okrycie. Babcia wyprała go na wiosnę.

Esk zaczynała wyczuwać kształt odpowiedzi i niespecjalnie jej się ona spodobała. Jak zresztą większość odpowiedzi Babci. Zwykła gra słów. Babcia powtarzała rzeczy, o których człowiek od dawna wiedział. Ale mówiła je w inny sposób, żeby wydawały się ważne.

– Chyba wiem – stwierdziła wreszcie Esk.

– No to, mów.

– To się składa tak jakby z dwóch części.

– No?

– To kapelusz czarownicy, ponieważ ty go nosisz. Ale i ty jesteś czarownicą, ponieważ nosisz ten kapelusz. Hm...

– A zatem... – podpowiedziała Babcia.

– A zatem ludzie widzą, że idziesz w tym kapeluszu i płaszczu, a wtedy wiedzą, że jesteś czarownicą i dlatego twoje czary działają.

– Zgadza się – przyznała Babcia. – Nazywa się to głowologią.

Popukała się w siwe włosy, ściągnięte w ciasny kok, którym można by rozbijać skały.

– Ale to przecież nie są prawdziwe czary! – zaprotestowała Esk. – To nie jest magia! To...

– Posłuchaj – przerwała jej Babcia. – Jeżeli dasz komuś butelkę syropu na wiatry, może mu pomóc. Ale jeśli chcesz, żeby pomogło na pewno, musisz pozwolić, żeby ich umysł zmusił lek do działania. Powiedz, że to promienie księżyca rozpuszczone w winie elfów czy coś w tym rodzaju. Pomamrotaj trochę. Tak samo z klątwami.

– Klątwami? – powtórzyła słabym głosem Esk.

– Tak, klątwami, moja droga. I nie dziw się tak. Będziesz rzucać klątwy, jeśli zajdzie potrzeba. Kiedy jesteś sama i nie masz nikogo do pomocy, i...

Zawahała się, świadoma kłopotliwie pytającego spojrzenia Esk.

– ...i kiedy ludzie nie okazują szacunku – dokończyła niepewnie. – Mów głośno, mów pokrętnie, mów co ci ślina na język przyniesie, jeśli musisz. Ale to podziała. Następnego dnia, kiedy uderzą się w palec albo spadną z drabiny, albo pies im zdechnie, wtedy sobie o tobie przypomną. Następnym razem będą się zachowywać lepiej.

– Ale to dalej nie wygląda mi na czary – nie ustępowała Esk, rysując coś stopą na piasku.

– Kiedyś uratowałam człowiekowi życie – powiedziała Babcia. – Specjalne lekarstwo, dwa razy dziennie. Przegotowana woda z odrobiną jagodowego soku. Oświadczyłam mu, że kupiłam je od krasnoludów. To najważniejszy element leczenia. Większość ludzi wyjdzie z większości chorób, jeśli się do tego przyłożą. Ty musisz ich tylko do tego zachęcić.

Jak najdelikatniej poklepała Esk po ręku.

– Jesteś na to jeszcze trochę za młoda – westchnęła. – Ale kiedy dorośniesz, przekonasz się sama, że większość ludzi nie wystawia nosa poza własną głowę. Ty też – dodała metaforycznie.

– Nie rozumiem.

– Zdziwiłabym się, gdybyś zrozumiała. Ale możesz mi wymienić pięć ziół odpowiednich na suchy kaszel.

Wiosna rozwinęła się w całej pełni. Babcia zaczęła zabierać Esk na długie, całodniowe spacery, do ukrytych jeziorek albo wysoko na skalne rumowiska, żeby zbierać rzadkie zioła. Esk lubiła te wyprawy na szczyty gór, gdzie słońce świeciło mocno, a jednak powietrze było lodowate. Rośliny rosły niskie i mocno trzymały się gruntu. Z niektórych, najwyższych wierzchołków mogła nawet zobaczyć Ocean Krawędziowy, oblewający wszystkie krańce świata. Z drugiej strony niknęły w dali Ramtopy, otulone wieczną zimą. Docierały aż do osi świata, gdzie – jak się powszechnie zgadzano – bogowie mieszkali na szczycie dziesięciomilowej góry ze skały i lodu.

– Przeciwko bogom nic nie mam – stwierdziła Babcia, kiedy jadły lunch i podziwiały widoki. – Ty nie bruździsz bogom, to bogowie nie brużdżą tobie.

– Wielu znasz bogów?

– Parę razy widziałam bogów piorunów. No i Hokiego oczywiście.

– Hokiego?

Babcia przeżuwała kanapkę z chleba bez skórki.

– To bóg natury – wyjaśniła. – Czasami manifestuje się jako dąb albo pół-człowiek pół-kozioł. Ale głównie widuję go w jego aspekcie paskudnego zawalidrogi. Oczywiście, można go spotkać tylko w głębokim lesie. Gra na flecie. Fatalnie, jeśli już musisz wiedzieć.

Esk położyła się na brzuchu i spojrzała na ziemię w dole. Kilka twardych, zaradnych trzmieli patrolowało kępki tymianku. Słońce grzało ją w plecy, chociaż na tej wysokości zdarzały się jeszcze spłachetki śniegu ukryte po osiowej stronie głazów.

– Opowiedz mi o tych krainach w dole – poprosiła leniwie.

Babcia spojrzała z dezaprobatą na dziesięć tysięcy mil pejzażu.

– To po prostu miejsca – stwierdziła. – Takie same jak tutaj, tylko inne.

– A są tam miasta i w ogóle?

– Pewnie tak.

– Nigdy nie miałaś ochoty ich zobaczyć?

Babcia usiadła, starannie układając spódnicę, żeby wystawić na słońce kilka cali szacownej flaneli. Ciepło pieściło jej stare kości.

– Nie – odrzekła. – Dość mam kłopotów na miejscu, żebym musiała jeszcze szukać nowych w Obcych Stronach.

– Kiedyś przyśniło mi się miasto – wyznała Esk. – Mieszkały tam setki ludzi, stały domy z wielkimi bramami i to były magiczne bramy...

Za jej plecami rozległ się dźwięk rozdzieranego materiału. Babcia zasnęła.

– Babciu!

– Mhnf?

Esk zastanowiła się.

– Czy to odpowiedni czas na drzemkę? – spytała przemyślnie.

– Mnph.

– Powiedziałaś, że w odpowiednim czasie pokażesz mi jakieś czary – przypomniała Esk. – A sama mówisz, że teraz jest odpowiedni.

Babcia Weatherwax otworzyła oczy i spojrzała na niebo, tutaj w górach ciemniejsze i bardziej fioletowe niż niebieskie. Dlaczego nie, myślała. Mała szybko się uczy. Już teraz więcej wie o ziołach ode mnie. Kiedy byłam w jej wieku, stara Gammer Tumult kazała mi Pożyczać, Przechodzić i Posyłać całymi godzinami. Może jestem po prostu za ostrożna.

– Troszeczkę? – prosiła Esk.

Babcia zastanawiała się. Żadne dalsze wymówki nie przychodziły jej do głowy. Na pewno tego pożałuję, uznała, demonstrując godną podziwu zdolność przewidywania.

– Dobrze – odparła krótko.

– Prawdziwe czary? – upewniła się Esk. – Żadnych więcej ziół ani głowologii?

– Prawdziwe czary, jak to nazywasz. Tak.

– Zaklęcie?

– Nie. Pożyczenie.

Twarz Esk zmieniła się w wizję wyczekiwania. Wydawała się bardziej ożywiona niż kiedykolwiek wcześniej.

Babcia rozejrzała się po rozległych dolinach i po chwili znalazła to, czego szukała. Szary orzeł zataczał leniwe kręgi nad odległą, rozmazaną w błękitnej mgiełce łatą lasu. Umysł miał spokojny. Doskonale się nada.

Wezwała go łagodnie; skręcił ku nim.

– Pierwsza rzecz, o jakiej trzeba pamiętać przy Pożyczaniu, to żeby leżeć wygodnie i w bezpiecznym miejscu – zaczęła, wygładzając trawę. – Najlepsze jest łóżko.

– Ale co to jest Pożyczanie?

– Połóż się i weź mnie za rękę. Widzisz tego orła nad nami?

Esk popatrzyła na ciemne, bezchmurne niebo.

I zobaczyła... dwie małe figurki leżące w dole na trawie... Skręciła pod wiatr...

Czuła zawirowania i podmuchy powietrza w piórach. Ponieważ orzeł nie polował, a zwyczajnie rozkoszował się promieniami słońca na skrzydłach, ziemia w dole była dla niego tylko nieistotnym zbiorowiskiem plam. Ale powietrze... Powietrze było złożonym, zmiennym, trójwymiarowym... czymś, układem splecionych spiral i krzywych ciągnących się po horyzont, serpentynami prądów wokół kolumn termicznych. Esk...

...poczuła, że coś ją krępuje.

– Następne, o czym należy pamiętać – rozległ się bardzo blisko głos Babci – to żeby nie niepokoić właściciela. Jeśli pozwolisz mu zauważyć, że tu jesteś, będzie walczył albo wpadnie w panikę. Tak czy siak, nie masz najmniejszych szans. On ma za sobą całe życie bycia orłem, a ty nie.

Esk milczała.

– Nie boisz się chyba? – upewniła się Babcia. – To się czasem zdarza za pierwszym razem i...

– Nie boję się – przerwała jej Esk. – Jak mogę nim sterować?

– Nie próbuj. Jeszcze nie. Zresztą, niełatwo się nauczyć sterowania prawdziwie dzikim stworzeniem. Musisz... musisz tak jakby sugerować mu różne rzeczy, żeby miał ochotę je wykonać. Z oswojonym zwierzęciem, naturalnie, jest całkiem inaczej. Ale nie możesz zmusić zwierzęcia do zrobienia czegoś wbrew jego naturze. A teraz spróbuj poszukać umysłu orła.

Esk wyczuwała Babcię jako mglistą srebrną chmurę gdzieś w głębi własnych myśli. Po krótkich poszukiwaniach odnalazła orła, choć niewiele brakowało, by go przeoczyła. Jego umysł był mały, ostry i fioletowy, jak grot strzały. Całkowicie koncentrował się na locie i nie zwracał na nią uwagi.

– Dobrze – pochwaliła ją Babcia. – Nie będziemy odlatywać za daleko. Jeśli chcesz, żeby skręcił, musisz...

– Tak, tak – mruknęła Esk.

Zgięła palce, czymkolwiek się stały, a ptak przechylił się w bok i zawrócił.

– Doskonale. – Babcia była zdumiona. – Jak to zrobiłaś?

– Ja... nie wiem. Myślałam, że to oczywiste.

– Hm...

Babcia delikatnie zbadała maleńki umysł orła, który nadal nie dostrzegł ich obecności. Była pod wrażeniem, co naprawdę zdarzało jej się rzadko.

Szybowały ponad górą, a Esk gorączkowo badała zmysły orła. Głos Babci brzęczał jednostajnie w jej świadomości, podając instrukcje, podpowiadając i ostrzegając. Słuchała jednym uchem. Dlaczego nie może opanować umysłu orła? Przecież nie zrobi mu krzywdy.

Wiedziała, jak się do tego zabrać. Prosta sprawa, jak pstryknięcie palcami – co, nawiasem mówiąc, nigdy jej się nie udało. Wtedy będzie przeżywać lot naprawdę, bez pośredników.

Mogłaby...

– Przestań – odezwała się spokojnie Babcia. – Nie wyjdzie ci to na dobre.

– Co?

– Naprawdę sądzisz, moja mała, że jesteś pierwsza? Sądzisz, że my wszystkie nie myślałyśmy, jakby to było cudownie żyć w innym ciele, dosiadać wiatru albo oddychać wodą? I czy naprawdę wierzysz, że to takie proste?

Esk spojrzała na nią gniewnie.

– I nie patrz tak na mnie. Jeszcze mi kiedyś podziękujesz. Nie zaczynaj takich zabaw, dopóki się nie nauczysz, o co chodzi. Zanim przejdziesz do sztuczek, musisz wiedzieć, co robić, kiedy coś się nie uda. Nie próbuj chodzić, póki nie nauczysz się biegać.

– Przecież czuję, jak się to robi, Babciu!

– Może tak, a może i nie. Pożyczanie jest trudniejsze niż ci się wydaje, chociaż przyznaję, że masz talent. Na dzisiaj wystarczy. Sprowadź orła nad nas i pokażę ci, jak się Wraca.

Orzeł machnął skrzydłami nad dwoma uśpionymi postaciami i Esk oczyma duszy zobaczyła dwa otwarte przed nimi korytarze. Kształt umysłu Babci zniknął.

Teraz...

Babcia nie miała racji. Umysł orła prawie nie stawiał oporu i nie miał nawet czasu na panikę. Esk przytrzymała go w uścisku własnego umysłu. Szarpał się przez moment, a potem rozpłynął w niej.

Babcia otworzyła oczy i zdążyła jeszcze zobaczyć, jak z chrapliwym wrzaskiem tryumfu ptak pikuje na porośnięte trawą rumowisko, po czym odlatuje wzdłuż zbocza. Przez chwilę widoczny był jeszcze jako czarny punkcik, potem zniknął, pozostawiając tylko echo kolejnego krzyku.

Babcia przyjrzała się leżącej nieruchomo Esk. Dziewczynka była lekka, ale droga do domu daleka i zbliżał się wieczór.

– Niech to... – mruknęła bez szczególnej złości.

Wstała, otrzepała się i stękając z wysiłku zarzuciła sobie na ramię ciało Esk.

Wysoko w krystalicznym powietrzu wieczoru orzeł-Esk wzbijał się coraz wyżej, pijany czystą rozkoszą lotu.

Po drodze do domu Babcia spotkała głodnego niedźwiedzia. Grzbiet zaczynał już jej dokuczać i nie miała nastroju do wysłuchiwania gniewnych powarkiwań. Wymruczała pod nosem parę słów i niedźwiedź, ku swemu krótkotrwałemu zdumieniu, zderzył się ciężko z drzewem i przez kilka godzin nie odzyskał świadomości.

W domu Babcia ułożyła ciało Esk w łóżku i rozpaliła ogień. Zapędziła kozy do szopy i wydoiła je, po czym dokończyła wieczornych zajęć.

Sprawdziła, czy wszystkie okna są otwarte, a kiedy zaczęło się ściemniać, ustawiła na parapecie zapaloną latarnię.

Babcia Weatherwax właściwie nigdy nie sypiała dłużej niż parę godzin. Obudziła się o północy. Pokój nie zmienił się, chociaż latarnia miała już własny system planetarny bardzo głupich ciem.

Kiedy przebudziła się znowu, świeca dawno już zgasła, a Esk wciąż spała płytkim, nieprzerwanym snem Pożyczającego.

Wyprowadzając kozy na łąkę, czujnie obserwowała niebo.

Nadeszło południe, potem światło zaczęło wolno ściekać z nieba. Babcia bez celu krążyła po kuchni. Od czasu do czasu gorączkowo rzucała się w wir domowych prac. Stary brud został bezceremonialnie wydłubany ze szczelin między kamieniami, kominek oskrobany z sadzy i zaszorowany niemal na śmierć, a gniazdo myszy grzecznie, choć nieodwołalnie, usunięte zza komody i wyniesione do szopy.

Zaszło słońce.

Światło świata Dysku jest stare, powolne i gęste. Z drzwi domku Babcia przyglądała się, jak spływa z gór, jak płynie złotymi rzekami po lesie. Tu i tam w zagłębieniach formowało kałuże, póki nie wyblakło i nie zniknęło.

Nerwowo stukała palcami o framugę, mrucząc jakąś cichą, ponurą melodyjkę.

Przyszedł świt i domek był pusty, jeśli nie liczyć ciała Esk, cichego i nicruchomego na łóżku.

Kiedy złocisty blask płynął wolno przez Dysk niczym pierwsze fale powodzi na równinach, orzeł zatoczył krąg i wzniósł się wyżej pod kopułą niebios. Uderzał powietrze powolnymi, potężnymi machnięciami skrzydeł.

Pod Esk rozciągał się cały świat: wszystkie kontynenty, wszystkie wyspy, wszystkie rzeki, a zwłaszcza ogromny pierścień Krawędziowego Oceanu.

Tu, w górze, nie było niczego. Nawet dźwięku.

Esk rozkoszowała się tym uczuciem, zmuszała słabnące mięśnie do większego wysiłku. Ale coś było nie w porządku. Jej myśli zdawały się biegać w kółko, wymykać się spod kontroli, rozpływać. Ból, uniesienie i znużenie opanowały umysł, ale równocześnie wszystko inne rozsypywało się w proch. Wspomnienia ulatywały na wietrze. Kiedy tylko chwytała się jakiejś myśli, ta parowała, nie pozostawiając po sobie nawet śladu.

Traciła fragmenty samej siebie i nie pamiętała, co traci. Wpadła w panikę. Sięgnęła do tego, czego była pewna...

Jestem Esk, ukradłam ciało orła i *poczucie wiatru w piórach, głód, obserwacja nie-nieba w dole...*

Spróbowała jeszcze raz.

Jestem Esk i *poszukiwanie ścieżki wiatru, ból mięśni, cięcie powietrza, jego chłód...*

Jestem Esk *wysoko ponad powietrzem-wilgotnym-mokrym-białym, ponad wszystkim, niebo jest rzadkie...*

Jestem... *Jestem.*

Babcia była w ogrodzie, między ulami. Poranny wietrzyk szarpał ją za spódnicę. Przechodziła od ula do ula i stukała w daszki. Potem, między zagonami ogórecznika i mięty, wyciągnęła przed siebie ramiona i zaśpiewała coś tonem chwilami tak wysokim, że zwyczajny człowiek nic by nie usłyszał.

Lecz z uli rozległ się głośny szum i nagle w powietrzu zaroiły się ciężkie, wielkookie, brzęczące nisko kształty trutni. Zatoczyły krąg nad jej głową, dodając swoje basowe bzyczenie do jej pieśni.

A potem zniknęły, wzniosły się w światło nad polaną i odleciały ponad drzewami.

Dobrze wiadomo – a przynajmniej wiadomo czarownicom – że wszystkie kolonie pszczół są jedynie częściami stworzenia zwanego Rojem, podobnie jak pojedyncze pszczoły są złożonymi komórkami jaźni ula. Babcia nieczęsto łączyła swój umysł z pszczelim, po części dlatego, że myśli owadów to dziwaczne, obce wrażenia o posmaku cyny. Przede wszystkim jednak z powodu swych podejrzeń, że Rój jest o wiele bardziej inteligentny niż ona.

Wiedziała, że trutnie szybko dotrą do kolonii dzikich pszczół w głębokim lesie, a po kilku godzinach każdy skrawek każdej górskiej łąki znajdzie się pod baczną obserwacją. Teraz mogła już tylko czekać.

W południe trutnie wróciły, a Babcia w ostrych, kwaśnych myślach jaźni ula zobaczyła, że nigdzie nie ma ani śladu Esk.

Wróciła do chłodnego wnętrza domku i usiadła w fotelu, wpatrując się w otwarte drzwi.

Wiedziała, jaki powinien być jej następny krok. Sama myśl o tym budziła w niej obrzydzenie. Przystawiła jednak krótką drabinę, wspięła się na dach szopy i z kryjówki pod strzechą wyciągnęła laskę.

Była lodowata. Para unosiła się znad powierzchni.

– Czyli powyżej linii śniegu – stwierdziła Babcia.

Zeszła na dół i z rozmachem wbiła laskę w ziemię wśród kwiatów. Zmierzyła ją niechętnym wzrokiem. Odniosła nieprzyjemne wrażenie, że laska odpowiada jej równie wrogim spojrzeniem.

– Nie myśl, że wygrałaś, bo wcale nie – warknęła Babcia. – Po prostu nie mam czasu na zabawy. Na pewno wiesz, gdzie ona jest. Rozkazuję ci, żebyś mnie do niej zabrała!

Laska obserwowała ją nieruchomo.

– Na... – Babcia zawahała się. Trochę już zapomniała inwokacji. – Na kaszę i kamień, rozkazuję!

Aktywność, ruchliwość, ożywienie... wszystkie te słowa zupełnie się nie nadawały do opisu reakcji laski.

Babcia poskrobała się po brodzie. Przypomniała sobie lekcję, której uczyły się wszystkie małe dzieci. Jak brzmi magiczne słowo?

– Proszę? – spróbowała.

Laska zadrżała, uniosła się nad ziemią, przekręciła poziomo i zawisła zapraszająco przed Babcią.

Babcia słyszała, że wśród młodszych czarownic wróciła moda na miotły, ale sama tego nie pochwalała. Człowiek w żaden sposób nie może wyglądać godnie, kiedy sunie przez powietrze na sprzęcie gospodarstwa domowego. Poza tym wiatr był za silny.

Ale chwila nie była właściwa, by martwić się o godny wygląd. Babcia zatrzymała się tylko na moment, by z haka przy drzwiach zerwać swój kapelusz. Natychmiast wdrapała się na laskę i usiadła jak najwygodniej – bokiem, naturalnie, i ściskając kolanami spódnicę.

– Dobrze – oznajmiła. – I co tera... aaaaaa...

Zwierzęta biegały w panice, kiedy nad ich głowami przesuwał się hałaśliwy, przeklinający cień. Babcia trzymała się rozpaczliwie pobielałymi palcami i kopała chudymi nogami. Wysoko ponad koronami drzew pobierała trudne nauki o środkach ciężkości i turbulencjach prądów powietrznych. Laska pędziła naprzód, nie zważając na jej krzyki.

Zanim dotarły nad górskie łąki, Babcia zdążyła jakoś dojść z nią do porozumienia. To znaczy, że mogła się trzymać kolanami i dłońmi, pod warunkiem, że nie przeszkadzało jej zwisanie głową w dół. Przynajmniej kapelusz okazał się przydatny, a to ze względu na swój aerodynamiczny kształt.

Laska nurkowała między czarne urwiska, wzdłuż nagich wąwozów, gdzie podobno w dniach Lodowych Gigantów płynęły rzeki lodu. Mroźne, rozrzedzone powietrze drapało w gardło.

Zatrzymały się gwałtownie na śnieżnym polu. Babcia upadła i leżała dysząc na śniegu. Usiłowała sobie przypomnieć, dlaczego to wszystko znosi.

O kilka stóp zauważyła pod skalną przewieszką kłębek piór. Zbliżyła się. Orzeł podniósł głowę i spojrzał na nią dzikimi, przestraszonymi oczami. Próbował odlecieć, ale przewrócił się. Kiedy Babcia wyciągnęła rękę, wyrwał jej z dłoni równiutki trójkącik mięsa.

– Rozumiem – mruknęła cicho Babcia, nie zwracając się do nikogo konkretnego.

Rozejrzała się i wyszukała głaz mniej więcej właściwych rozmiarów. Zniknęła za nim na kilka sekund, dla zachowania przyzwoitości, i pojawiła się znowu z halką w ręku. Ptak wyrywał się, rujnując kilka tygodni pracy nad drobnym haftem, zdołała jednak owinąć go i chwycić tak, by unikać powtarzanych z rzadka ataków.

Potem zwróciła się do laski stojącej pionowo w śniegu.

– Z powrotem pójdę piechotą – oznajmiła lodowato.

Okazało się wszakże, że stoją na skalnym cyplu ponad kilkusetstopową przepaścią. W dole sterczały ostre, kamienne bloki.

– No dobrze – ustąpiła Babcia. – Ale masz lecieć powoli, rozumiesz? I nie za wysoko.

Zdobyła już nieco doświadczenia, a może i laska bardziej się starała, w każdym razie droga powrotna okazała się niemal spokojna. A Babcia nabrała prawie przekonania, że z czasem może zwyczajnie nie lubić latania, zamiast go nie znosić. Musi tylko znaleźć jakiś sposób, żeby nie patrzeć w dół.

Orzeł rozłożył się na szmacianym chodniku przed zimnym kominkiem. Wypił trochę wody, nad którą Babcia wymruczała kilka zaklęć. Normalnie wykorzystywała je w celu zrobienia wrażenia na pacjentach, ale nigdy nie wiadomo... Może tkwiła w nich jakaś moc. Przełknął też kilka pasków surowego mięsa.

To, czego nie zrobił, to nie przejawił nawet śladu inteligencji.

Zaczynała wątpić, czy złapała właściwego ptaka. Ryzykując kolejne uderzenie dziobem, zajrzała mu uważnie w oczy i usiłowała przekonać samą siebie, że gdzieś tam w głębi, niemal poza zasięgiem wzroku, migocze niezwykły płomyk.

Zajrzała mu też do głowy. Umysł orła tkwił tam, oczywiście, ale było też coś innego. Umysł, naturalnie, nie ma koloru, ale mimo to pasemka myśli ptaka wydawały się fioletowe. Wokół nich i splątane z nimi wiły się delikatne nitki srebra.

Esk zbyt późno się nauczyła, że świadomość określa byt, że Pożyczanie to jedno, ale marzenie o całkowitym przejęciu cudzego ciała ma wbudowaną karę za zuchwałość.

Babcia usiadła w fotelu na biegunach. Wiedziała, że nie ma pojęcia, co robić. Rozdzielenie splątanych umysłów przekraczało jej możliwości, przekraczało możliwości kogokolwiek w Ramtopach, a nawet...

Nie rozległ się żaden dźwięk, choć może nastąpiła jakaś zmiana w fakturze powietrza. Babcia spojrzała na laskę, którą niechętnie wpuściła z powrotem do domku.

– Nie – rzekła stanowczo.

A potem zastanowiła się: komu wyjdzie na dobre ten zakaz? Mnie? Jest w niej moc, ale to nie mój rodzaj mocy.

Tyle że w okolicy nie ma innej. A teraz nawet dla takiej może już być za późno.

Może nigdy nie było dość wcześnie.

Raz jeszcze sięgnęła do świadomości ptaka, by uciszyć jego lęki i rozproszyć panikę. Pozwolił się podnieść i usadzić na przegubie. Szpony ściskały rękę tak mocno, że aż raniły do krwi.

Babcia chwyciła laskę i ruszyła na pięterko, gdzie Esk leżała na wąskim łóżku w niskiej sypialni ze starym, nierównym sufitem. Usadziła ptaka na poręczy łóżka i przyjrzała się lasce. I znowu rzeźbienia zadrgały pod jej spojrzeniem, nawet na chwilę nie ujawniając swej prawdziwej formy.

Babcia potrafiła korzystać z mocy, wiedziała jednak, że opiera się na delikatnych naciskach, subtelnie kierujących falą wydarzeń. Oczywiście, sama nie określiłaby tego w taki sposób. Powiedziałaby raczej, że zawsze jest jakaś dźwignia, byle tylko wiedzieć, gdzie szukać. Moc laski była gwałtowna, dzika: surowa esencja magii wydestylowana z sił napędzających sam wszechświat.

Przyjdzie jej zapłacić. A Babcia dostatecznie dobrze znała się na magii, by wiedzieć, że cena będzie wysoka. Ale jeśli człowiek martwi się ceną, to po co w ogóle wchodził do sklepu?

Odchrząknęła; nie miała pojęcia, co do licha powinna właściwie teraz zrobić. Może gdyby...

Magia uderzyła w nią jak celnie rzucona cegła. Czuła, że chwyta ją i unosi... Zdziwiła się, gdy spojrzawszy na własne stopy odkryła, że wciąż stoi mocno na podłodze. Próbowała postąpić o krok, ale wokół trzaskały magiczne wyładowania. Próbowała oprzeć się o belkę, ale pod jej palcami stara i sucha krokiew nagle wypuściła liście. Czarodziejski cyklon wirował w izbie, porywając w górę kurz i na krótko nadając mu niesamowite kształty. Dzbanek i miska na umywalce, ozdobione wyjątkowo udanym motywem pączków róży, rozpadły się na kawałki. Pod łóżkiem trzeci element tradycyjnego porcelanowego tercetu zmienił się w coś obrzydliwego i odpełzł na bok.

Babcia otworzyła usta, by zakląć, ale zrezygnowała, gdy słowa zaczęły rozkwitać w obłoki o tęczowych krawędziach.

Spojrzała na Esk i na orła; oboje jakby nie zwracali uwagi na ten chaos. Spróbowała się skoncentrować. Wsunęła się z powrotem w umysł ptaka i znowu zobaczyła pasma świadomości, srebrne nitki tak ciasno oplatające fioletowe, że nabierały tych samych kształtów. Teraz jednak dostrzegła również końce nici i miejsca, gdzie dobrze wyliczone szarpnięcie albo pchnięcie zacznie je odwijać. Było to tak oczywiste, że aż usłyszała własny śmiech: dźwięk odfrunął w cieniach pomarańczu i czerwieni, by zniknąć pod sufitem.

Czas mijał. Nawet z mocą płynącą z hukiem przez głowę, zadanie było ciężkie jak nawlekanie igły przy blasku księżyca. Wreszcie jednak Babcia trzymała w ręku garść srebra. W powolnym, ciężkim świecie, w jakim się właśnie znalazła, chwyciła mocniej kłębek i rzuciła nim w stronę Esk. Stał się chmurą, zawirował i zniknął.

Usłyszała ćwierkanie i dostrzegła cienie przyczajone na skraju pola widzenia. No cóż, prędzej czy później czekało to każdego. Przybyły zwabione wyładowaniem magii. Trzeba się nauczyć nie zwracać na nie uwagi.

Babcia obudziła się, kiedy promienie słońca zaczęły przebijać się przez jej powieki. Leżała skulona pod drzwiami i czuła się tak, jakby ją dręczył ból zęba.

Na ślepo wyciągnęła rękę, znalazła brzeg umywalki i podciągnęła się do pozycji siedzącej. Nie zdziwiła się właściwie widząc, że dzbanek i miska wyglądają tak samo jak zawsze. Ciekawość kazała jej na moment zapomnieć o bólu i szybko zerknąć pod łóżko, by sprawdzić, że tak, też całkiem normalnie.

Orzeł nadal siedział na poręczy. Esk spała, ale Babcia zauważyła, że to prawdziwy sen, a nie bezruch opuszczonego ciała.

Teraz mogła tylko mieć nadzieję, że Esk nie zbudzi się, odczuwając nieposkromioną chęć polowania na króliki.

Zniosła na dół nie stawiającego oporu ptaka i wypuściła go na progu kuchennych drzwi. Przeleciał ciężko na najbliższe drzewo i usiadł na gałęzi. Miał wrażenie, że powinien mieć coś komuś za złe, ale w żaden sposób nie mógł sobie przypomnieć dlaczego.

Esk otworzyła oczy i przez długą chwilę wpatrywała się w sufit. W ciągu długich miesięcy nauczyła się na pamięć każdej wypukłości, każdego pęknięcia tynku, tworzących fantastyczny, odwrócony pejzaż, który zaludniła osobistą, złożoną cywilizacją.

Sny tłoczyły się w jej myślach. Wysunęła spod kołdry ramię i popatrzyła na nie zdziwiona, dlaczego nie jest porośnięte piórami. Wszystko to było niezwykle zagadkowe.

Odrzuciła kołdrę, przesunęła nogi na brzeg łóżka, *rozłożyła skrzydła na wiatr i poszybowała nad światem...*

Odgłos uderzenia o podłogę w sypialni sprowadził Babcię. Staruszka mocno przytuliła przerażoną Esk. Kołysała się w przód i w tył, wydając bezsensowne, kojące dźwięki.

Dziewczynka spoglądała na nią ze zgrozą.

– Czułam, że znikam!

– Tak, tak. Już wszystko dobrze – mruczała Babcia.

– Nie rozumiesz! Nie pamiętałam nawet, jak mam na imię! – krzyknęła Esk.

– Ale teraz pamiętasz.

Dziewczynka zawahała się. Sprawdziła.

– Tak – potwierdziła. – Tak, oczywiście. Teraz.

– Czyli nic złego się nie stało.

– Ale...

Babcia westchnęła.

– Czegoś się nauczyłaś – rzekła. Uznała, że bezpiecznie może już zabarwić głos odcieniem surowości. – Mówią, że niepełna wiedza jest rzeczą niebezpieczną, ale jednak nie tak złą, jak całkowita ignorancja.

– Ale co się stało?

– Uznałaś, że Pożyczanie ci nie wystarczy. Uznałaś, że przyjemnie będzie ukraść cudze ciało. Ale musisz wiedzieć, że ciało jest... jest jak forma do ciasta. Nadaje kształt swojej zawartości. Rozumiesz? Nie możesz mieć umysłu dziewczynki w ciele orła. A w każdym razie nie na długo.

– Stałam się orłem?

– Tak.

– I już nie sobą?

Babcia zastanowiła się. Zawsze to robiła, kiedy rozmowa z Esk prowadziła ją poza granice słownictwa osoby przyzwoitej.

– Nie – oświadczyła w końcu. – Przynajmniej nie tak, jak to rozumiesz. Po prostu orłem, który może miewałby niekiedy dziwne sny. Tobie śni się czasem, że latasz, a on by pamiętał chodzenie i mowę.

– Uch...

– Ale już po wszystkim – dodała szybko Babcia, obdarowując Esk lekkim uśmiechem. – Znowu jesteś naprawdę sobą, a orzeł odzyskał swój umysł. Siedzi teraz na tym dużym buku obok wygódki. Powinnaś wyłożyć mu coś do jedzenia.

Esk przysiadła na piętach, wpatrzona w punkt ponad głową Babci.

– Były tam różne dziwne rzeczy – oświadczyła tonem pogawędki.

Babcia odwróciła się błyskawicznie.

– To znaczy, widziałam różne rzeczy... jakby we śnie – wyjaśniła Esk.

Staruszka była wyraźnie wstrząśnięta i Esk przestraszyła się, że powiedziała coś niewłaściwego.

– Jakie rzeczy? – spytała zimno Babcia.

– Takie jakby wielkie stwory o dziwacznych kształtach. Siedziały dookoła.

– Czy było ciemno? To znaczy: te Stwory... czy siedziały w ciemności?

– Chyba świeciły gwiazdy, Babciu.

Babcia Weatherwax patrzyła nieruchomo w ścianę.

– Babciu! – powtórzyła Esk.

– Mhm? Tak? Ach... – Babcia wzdrygnęła się. – No tak... Rozumiem. A teraz zejdź na dół, wyjmij ze spiżarki bekon i wynieś dla ptaka. Jasne? Dobrze by też było, gdybyś mu podziękowała. Nigdy nie wiadomo.

Kiedy Esk wróciła, Babcia smarowała chleb masłem. Przysunęła sobie stołek, ale staruszka machnęła na nią nożem.

– Zaczniemy od najważniejszego. Stań przede mną.

Esk posłuchała zdziwiona. Babcia wbiła nóż w deskę do krojenia i pokręciła głową.

– Niech to licho... – zwróciła się do świata jako całości. – Nie wiem, jak oni to robią. Jak znam magów, to niezbędna jest jakaś ceremonia... Zawsze wszystko komplikują.

– O co chodzi?

Babcia nie zwracała na nią uwagi. Sięgnęła w ciemny kąt za szafą.

– Pewnie należy wsadzić jedną nogę do wiadra zimnej owsianki, założyć jedną rękawiczkę i inne takie głupoty – mówiła dalej. – Nie chcę tego robić, ale Oni nie dają mi wyboru.

– O czym ty mówisz, Babciu?

Stara czarownica wyjęła z mroku laskę i machnęła nią w kierunku Esk.

– Masz. Jest twoja. Weź ją. Mam tylko nadzieję, że podjęłam właściwą decyzję.

W rzeczywistości prezentacja laski studentowi magii jest ceremonią niezwykle uroczystą. Zwłaszcza jeśli chodzi o laskę odziedziczoną po starszym magu. Zgodnie z pradawnym obyczajem odbywa się to w ramach długiego, przerażającego rytuału, z maskami, kapturami, mieczami i straszliwymi klątwami dotyczącymi wyrywania języków, rozszarpywania wnętrzności przez dzikie ptaki, rozsypywania popiołów na osiem wiatrów i tak dalej. Po kilku godzinach takich zabiegów uczeń może być przyjęty do bractwa Mądrych i Oświeconych.

Zostaje też wygłoszone długie przemówienie. Czystym przypadkiem Babcia w kilku słowach ujęła jego istotę.

Esk wzięła laskę i obejrzała ją uważnie.

– Bardzo ładna – stwierdziła niepewnie. – Podobają mi się te rzeźbienia. Do czego służy?

– Usiądź teraz. I chociaż raz słuchaj uważnie. W dniu, kiedy przyszłaś na świat...

– ...i tak to właśnie wygląda.

Esk popatrzyła surowo najpierw na laskę, potem na Babcię.

– Mam zostać magiem?

– Tak. Nie. Nie wiem.

– To przecież żadna odpowiedź, Babciu – stwierdziła z wyrzutem dziewczynka. – Mam czy nie mam?

– Kobiety nie mogą być magami – oświadczyła z uporem Babcia. – To wbrew naturze. Równie dobrze kobieta mogłaby być kowalem.

– Szczerze mówiąc, przyglądałam się tacie przy pracy i nie rozumiem, dlaczego...

– Posłuchaj – przerwała jej pospiesznie Babcia. – Nie może istnieć kobieta mag, tak jak nie może istnieć mężczyzna czarownica, ponieważ...

– Słyszałam o mężczyznach czarownicach – wtrąciła potulnie Esk.

– Czarownikach!

– Chyba tak.

– Chciałam powiedzieć, że nie ma męskich czarownic, są tylko głupi mężczyźni – gorączkowała się Babcia. – Gdyby mężczyźni mogli być czarownicami, byliby magami. Wszystko sprowadza się do... – popukała się w głowę – ...do głowologii. Jak działa twój umysł. Umysły mężczyzn pracują inaczej niż nasze. Ich magia to tylko liczby, kąty i krawędzie, i co robią gwiazdy, jakby to kogoś obchodziło. Sama moc. Sama... – Babcia urwała, szukając w pamięci swego ulubionego słowa określającego to, czym pogardzała w męskiej magii. – Sama gommetria.

– No to świetnie – odetchnęła z ulgą Esk. – Zostanę tutaj i będę czarownicą.

– Hm... – mruknęła ponuro Babcia. – Łatwo ci tak mówić. Ale obawiam się, że to nie będzie takie proste.

– Przecież sama powiedziałaś, że mężczyźni mogą być magami, a kobiety czarownicami, i że inaczej się nie da.

– To prawda.

– No to po kłopocie – stwierdziła tryumfującym tonem dziewczynka. – Nic nie poradzimy. Muszę być czarownicą.

Babcia wyciągnęła rękę i wskazała laskę. Esk wzruszyła ramionami.

– To tylko stary kawał kija.

Babcia pokręciła głową. Esk zamrugała.

– Nie?

– Nie.

– I nie mogę być czarownicą?

– Nie wiem, czym możesz być. Weź laskę.

– Co?

– Weź laskę. A teraz... Nałożyłam drew do paleniska. Podpal je.

– Pudełko z hubką leży...

– Powiedziałaś kiedyś, że są lepsze sposoby rozpalania ognia. Pokaż mi je.

Babcia wstała. W półmroku kuchni zdawała się rosnąć, aż całą izbę wypełniła swym poszarpanym, promieniującym groźbą cieniem. Jej oczy spojrzały wrogo.

– Pokaż mi! – rozkazała. W głosie zadźwięczał lód.

– Ale... – protestowała rozpaczliwie Esk. Przycisnęła do siebie laskę i przewróciła stołek, próbując odsunąć się jak najszybciej.

– Pokaż!

Esk odwróciła się z krzykiem. Płomienie strzeliły jej z palców i łukiem przemknęły przez izbę. Szczapy drewna eksplodowały z siłą, która rzuciła meblami o ściany. W kominku zapłonęła kula oślepiającego zielonego światła.

Zmienne geometryczne wzory przemykały po jej powierzchni. Wirowała na kamieniach, wreszcie zwolniła i zatrzymała się. Żelazna płyta za paleniskiem najwyżej kilka sekund stawiała opór, nim rozpłynęła się niczym wosk. Ostatni raz pojawiła się jako czerwona plama za kulą i zniknęła. Po chwili jej śladem poszedł kociołek.

I kiedy zdawało się już, że za nimi podąży też komin, ustąpiła stara kamienna płyta pod paleniskiem. W ostatniej fontannie iskier ognista kula zapadła się i zniknęła.

Trzaski i czasem kłąb pary znaczył jej ruch w głębi ziemi. Poza tym panowała cisza – ta głośna, sycząca cisza, jaka następuje po ogłuszającym huku. A kiedy zgasł oślepiający blask, zdawało się, że w izbie panuje ciemność.

Po chwili Babcia wyczołgała się zza stołu i bardzo ostrożnie podpełzła do dziury o brzegach pokrytych skorupą lawy. Odsunęła się gwałtownie, kiedy wykwitł kolejny kłąb przegrzanej pary.

– Podobno pod Ramtopami są kopalnie krasnoludów – zauważyła spokojnie. – Te małe łobuzy będą miały niespodziankę.

Dźgnęła pogrzebaczem małą kałużę stygnącego żelaza w miejscu, gdzie niedawno stał kocioł.

– Szkoda płyty kominka – dodała. – Miała wykute sowy, wiesz? Drżącą dłonią przygładziła nadpalone włosy.

– Myślę, że przyda się nam kubek... kubek zimnej wody.

Esk siedziała wpatrzona we własną rękę.

– To była prawdziwa magia – wykrztusiła wreszcie. – I ja tego dokonałam.

– Jeden z typów prawdziwej magii – poprawiła ją Babcia. – Nie zapominaj o tym. Zresztą na pewno nie chciałabyś ciągle wyczyniać takich rzeczy. Jeśli to w tobie tkwi, musisz nauczyć się nad tym panować.

– Możesz mnie nauczyć?

– Ja? Nie.

– To jak mogę się uczyć, kiedy nikt nie może mi pomóc?

– Musisz iść tam, gdzie to potrafią. Do szkoły magów.

– Ale sama mówiłaś...

Babcia nalewała właśnie wody z wiadra do dzbanka.

– Tak, tak – burknęła. – Nieważne, co mówiłam, nieważny zdrowy rozsądek czy cokolwiek innego. Czasami trzeba robić to, co nam dyktuje życie. I myślę, że tak czy inaczej trafisz do szkoły magów.

Esk zastanowiła się.

– Chcesz powiedzieć, że to moje przeznaczenie? – spytała.

Babcia wzruszyła ramionami.

– Coś w tym rodzaju. Prawdopodobnie. Kto wie?

Tej nocy, kiedy Esk dawno już poszła spać, Babcia włożyła kapelusz, zapaliła nową świecę, sprzątnęła ze stołu i z tajemnej skrytki w komodzie wyjęła drewnianą szkatułkę. Trzymała w niej butelkę inkaustu, stare gęsie pióro i parę kartek papieru.

Nie czuła się najlepiej, kiedy stawała wobec świata liter. Wybałuszyła oczy, wysunęła czubek języka, krople potu wystąpiły jej na czoło, ale pióro skrzypiało po papierze do wtóru okazjonalnych „A niech to!" i „Do licha!".

List brzmiał jak następuje, chociaż poniższej wersji brakuje wosku, kleksów, wykreśleń i wilgotnych plam oryginału.

Do najważniejszego Maga, Niewidoczny Uniwersytet.

Pozdrowinia, mam nadzieje, że dobrze sie czujecie, posyłam wam nijako Eskarrine Kowal. Ma w sobie talanta magiczne, ale co z nio bedzie dalej, ja nie wim jest pracowita i czysta, tesz zna sie na sztuce zioła, posyłam z nio piniądze, Obyście żyli długo i skończyli sfe dni w pokoju, szczeże oddana Essmeralda Weatherwaxe (panna), czarownica.

Babcia uniosła list do świecy i przyjrzała się z uwagą. To dobry list. Użyła paru słów, które znalazła w Almanachu, czytanym co wieczór przed snem. Zawsze opisywał „sztvki wielorakie i talanta”. Nie była całkiem pewna, co to znaczy, ale słowa uznała za bardzo dobre.

Zapieczętowała kopertę woskiem i odłożyła na komodę. Jutro zostawi ją dla listonosza. I tak musi iść do wsi, rozejrzeć się za nowym kociołkiem.

Następnego dnia Babcia ubrała się z pewną starannością. Wybrała czarną sukienkę w żaby i nietoperze, szeroki płaszcz z aksamitu (a przynajmniej materiału wyglądającego jak aksamit po trzydziestu latach intensywnego użytkowania), a na końcu szpiczasty urzędowy kapelusz, ukrzyżowany spinkami do włosów.

Najpierw odwiedziły murarza w sprawie naprawy kominka. Potem zjawiły się u kowala.

Spotkanie było długie i burzliwe. Esk wymknęła się do sadu i wspięła na znajomą gałąź jabłoni. Z domu dobiegały krzyki ojca, lamenty matki i długie chwile ciszy. To znaczy, że Babcia Weatherwax przemawiała spokojnie głosem, który Esk określała „właśnie tak”. Staruszka odzywała się czasem tak spokojnie i miarowo. Prawdopodobnie takiego właśnie głosu używał Stwórca. Czy kryła się w nim magia, czy tylko głowologia, nie wiadomo; w każdym razie wykluczał wszelką możliwość sprzeciwu. Było jasne, że każde słowo wypowiedziane takim głosem jest dokładnie takie, jakie być powinno.

Wietrzyk delikatnie kołysał drzewem. Esk siedziała na gałęzi i machała w powietrzu nogami.

Myślała o magach. Nieczęsto zjawiali się w Głupim Ośle, ale krążyło o nich sporo opowieści. Byli mądrzy, o ile pamiętała, zwykle bardzo starzy, używali potężnych, skomplikowanych i tajemniczych czarów i prawie wszyscy mieli brody. Byli też – bez wyjątku – mężczyznami.

Lepsze informacje miała na temat czarownic, ponieważ w towarzystwie Babci odwiedzała kilka z nich w górskich wioskach. Zresztą czarownice grały ważną rolę w folklorze Ramtopów. Były chytre, przypominała sobie, zwykle bardzo stare, a przynajmniej starały się staro wyglądać. Zajmowały się nieco podejrzanymi, domowymi, organicznymi czarami. Niektóre miały brody. Były też – bez wyjątku – kobietami.

Tkwił w tym jakiś podstawowy problem, którego nie potrafiła rozwiązać. Dlaczego właściwie...

Cern i Gulta pojawili się na ścieżce, podbiegli i popychając się nawzajem stanęli pod drzewem. Podnieśli głowy i spojrzeli na siostrę z mieszaniną fascynacji i lekceważenia. Czarownice i magowie budzili nabożny lęk, ale siostry wcale. I wiedza, że własna siostra uczy się czarownictwa, w jakiś sposób odbierała powagę tej profesji.

– Tak naprawdę to wcale nie umiesz czarować – oświadczył Cern. – Umiesz?

– Pewnie, że nie – odpowiedział mu Gulta. – Co to za kij?

Esk zostawiła laskę opartą o drzewo. Cern ostrożnie dźgnął ją palcem.

– Nie dotykaj – zawołała Esk. – Proszę. Jest moja.

Cern normalnie przejawiał wrażliwość łożyska kulkowego, jednak tym razem – ku własnemu zdumieniu – powstrzymał rękę wpół ruchu.

– I tak nie miałem zamiaru – mruknął, by ukryć zmieszanie. – To zwykły stary kij.

– Czy to prawda, że umiesz czarować? – spytał Gulta. – Babcia mówiła, że umiesz.

– Podsłuchiwaliśmy pod drzwiami – dodał Cern.

– Sam powiedziałeś, że nie umiem – przypomniała Esk.

– No więc umiesz, czy nie umiesz? – Gulta zaczerwienił się.

– Może...

– Nie umiesz!

Esk spojrzała na niego z góry. Kochała swoich braci, kiedy sobie o tym przypomniała, głównie z poczucia obowiązku. Zwykle jednak wspominała ich jako zestaw głośnych dźwięków w spodniach. We wzroku Gulty dostrzegła coś okropnie świńskiego i nieprzyjemnego... Całkiem jakby go osobiście uraziła.

Poczuła mrowienie w całym ciele. Świat stał się nagle bardzo wyraźny i jasny.

– Umiem – rzuciła.

Gulta popatrzył na nią, potem na laskę. Zmrużył oczy. I kopnął z całej siły.

– Stary kij!

Wygląda, pomyślała, jak mała, rozzłoszczona świnka.

Wrzaski Cerna sprowadziły Babcię i rodziców najpierw do tylnych drzwi, potem ścieżką do sadu.

Esk siedziała w rozwidleniu konarów jabłoni z wyrazem sennego rozmarzenia na twarzy. Cern chował się za drzewem; jego twarz była zaledwie obwódką wokół czerwonego, wibrującego wrzasku.

Gulta dreptał z lekka oszołomiony w stosie ubrania, które już na niego nie pasowało. Marszczył ryj.

Babcia podeszła do drzewa. Jej haczykowaty nos znalazł się prawie na jednym poziomie z nosem Esk.

– Zamiana ludzi w świnie jest zabroniona! – syknęła. – Nawet braci.

– Ja go nie zamieniłam. To tak jakoś samo się zdarzyło. Zresztą, musisz przyznać, że ta postać lepiej do niego pasuje – odparła spokojnie dziewczynka.

– Co się tu dzieje? – spytał Smith. – Gdzie Gulta? Co tu robi ta świnia?

– Ta świnia – odparła Babcia Weatherwax – jest waszym synem.

Zabrzmiało głośne westchnienie – to matka Esk upadła łagodnie na wznak. Jednak kowal nie był aż tak zaskoczony. Spojrzał ostro na Gultę, który właśnie wyplątał się z ubrania i teraz рył entuzjastycznie, szukając wcześnie opadłych jabłek. Potem na swoją jedyną córkę.

– Ona to zrobiła?

– Tak. Albo dokonało się to poprzez nią. – Babcia zerknęła podejrzliwie na laskę.

– Aha... – Kowal przyjrzał się swemu piątemu synowi. Musiał przyznać, że ten kształt do niego pasował. Nie patrząc wyciągnął rękę i przyłożył wrzeszczącemu Cernowi w tył głowy.

– Możesz zmienić go z powrotem? – zapytał.

Babcia odwróciła się i wzrokiem przekazała pytanie Esk. Ta wzruszyła ramionami.

– Nie wierzył, że umiem czarować – oświadczyła chłodno.

– No tak... Ale już mu pokazałaś, kto ma rację. A teraz, moja droga, zamień go z powrotem. Natychmiast. Słyszałaś?

– Nie chcę. Był niegrzeczny.

– Rozumiem...

Esk spoglądała wyzywająco w dół. Babcia patrzyła surowo w górę. Ich jaźni zderzyły się brzęcząc jak cymbały. Powietrze zgęstniało. Jednak Babcia przez całe życie naginała oporne istoty do swej woli, a choć Esk stawiała silny opór, było jasne, że skapituluje przed końcem akapitu.

– No dobrze – westchnęła. – Nie wiem, po co się męczyć zamieniając go w świnię, kiedy sam sobie z tym doskonale radzi.

Nie wiedziała, skąd przychodzi magia, jednak psychicznie odwróciła się w tamtą stronę i dokonała sugestii. Gulta pojawił się nagi, z jabłkiem w ustach.

– O e eje? – zapytał.

Babcia odwróciła się na pięcie i stanęła przed kowalem.

– Teraz wierzycie? – warknęła. – Naprawdę uważacie, że powinna zostać tutaj i zapomnieć o magii? Wyobrażacie sobie los jej nieszczęsnego męża, jeśli wyjdzie za mąż?

– Przecież zawsze powtarzaliście, że kobiety nie mogą być magami...

Kowal był pod wrażeniem. Nigdy jeszcze nie słyszał, żeby Babcia Weatherwax kogokolwiek w coś zamieniła.

– Teraz to nieważne. – Babcia uspokoiła się trochę. – Potrzebuje szkolenia. Musi się nauczyć nad tym panować. Przez litość, dajcie temu dziecku jakieś ubranie.

– Gulta, ubierz się i przestań sinieć – rzucił ojciec. – Mówiliście, że jest jakieś miejsce, gdzie uczą takich rzeczy – zwrócił się znowu do Babci.

– Tak. Niewidoczny Uniwersytet. Tam uczą magów.

– I wiecie, gdzie to jest?

– Tak – skłamała Babcia, której znajomość geografii tylko trochę ustępowała znajomości fizyki kwantowej.

Kowal zerknął na nadąsaną córkę.

– I będzie z niej mag? – upewnił się.

Babcia westchnęła.

– Nie wiem, co z niej będzie – odparła szczerze.

I tak w tydzień później Babcia zamknęła drzwi domku i powiesiła klucz na gwoździu w wygódce. Kozy zostały odesłane do siostry-czarownicy głębiej w górach. Obiecała się nimi zająć i mieć też oko na dom. Głupi Osioł będzie musiał przez jakiś czas dawać sobie radę bez czarownicy.

Babcia niejasno zdawała sobie sprawę, że nie da się znaleźć Niewidocznego Uniwersytetu, jeśli sam nie zechce być znaleziony. A jedynym możliwym miejscem rozpoczęcia poszukiwań było miasteczko Ohulan Cutash, zbiorowisko około setki chat oddalone o piętnaście mil od Głupiego Osła. To tam człowiek wyruszał raz czy dwa razy w roku, jeśli chciał uchodzić za prawdziwie kosmopolitycznego Głupiooślanina. Babcia w całym swoim życiu dotarła tam tylko raz i wcale jej się nie spodobało. Pachniało brzydko, zgubiła się i nie ufała miastowym z ich szykownymi manierami.

Zabrał je wóz, który co pewien czas dostarczał do kuźni żelazo. Był brudny, ale zawsze wygodniejszy niż marsz na piechotę. Tym bardziej że Babcia zapakowała do worka trochę bagażu. Usiadła na nim dla bezpieczeństwa.

Esk ściskała laskę i obserwowała las.

– Mówiłaś przecież, że w Obcych Stronach rośliny są inne – odezwała się, kiedy przejechały kilka mil.

– I są.

– Te drzewa wyglądają tak samo.

Babcia przyjrzała się im z pogardą.

– Nawet do pięt naszym nie dorastają.

Tak naprawdę czuła się nieco zalękniona. Bez namysłu złożyła obietnicę towarzyszenia Esk w drodze na Niewidoczny Uniwersytet. Swą skromną wiedzę na temat reszty Dysku czerpała z plotek i ze stronic „Almanachu". Była przekonana, że jadą ku falom powodzi, trzęsieniom ziemi, zarazom i masakrom, często nawet wielorakim albo jeszcze gorzej. Postanowiła jednak przetrwać je wszystkie. Fach czarownicy zbyt mocno opierał się na słowach, by mogła słowa nie dotrzymać.

Ubrała się w praktyczną czerń i ukryła w zakamarkach odzieży sporą ilość szpilek do kapelusza i nóż do chleba. Niewielką kwotę pieniędzy, niechętnie wyasygnowaną przez kowala, schowała w tajemnych warstwach bielizny. W kieszeniach pobrzękiwały amulety na szczęście, a świeżo wykuta podkowa – potężny środek zapobiegający kłopotom – obciążała torebkę. Jak mogła najlepiej przygotowała się na spotkanie świata.

Szlak wił się między zboczami gór. Chociaż raz chmury zniknęły i Ramtopy wznosiły się wyraźne i ostre niczym narzeczone nieba (z tiurniurami wypchanymi burzą). Liczne potoczki płynące wzdłuż lub w poprzek traktu ciurkały leniwie pośród łąkowej słodyczki i szybkorzenia.

Przed obiadem dotarły do przedmieścia Ohulanu (był za mały, żeby mieć ich więcej niż jedno; składało się z gospody i garści domków należących do ludzi, którzy nie potrafili znieść tempa miejskiego życia). W kilka minut później woźnica wysadził je na głównym, a nawet jedynym placu miasteczka.

Okazało się, że to dzień targowy.

Babcia Weatherwax stanęła niepewnie na bruku. Trzymała za ramię Esk, a wokół kłębił się tłum. Słyszała, że dopiero co przybyłym wiejskim kobietom w wielkich miastach zdarzają się lubieżne rzeczy. Ściskała więc torebkę, aż pobielały jej palce. Gdyby jakiś obcy mężczyzna ośmielił się choćby skinąć jej głową, gorzko by tego pożałował.

Esk błyszczały oczy. Plac targowy był układanką dźwięków, barw i zapachów. Po jednej stronie wznosiły się świątynie co bardziej wymagających bóstw Dysku, a dymy niezwykłych kadzideł w złożonej aromatycznej plątaninie mieszały się z odorami handlu. Były tu stragany pełne zadziwiających przedmiotów. Esk aż palce świerzbiały, żeby je zbadać.

Babcia pozwoliła, by tłum niósł je ze sobą. Ją także zdumiewały stragany. Przyglądała się im, choć ani na chwilę nie słabła jej czujność wobec kieszonkowców, trzęsień ziemi i sprzedawców erotyki. Wreszcie wypatrzyła coś mniej więcej znajomego.

Był to niewielki, zadaszony stragan, osłonięty czarnymi storami i pachnący wilgocią, wbity klinem w wąską szczelinę między dwoma domami. Wyglądał niepozornie, jednak najwyraźniej prowadził bardzo popularny interes. Klientami były głównie kobiety w różnym wieku, choć Babcia spostrzegła też kilku mężczyzn. Jedno ich łączyło: nikt nie zbliżał się do straganu wprost. Ludzie jakby przypadkiem przechodzili obok i nagle odskakiwali w cień pod baldachimem u wejścia. Po chwili byli już z powrotem, pospiesznie wyjmując rękę z torebki czy kieszeni i pretendując do tytułu Najbardziej Nonszalanckiej Miny Świata tak skutecznie, że patrzący mógłby zwątpić w świadectwo własnych oczu.

To niezwykłe, że stragan, o którego istnieniu tak wielu ludzi demonstracyjnie nie miało pojęcia, cieszył się takim zainteresowaniem.

– Co tam jest? – zaciekawiła się Esk. – Co oni wszyscy kupują?

– Lekarstwa – odparła stanowczo Babcia.

– W miastach musi mieszkać wielu ciężko chorych – zauważyła Esk.

Wewnątrz stragan był masą aksamitnych cieni i zapachem ziół tak gęstym, że można by rozlewać go do butelek. Babcia fachowym okiem zbadała kilka wiązek suszonych liści. Esk odsunęła się i spróbowała odczytać kulfony na etykietkach butelek na półce. Znała się na większości Babcinych wywarów, ale tutaj nie mogła niczego rozpoznać. Nazwy były dość zabawne, na przykład Olejek Tygrysi, Modlitwa Dziewicy czy Pomocnik Męża. Jeden czy dwa korki pachniały jak Babcina kuchnia po najbardziej tajemnych destylacjach.

Jakiś kształt poruszył się w mroku, a brązowa, pomarszczona dłoń chwyciła ją za rękę.

– Czy mogę w czymś pomóc, panienko? – odezwał się chrapliwy głos tonem słodkim jak syrop figowy. – Czy to wróżbę chcesz usłyszeć, czy może twoja przyszłość pożąda zmiany?

– Jest ze mną – warknęła Babcia i odwróciła się błyskawicznie. – Chyba oczy cię zawodzą, Hilto Goatfounder, jeśli nie poznałaś, ile ma lat.

Postać przed Esk pochyliła się lekko.

– Esme Weatherwax? – zapytała.

– Ta sama. Ciągle handlujesz kroplami deszczu i tanimi życzeniami, Hilto? Jak się miewasz?

– Jak to miło, że cię spotkałam. Co cię sprowadza z gór, Esme? A to dziecko... czyżby twoja asystentka?

– Co pani sprzedaje? Proszę powiedzieć – wtrąciła się Esk.

Postać zaśmiała się.

– Rzeczy powstrzymujące inne rzeczy, by się nie wydarzyły, i pomagające jeszcze innym, które wydarzyć się powinny, kochanie – wyjaśniła. – Poczekajcie chwilę. Zamknę tylko i zaraz wracam.

Przecisnęła się obok Esk w kalejdoskopie zapachów. Opuściła i spięła zasłony przed wejściem. Potem uniosła draperie stanowiące tylną ścianę i wpuściła do wnętrza popołudniowe światło dnia.

– Nie wytrzymuję tych ciemności i stęchlizny – stwierdziła Hilta Goatfounder. – Ale klienci tego oczekują. Wiecie, jak to jest.

– Tak... – Esk przytaknęła z mądrą miną. – Głowologia.

Hilta, niska tęga kobieta w ogromnym kapeluszu ozdobionym owocem, zerknęła na nią, potem na Babcię, i uśmiechnęła się szeroko.

– No właśnie – przyznała. – Napijecie się herbaty?

Usiadły na belach nieznanych ziół w spokojnym kątku utworzonym przez ściany domów. Z zaskakująco delikatnych filiżanek piły coś zielonego i aromatycznego. W przeciwieństwie do Babci, która przypominała niezwykle szacownego kruka, Hilta Goatfounder cała była w koronkach, szalach, kolorach i kolczykach. Miała tyle bransolet, że przy każdym ruchu rąk rozlegał się brzęk, jak gdyby sekcja perkusyjna spadała w przepaść. A jednak Esk dostrzegała podobieństwo.

Trudne do wyrażenia. Na przykład nie można było sobie wyobrazić, by któraś z nich przed kimś dygnęła.

– I co? – zaczęła Babcia. – Szczęście ci sprzyja?

Druga czarownica wzruszyła ramionami, przez co perkusiści runęli z powrotem, chociaż już prawie wspięli się na górę.

– Jak potajemny kochanek, przychodzi i od... – zaczęła i urwała, gdy Babcia znacząco spojrzała na Esk.

– Nieźle, całkiem nieźle – poprawiła się szybko. – Rada miejska próbowała mnie przepędzić raz czy dwa, ale wiesz, wszyscy oni mają żony i jakoś nigdy do tego nie dochodzi. Mówią, że tu nie pasuję, ale ja na to, że wiele rodzin w tym mieście byłoby większych i biedniejszych, gdyby nie Polejowa Antykoncepcja Madam Goatfounder. Wiem, kto odwiedza mój sklepik. Pamiętam, kto kupuje krople Jak-Kozioł i maść Pewna Sprawa. Życie nie jest takie złe. A co słychać w tej twojej wiosce o takiej zabawnej nazwie...

– Głupi Osioł – podpowiedziała usłużnie Esk.

Wzięła z lady niewielki gliniany słoiczek i powąchała zawartość. Była to mięta polejowa roztarta w czymś, czego nie zdołała określić. Starannie przykryła naczynie. Czarownice wymieniały ploteczki, mówiąc rodzajem kobiecego szyfru, pełnego znaczących spojrzeń i niedopowiedzianych określeń. Dziewczynka tymczasem badała wystawione egzotyczne wywary. A właściwie nie wystawione. W jakiś niezwykły sposób wydawały się umiejętnie wpół ukryte, jak gdyby Hilta nie do końca chciała się z nimi rozstawać.

– Niczego tu nie poznaję – mruknęła na wpół do siebie. – Co one dają?

– Wolność – odpowiedziała Hilta, mająca dobry słuch. – Ile ją nauczyłaś? – zwróciła się do Babci.

– Nie aż tyle. Ma moc, ale nie jestem pewna, jakiego rodzaju. Może moc magów.

Hilta odwróciła się powoli i wzrokiem zmierzyła Esk od stóp do głów.

– Aha – stwierdziła. – To wyjaśnia laskę. Teraz rozumiem, o czym opowiadały pszczoły. Coś podobnego... Podaj mi rękę, dziecinko.

Babcia siedziała wyprostowana i promieniowała niezadowoleniem patrząc, jak Hilta studiuje dłoń Esk.

– Nie sądzę, żeby to było konieczne – oświadczyła surowo. – Nie między nami.

– Sama to robisz, Babciu – wtrąciła Esk. – We wsi. Widziałam. I jeszcze fusy z herbaty. I karty.

Babcia poruszyła się zakłopotana.

– No tak... – przyznała. – Wszystko zależy od okoliczności. Wystarczy wziąć ich za rękę, a ludzie sami sobie wróżą. Ale przecież nie trzeba od razu wierzyć w takie rzeczy. Czekają nas spore kłopoty, jeśli zaczniemy we wszystko wierzyć.

– Moce Istnienia mają dużo cech niezwykłych... Na wiele zdumiewających sposobów dają poznać swe pragnienia w tym kręgu blasku, który nazywamy światem fizycznym – oznajmiła z powagą Hilta i mrugnęła do Esk.

– Daj spokój – burknęła Babcia.

– Nie, poważnie – upierała się Hilta. – To prawda.

– Hm...

– Widzę, że czeka cię długa podróż – powiedziała Hilta.

– Czy spotkam wysokiego bruneta? – spytała Esk, przyglądając się własnej dłoni. – Babcia zawsze powtarza to kobietom i zawsze...

– Nie – przerwała jej Hilta. Babcia prychnęła gniewnie. – Ale będzie to dziwna podróż. Odjedziesz daleko, wciąż pozostając w tym samym miejscu. A i kierunek będzie niezwykły. Wyruszysz z wyprawą badawczą.

– I wszystko to wyczytała mi pani z ręki?

– Właściwie to głównie zgaduję – przyznała Hilta. Usiadła i sięgnęła po dzbanek z herbatą (pierwszy perkusista, który wspiął się już niemal do połowy urwiska, runął na idących za nim cymbalistów). Przyjrzała się Esk uważnie i dodała: – Mag-kobieta, co?

– Babcia zabiera mnie na Niewidoczny Uniwersytet – wyjaśniła Esk.

Hilta uniosła brwi.

– Wiesz, gdzie to jest?

Babcia zmarszczyła czoło.

– Dokładnie nie wiem – przyznała. – Miałam nadzieję, że udzielisz mi ściślejszych wskazówek. Jesteś przecież obyta w cegłach i w ogóle.

– Mówią, że ma wiele bram, ale tych znajdujących się w naszym świecie trzeba szukać w mieście Ankh-Morpork – rzekła Hilta.

Babcia spojrzała tępo.

– Nad Okrągłym Morzem – dodała Hilta.

Z Babcinej twarzy nie znikał wyraz uprzejmego zainteresowania.

– Pięćset mil stąd.

– Och – powiedziała Babcia.

Wstała i strzepnęła z sukni nie istniejący pyłek.

– W takim razie musimy się zbierać – zdecydowała.

Hilta roześmiała się. Esk podobał się ten dźwięk. Babcia nigdy się nie śmiała, pozwalała najwyżej kącikom ust wygiąć się lekko w górę. Hilta zaś śmiała się jak ktoś, kto głęboko dumał nad Życiem i wreszcie zrozumiał żart.

– Możecie przynajmniej zaczekać do jutra – rzekła. – Mam w domu dość miejsca. Zatrzymacie się u mnie, a jutro będziecie miały światło.

– Nie chciałybyśmy się narzucać – odparła Babcia.

– Bzdura. Rozejrzyjcie się trochę, a ja zwinę stragan.

Ohulan był ośrodkiem targowym dla rozległej okolicy, więc i dzień targowy nie kończył się tu o zachodzie słońca. Pochodnie zapłonęły przy każdym straganie, światło padało przez otwarte drzwi zajazdów. Nawet świątynie wystawiły kolorowe lampiony, by przyciągnąć nocnych wyznawców.

Hilta sunęła przez tłum niby śliski wąż przez suchą trawę. Cały jej stragan i towar zostały zredukowane do zadziwiająco małego tobołka, który niosła na plecach. Biżuteria dźwięczała na niej jak worek pełen tancerzy flamenco. Babcia maszerowała za nią. Bolały ją stopy, nie nawykłe do uderzeń o kamienie bruku.

A Esk się zgubiła.

Wymagało to pewnego wysiłku, ale się powiodło. Konieczne było uskoczenie pomiędzy dwa stragany i bieg boczną uliczką. Babcia ostrzegała ją wyraźnie przed niewypowiedzianymi rzeczami, jakie czają się w miastach. Esk postanowiła, że koniecznie musi na własne oczy zobaczyć jedną czy dwie z nich, co dowodziło, że staruszka nie w pełni pojmowała nauki głowologii.

W rzeczywistości Ohulan był miasteczkiem raczej barbarzyńskim i mało cywilizowanym. Jedyne, co działo się tutaj po zmroku, to odrobina złodziejstwa, nieco amatorskiego kupczenia na dworach namiętności i pijaństwo do chwili, kiedy człowiek spadał pod stół albo zaczynał śpiewać, albo jedno i drugie.

Zgodnie w klasycznymi instrukcjami poety, przez targ należy sunąć niczym łabędź sunący o wieczorze po zatoce. Z powodu niejakich trudności praktycznych, Esk sunęła jak mały skuter w wesołym miasteczku, odbijała się od ciał przechodniów, a czubek laski kołysał się dwa łokcie nad jej głową. Niektórzy oglądali się za nią – nie tylko dlatego, że na nich wpadła. W tym tłumie zdarzali się też magowie, a ci pierwszy raz widzieli innego maga o wzroście czterech stóp i z długimi włosami.

Ktokolwiek przyjrzałby się jej uważnie, musiałby zauważyć dziwne rzeczy, jakie zdarzały się wszędzie, gdzie przechodziła.

Był tam na przykład człowiek mający trzy odwrócone do góry dnem kubki. Zapraszał grupkę gapiów, by wraz z nim badali ekscytujący świat prawdopodobieństwa i szans, związanych z pozycją maleńkiego, wysuszonego ziarnka grochu. Człowiek ten uświadomił sobie niewyraźnie, że przez chwilę obserwuje go z powagą jakaś mała postać, a potem spod każdego kubka zaczęły się wysypywać całe worki grochu. Po paru sekundach stał już po kolana w ziarnach, a jeszcze głębiej wpadł w kłopoty: nagle okazało się, że jest wszystkim winien dużo pieniędzy.

Była też mała, udręczona małpka, która od lat skakała na łańcuchu, podczas gdy jej właściciel grał coś potwornego na katarynce. Odwróciła się nagle, zmrużyła czerwone oczka, mocno ugryzła właściciela w nogę, zerwała łańcuch i uciekła po dachach z wieczornym utargiem w cynowym kubku. Historia milczy, na co zostały wydane te pieniądze.

Marcepanowe kaczki w pudle na pobliskim straganie ożyły nagle, przeleciały obok sprzedawcy i kwacząc radośnie wylądowały na rzece (gdzie przed świtem wszystkie się rozpuściły – oto przykład działania doboru naturalnego).

Sam stragan wycofał się ukradkiem w boczną uliczkę i nikt go już więcej nie widział.

Esk poruszała się zatem przez targ niczym piroman przez stodołę z sianem albo jak neutron odbijający się we wnętrzu reaktora. Nie dbała o poezję. Hipotetyczny obserwator mógłby wykryć stochastyczny tor jej ruchu, śledząc wybuchy histerii i przemocy. Jednak, jak wszystkie dobre katalizatory, sama nie brała udziału w procesach, które inicjowała. I kiedy nie hipotetyczni potencjalni obserwatorzy zaczynali się rozglądać, ona była już gdzie indziej.

Zaczynała odczuwać zmęczenie. Wprawdzie Babcia Weatherwax nie miała nic przeciwko nocy jako takiej, jednak z pewnością nie popierała marnotrawstwa świec. Jeśli po zmroku chciała coś przeczytać, przekonywała zwykle sowę, żeby usiada na oparciu krzesła i czytała oczami ptaka. W rezultacie Esk przyzwyczaiła się, że po zachodzie słońca idzie spać. A zachód słońca już dawno minął.

Przed sobą zobaczyła otwarte drzwi. Wyglądały przyjaźnie. Miłe odgłosy wypływały z nich na falach żółtego światła i zbierały się w kałużach na ulicy. Z laską promieniującą przypadkową magią niczym demoniczna latarnia morska, dziewczynka ruszyła w tamtą stronę czujna, ale zdecydowana.

Właściciel „Sekretu Kwartetu" uważał się za człowieka światowego. I miał rację, był bowiem za głupi, żeby być naprawdę okrutny, za leniwy, żeby być chytry, a chociaż jego ciało napodróżowało się sporo, umysł nigdy nie przekroczył granic własnej głowy.

Nie był przyzwyczajony, żeby zwracały się do niego kije. Zwłaszcza kiedy mówiły cienkim, piskliwym głosikiem i żądały koziego mleka.

Świadomy, że wszyscy goście patrzą na niego i uśmiechają się kpiąco, podciągnął się ostrożnie i zajrzał za bar. Esk patrzyła na niego. Patrz im prosto w oczy, powtarzała zawsze Babcia, zogniskuj na nich całą swoją moc, przetrzymaj ich. Nikt nie wytrzyma spojrzenia czarownicy... z wyjątkiem kozy, oczywiście.

Właściciel, który nazywał się Skiller, patrzył prosto w dół na małą dziewczynkę. Zdawało mu się, że mruży oczy i lekko zezuje.

– Czego? – zapytał.

– Mleka – odparło dziecko, nadal zezując wściekle. – Dostaje się je z kozy. Wiesz?

Skiller sprzedawał jedynie piwo i bywalcy twierdzili, że otrzymuje je z kotów. Żadna szanująca się koza nie zniosłaby zapachu w „Sekrecie Kwartetu".

– Nie mamy – oświadczył.

Przyjrzał się lasce podejrzliwie i jego brwi spotkały się nad nosem.

– Mógłbyś sprawdzić – zaproponowała Esk.

Skiller zsunął się z baru, po części, by uniknąć jej wzroku, bo oczy łzawiły mu ze współczucia, a po części dlatego, że w jego myślach zaczynało dojrzewać straszliwe podejrzenie.

Nawet drugorzędni barmani rezonują z podawanym przez siebie piwem. A wibracje dochodzące z wielkich beczek na zapleczu straciły nagle znajomy pogłos. Nadawały nutę bardziej mleczną.

Na próbę przekręcił kurek i patrzył, jak wąski strumyk mleka zsiada się w cebrzyku.

Laska wciąż sterczała nad ladą niczym peryskop. Mógłby przysiąc, że go obserwuje.

– Nie marnuj go – przykazał głosik. – Kiedyś będziesz mi za nie wdzięczny.

Był to taki sam ton, jakiego używała Babcia, kiedy Esk nie przejawiała należytego entuzjazmu talerzem odżywczej zieleniny wygotowanej na żółto, aż nie skapitulowało w niej ostatnie kilka witamin. Jednak dla superczułych uszu Skillera nie było to upomnienie, a przepowiednia. Nie wiedział, co musiałoby go spotkać, żeby był wdzięczny za napój złożony ze starego piwa i skwaśniałego mleka. Prędzej by umarł.

A może rzeczywiście prędzej umrze...

Bardzo starannie przetarł kciukiem prawie czysty kubek i napełnił go mlekiem. Wiedział, że spora część gości dyskretnie opuszcza lokal. Nikt nie lubił magii, zwłaszcza magii w rękach kobiety. Nigdy nie wiadomo, co takiej strzeli do głowy.

– Pani mleko – powiedział Skiller i dodał: – panienko.

– Mam pieniądze – poinformowała Esk.

Babcia nauczała: zawsze bądź gotowa płacić. Nie będziesz musiała, ludzie lubią, kiedy dobrze o nich myślisz. To wszystko głowologia.

– Nie, nawet o tym nie pomyślałem – zapewnił szybko Skiller. Wychylił się przez bar. – Gdybyś mogła... hm... jakoś zamienić resztę z powrotem? W tych okolicach nie ma wielkiego popytu na mleko.

Odsunął się nieco. Pijąc mleko Esk oparła laskę o bar i to go trochę niepokoiło.

Esk zerknęła na niego nad wąsami śmietanki.

– Nie zamieniłam tego w mleko. Wiedziałam po prostu, że to będzie mleko, bo chciałam mleka. A wy myśleliście, że co tam będzie?

– No... piwo.

Esk zastanowiła się. Słabo pamiętała, że kiedyś próbowała piwa i smakowało jej nieszczególnie. Za to dokładnie sobie przypominała to, co wszyscy w Głupim Ośle uważali za napój o wiele od piwa lepszy. Był to jeden z najpilniej strzeżonych Babcinych przepisów. Zdrowy, bo zawierał tylko owoce. Wymagał zamrażania, gotowania i starannego sprawdzania kropelek nad płomieniem.

Kiedy noce były naprawdę zimne, Babcia dolewała jej do mleka malutką łyżeczkę. Łyżeczkę koniecznie drewnianą, ponieważ produkt źle działał na metale.

Skupiła się. Wyobraziła sobie smak i korzystając ze swych niewielkich umiejętności, które nie całkiem pojmowała, przekonała się, że potrafi go rozłożyć na niewielkie kolorowe bryły...

Chuda żona Skillera wyszła z zaplecza zaciekawiona, dlaczego nagle zrobiło się tak cicho. Uciszył ją gestem ręki. Esk chwiała się lekko. Oczy miała zamknięte, wargi poruszały się wolno.

...kolorowe bryły, których nie potrzebowała, wróciły do puli brył. Znalazła też dodatkowe, potrzebne. Poskładała je, a potem był tam taki jakby haczyk, co znaczyło, że cokolwiek się nada, przerobią na swoje podobieństwo, a wtedy...

Skiller odwrócił się wolno i spojrzał na beczkę. Zmienił się zapach w izbie. Oberżysta czuł czyste złoto, wypacane przez stare deski.

Ostrożnie wyjął spod lady mały kieliszek i nalał do niego kilka kropel ciemnozłotego płynu. Uważnie przyjrzał mu się pod światło, obrócił kieliszek w palcach, kilka razy powąchał i wreszcie jednym ruchem wlał sobie całą zawartość do gardła.

Twarz nie zmieniła wyrazu, choć oczy trochę mu zwilgotniały, a krtań zadrżała. Jego żona i Esk przyglądały się z ciekawością, jak na czoło występuje mu cienka warstwa potu. Minęło dziesięć sekund, a Skiller wyraźnie zamierzał pobić jakiś rekord. Być może smużki dymu uniosły się z jego uszu, ale możliwe, że to tylko plotka. Palce wystukały na ladzie dziwaczny rytm.

Przełknął wreszcie. Zdawało się, że podjął decyzję. Spojrzał z powagą na Esk i powiedział:

– Zyoo tyoo ehsts sszsoee tyaakoe oszsttre?

Zmarszczył czoło, raz jeszcze odtwarzając w pamięci całe zdanie. Spróbował znowu.

– Aachch zzzeoo biuuus?

Zrezygnował.

– Wshshszyszk jed noo.

Żona parsknęła i wyjęła kieliszek z osłabłych palców męża. Powąchała. Zmierzyła wzrokiem beczki, wszystkie dziesięć. Potem spojrzała w jego rozbiegane oczy. W prywatnym dwuosobowym raju oboje próbowali obliczyć wartość handlową potrójnie destylowanej białej górskiej brzoskwiniowej brandy. Skończyły im się liczby.

Pani Skiller reagowała szybciej od męża. Pochyliła się i uśmiechnęła do Esk, zbyt zmęczonej, by zezować. Nie był to szczególnie udany uśmiech, gdyż pani Skiller nie miała wprawy.

– Skąd się tu wzięłaś, dziewczynko? – spytała głosem, który kojarzył się z piernikowymi domkami i zatrzaskiwaniem drzwiczek pieca.

– Zgubiłam się Babci.

– A gdzie jest twoja Babcia, kochanie?

Żelazne drzwiczki trzasnęły po raz drugi. Noc zapowiadała się ciężka dla wszystkich wędrowców po metaforycznych lasach.

– Myślę, że gdzieś jest.

– Czy miałabyś ochotę wyspać się w puchowym łóżku, wygodnym i cieplutkim?

Esk spojrzała na nią z wdzięcznością. Co prawda uświadamiała sobie niewyraźnie, że kobieta ma twarz chciwej łasicy, ale kiwnęła głową.

Macie rację. Nie wystarczy przechodzący przypadkowo drwal, żeby znaleźć wyjście z tej sytuacji.

Babcia tymczasem znajdowała się o dwie przecznice dalej. Według norm innych ludzi, ona także się zgubiła. Ale ona sama patrzyła na to inaczej. Wiedziała, gdzie jest. To inni nie wiedzieli.

Wspomniano już, że o wiele trudniej wykryć umysł ludzki niż umysł – powiedzmy – lisa. Ludzki umysł, traktując rzecz ambicjonalnie, chciałby wiedzieć dlaczego. Oto odpowiedź:

Umysły zwierząt są proste, a zatem wyraźne. Zwierzęta nigdy nie marnują czasu, dzieląc doświadczenie życiowe na małe kawałeczki i myśląc o tych wszystkich kawałeczkach, które straciły. Cały zakres wszechświata wyraża się dla nich jako rzeczy, które: a) nadają się do kopulacji, b) nadają się do jedzenia, c) należy przed nimi uciekać i d) kamienie. To uwalnia umysł od zbędnych myśli i daje konieczną bystrość wtedy, kiedy jest nieżbędna. Typowe zwierzę, na przykład, nigdy nie próbuje równocześnie chodzić i żuć gumy.

Przeciętny człowiek natomiast bez przerwy myśli o najróżniejszych sprawach, na wszystkich poziomach, uwzględniając przy tym sugestie z dziesiątka biologicznych kalendarzy i zegarów. Są myśli, które zamierza wysłowić, myśli osobiste, myśli głębokie, myśli o myślach i cała gama myśli podświadomych. Dla telepaty ludzki umysł to zgiełk. To dworzec kolejowy, gdzie wszystkie głośniki mówią równocześnie o czym innym. To pełne pasmo fal ultrakrótkich – w dodatku niektóre stacje mają fatalną reputację, są piratami na zakazanych morzach i późną nocą odtwarzają płyty z marnymi tekstami.

Próbując odnaleźć Esk tylko z pomocą magii, Babcia szukała igły w stogu siana.

Nie odniosła żadnych sukcesów. Jednak dość sygnałów docierało do niej poprzez heterodynowe wycia tysiąca myślących jednocześnie mózgów, by ją przekonać, że świat istotnie jest tak zwariowany, jak zawsze sądziła.

Na rogu spotkała Hiltę. Przyjaciółka niosła miotłę, na której bez sukcesu prowadziła poszukiwania z powietrza. Oczywiście, bardzo ostrożnie – mężczyźni w Ohulanie całym sercem popierali maść Trzymaj-Długo, uważali jednak, że latające kobiety to już przesada.

– Nie ma nawet śladu – oznajmiła Babcia.

– Byłaś nad rzeką? Mogła wpaść do wody!

– No to by wypadła z powrotem. Zresztą umie pływać. Uważam, że gdzieś się schowała, niech ją licho.

– I co teraz zrobimy?

Babcia spojrzała na nią z wyższością.

– Hilto Goatfounder, powinnaś się wstydzić swojego tchórzostwa. Czy ja się martwię?

Hilta przyjrzała się jej uważnie.

– Tak – stwierdziła. – Trochę. Wargi masz całkiem wąskie.

– Jestem zła i tyle.

– Na targ zawsze przyjeżdżają Cyganie. Mogli ją zabrać.

Babcia była skłonna uwierzyć we wszystko, jeśli chodzi o ludzi z miasta. Jednak na gruncie Cyganów czuła się pewniej.

– Musieliby być o wiele głupsi, niż zawsze sądziłam – rzuciła. – Przecież ona ma laskę.

– I co jej z tego przyjdzie? – Hilta była bliska łez.

– Chyba nic nie zrozumiałaś z tego, co ci mówiłam – rzekła surowo Babcia. – Wystarczy nam teraz wrócić do ciebie i czekać.

– Na co?

– Na krzyki, na hałasy, pioruny albo coś podobnego.

– Jesteś bez serca.

– Uważam, że już dawno im się należało. Idziemy. Ty pierwsza. Nastawisz wodę.

Hilta spojrzała na nią zdziwiona, wsiadła na miotłę i wolno, niepewnie wzniosła się w cienie między kominami. Gdyby miotły były samochodami, ta byłaby morrisem minor z dzieloną przednią szybą.

Babcia spoglądała za nią i po chwili pomaszerowała jej śladem po mokrych ulicach. Postanowiła, że nie da się wsadzić na coś takiego.

Esk leżała w obszernej, miękkiej i lekko wilgotnej pościeli pokoju gościnnego „Sekretu". Była zmęczona, ale nie mogła zasnąć. Przede wszystkim łóżko było zimne. Przez chwilę zastanawiała się, czy by go trochę nie rozgrzać, ale zrezygnowała. Choćby nie wiem jak ostrożne prowadziła eksperymenty, ogniowe zaklęcia jakoś jej nie wychodziły. Albo w ogóle nie działały, albo działały aż za dobrze. Drzewa wokół chatki ledwie się trzymały, pełne dziur po ognistych kulach. Gdyby z magią jej się nie udało, mawiała Babcia, zawsze znajdzie pracę jako budowniczy wychodków i wiertacz studni.

Odwróciła się na drugi bok i usiłowała nie zwracać uwagi na unoszący się z pościeli lekki zapach pleśni. W ciemności namacała opartą o łóżko laskę. Pani Skiller nalegała, żeby znieść ją na dół, ale Esk przylgnęła do laski niczym śmierć. Laska była jedyną rzeczą na świecie, która z całą pewnością należała do niej.

Dotyk lśniącej powierzchni z niezwykłymi rzeźbami działał dziwnie uspokajająco. Esk usnęła; śniła o bransoletach, tajemniczych pakunkach i górach. I dalekich gwiazdach ponad szczytami, o zimnej pustyni, gdzie dziwaczne stwory sunęły po suchym piasku i wpatrywały się w nią owadzimi oczami...

Zaskrzypiały schody. Potem znowu. Potem cisza – taka dławiąca, napięta cisza, jaką wywołuje ktoś starający się nie wydawać dźwięku.

Otworzyły się drzwi. Skiller był tylko czarnym cieniem w blasku świec z korytarza. Porozmawiał z kimś szeptem, potem na palcach podszedł do łóżka. Laska przechyliła się, gdy pchnął ją pierwszym niezręcznym ruchem. Złapał ją natychmiast i wypuścił wstrzymywany dotąd oddech.

Ledwie starczyło mu powietrza, żeby krzyknąć, kiedy poczył, że laska porusza mu się w dłoni. Poczuł jej łuski, sploty umięśnionego ciała...

Esk usiadła nagle. Zdążyła zobaczyć, jak Skiller toczy się po podłodze do stromych stopni, wciąż odpychając coś niewidzialnego, co oplatało mu ręce. Po chwili zabrzmiał kolejny krzyk, gdy wylądował na swojej żonie.

Laska upadła na podłogę i leżała nieruchomo, otoczona delikatnym oktarynowym blaskiem.

Esk wstała i podeszła do drzwi. Słyszała straszne i bardzo nieeleganckie przekleństwa. Wyjrzała na zewnątrz i spojrzała prosto w twarz pani Skiller.

– Oddaj mi laskę!

Esk sięgnęła za siebie i chwyciła gładkie drewno.

– Nie – powiedziała. – Jest moja.

– To nie jest odpowiednia zabawka dla małych dziewczynek – warknęła żona barmana.

– Należy do mnie – powtórzyła Esk i cicho zamknęła drzwi.

Przez chwilę nasłuchiwała dochodzących z dołu szmerów i zastanawiała się, co powinna zrobić. Przemiana tej pary w coś innego spowodowałaby mnóstwo zamieszania, zresztą Esk nie była całkiem pewna, jak się to robi.

Rzecz w tym, że magia działała tylko wtedy, kiedy dziewczynka o niej nie myślała. Inaczej w drogę wchodził rozsądek.

Przeszła przez pokój i otworzyła małe okienko. Do wnętrza wpadły niezwykłe nocne zapachy cywilizacji – wilgotne ulice, aromaty ogrodowych kwiatów, daleka sugestia przepełnionej wygódki. I mokre dachówki na zewnątrz.

Kiedy Skiller znów ruszył na górę, Esk wysunęła laskę na dach i sama popełzła za nią, przytrzymując się rzeźb nad oknem. Dach opadał aż do wygódki. Esk zdołała zachować mniej więcej pionową pozycję, kiedy pół szła, pół ślizgała się po nierównych dachówkach. Sześciostopowy zeskok na stos starych beczek, szybkie zejście po śliskim drewnie, i już biegła przez wewnętrzne podwórze gospody.

Gdy dotarła na ulicę, od strony „Sekretu" doszły ją odgłosy zażartej kłótni.

Skiller wyminął żonę i położył dłoń na kraniku najbliższej beczki. Zawahał się chwilę, nim go przekręcił.

Pomieszczenie wypełnił ostry jak nóż zapach brzoskwiniowej brandy.

– Boisz się, że zmieni się w coś paskudnego? – spytała żona.

Przytaknął.

– Gdybyś nie był taki niezręczny... – zaczęła.

– Mówię ci, że mnie ukąsiła!

– Mógłbyś już być magiem i nie musielibyśmy się tym wszystkim przejmować. Czy ty nie masz ani odrobiny ambicji?

Skiller pokręcił głową.

– Mam wrażenie, że od samej laski się magiem nie zostaje – oświadczył. – Zresztą słyszałem, że magom nie wolno się żenić. Nie wolno nawet...

Zawahał się.

– Czego? Nie wolno czego?

– No... – Skiller zaczerwienił się. – No wiesz... Tego...

– Z całą pewnością nie mam pojęcia, o czym mówisz – oświadczyła stanowczo pani Skiller.

– Nie, chyba nie.

Powoli wyszedł za nią z ciemnej sali. Nagle pomyślał, że jeśli się dobrze zastanowić, to życie maga nie jest może takie złe.

Okazało się, że miał rację, kiedy rankiem wyszło na jaw, iż dziesięć beczułek brzoskwiniowej brandy rzeczywiście zmieniło się w coś paskudnego.

Esk wędrowała bez celu po szarych ulicach, aż dotarła do maleńkiego portu rzecznego Ohulanu. Szerokie płaskodenne barki obijały się łagodnie o nabrzeża, nad jedną czy drugą wiły się smużki dymu z przyjaznych palenisk. Esk bez trudu przeskoczyła na najbliższą i laską podważyła okrywający pokład brezent.

Uniósł się ciepły zapach, mieszanka lanoliny i nawozu. Barka była wyładowana wełną.

Nierozsądnie jest zasypiać na cudzej barce, nie wiedząc, jakie obce skały mogą przesuwać się za burtą po przebudzeniu, nie wiedząc, że barki tradycyjnie odpływają wcześnie, kiedy słońce ledwie się wynurzy, nie wiedząc, jakie nowe horyzonty powitają człowieka następnego dnia...

Wszyscy o tym wiedzą. Esk nie wiedziała.

Esk obudziło czyjeś pogwizdywanie. Leżała nieruchomo, odtwarzając w pamięci wydarzenia poprzedniego wieczoru. W końcu zrozumiała, skąd się tu wzięła. Wtedy przetoczyła się i ostrożnie uniosła brezent.

A zatem tutaj trafiła... Ale „tutaj" się poruszało.

– A więc to właśnie nazywają „żeglugą" – stwierdziła patrząc, jak brzeg przesuwa się powoli. – Wcale nie wygląda ciekawie.

Nie przyszło jej nawet do głowy, że powinna zacząć się martwić. Przez pierwsze osiem lat jej życia świat był miejscem wyjątkowo nudnym, a teraz, kiedy stawał się ciekawy, nie wypadało okazywać niewdzięczności.

Do cichego gwizdania dołączyło szczekanie psa. Esk ułożyła się wygodnie w wełnie i sięgnęła myślą na zewnątrz. Odnalazła umysł psa i Pożyczyła go delikatnie. Z jego rozproszonych, niezorganizowanych myśli dowiedziała się, że na barce jest przynajmniej czworo ludzi i o wiele więcej na innych, połączonych z nią w jedną linię na rzece. Niektórzy wydawali się dziećmi.

Uwolniła zwierzę i na nowo zaczęła obserwować okolicę. Barka przepływała między wysokimi, pomarańczowymi urwiskami z pasmami skały tak kolorowymi, jakby jakiś wygłodniały bóg przygotował sobie rekordowych rozmiarów kanapkę. Starała się unikać następnej myśli. Ale ta nie ustępowała, pojawiając się w jej umyśle niczym niezapowiedziany tancerz limbo pod drzwiami toalety Życia. Prędzej czy później będzie musiała stąd wyjść. To nie żołądek skłaniał ją do tego, ale pęcherz, który nie chciał czekać ani chwili dłużej.

Może gdyby...

Ktoś nagle zsunął brezent i nad Esk pochyliła się wielka, brodata głowa.

– No no... – powiedziała. – Co my tu mamy? Pasażerka na gapę, taknie?

Esk spojrzała z powagą.

– Tak – przyznała. Zaprzeczanie nie miało chyba sensu. – Pomoże mi pan stąd wyjść?

– Nie boisz się, że rzucę cię... szczupakowi? – spytała głowa. Zauważyła niepewny wzrok dziewczynki. – Wielka rzeczna ryba – wyjaśniła uprzejmie. – Szybka. Dużo zębów. Szczupak.

Taka myśl nie przyszła Esk do głowy.

– Nie – odparła szczerze. – Dlaczego? A rzuci pan?

– Nie. Właściwie nie. Nie masz się czego bać.

– Nie boję się.

– Aha.

Pojawiło się brązowe ramię, umocowane do głowy w zwykły sposób, i pomogło Esk wygrzebać się z legowiska w owczej wełnie.

Stanęła na pokładzie barki i rozejrzała się. Niebo było bardziej niebieskie niż porcelanowy kubek. Szczelnie nakrywało szeroką dolinę, przez którą rzeka płynęła leniwie jak oficjalne śledztwo.

W dali Ramtopy wciąż działały jak poręcz dla chmur, ale nie dominowały już nad widnokręgiem, jak to czyniły, odkąd Esk je pamiętała. Odległość podziałała na nie jak erozja.

– Gdzie jesteśmy? – spytała, wyczuwając nowe zapachy bagien i mokradeł.

– W Górnej Dolinie rzeki Ankh – odpowiedział jej znalazca. – Jak ci się podoba?

Esk spojrzała w górę i w dół rzeki. Była już o wiele szersza niż w Ohulanie.

– Sama nie wiem. Strasznie dużo tej Ankh. Czy to pana statek?

– Łódź – poprawił ją.

Był wyższy od jej ojca, chociaż nie tak stary, i ubierał się jak Cygan. Większość zębów zmieniła mu się w złoto, ale Esk uznała, że nie pora pytać o przyczyny. Prezentował ciemną opaleniznę, którą całymi latami próbują uzyskać bogacze, stosując kosztowne wakacje i kawałki folii aluminiowej. Tymczasem wszystko, co do tego potrzebne, to całymi dniami tyrać jak wół na świeżym powietrzu.

Zmarszczył czoło.

– Tak, jest moja – stwierdził. Postanowił zachować inicjatywę. – A co ty tutaj robisz, chciałbym bardzo wiedzieć? Uciekasz z domu, taknie? Gdybyś była chłopcem, powiedziałbym, że wyruszyłaś szukać fortuny.

– Czy dziewczynki nie mogą szukać fortuny?

– Chyba powinny raczej szukać chłopca z fortuną – odparł mężczyzna i obdarzył ją dwustukaratowym uśmiechem. Wyciągnął ciężką od pierścieni brunatną dłoń. – Chodź na śniadanie.

– Szczerze mówiąc, chciałabym skorzystać z wygódki – wyznała Esk.

Mężczyzna rozdziawił usta.

– To przecież barka, taknie?

– Tak.

– To znaczy, że jest tylko rzeka. – Poklepał ją po ręku. – Nie martw się, jest do tego przyzwyczajona.

Babcia stała na pomoście, a jej but stukał lekko o deski. Niski człowieczek był najbliższym odpowiednikiem portomistrza, jakiego posiadało miasteczko. Trafiała w niego pełna moc jej wzroku i żółkł w oczach. Spojrzenie nie było może aż tak miażdżące jak zgniatacze kciuków, ale zdawało się sugerować, że zgniatacze kciuków są całkiem realną możliwością.

– Odpłynęli przed świtem, powiadasz?

– Taak... – potwierdził. – E... Nie wiedziałem, że nie powinni.

– Czy widziałeś na pokładzie dziewczynkę? – Stuk-puk, stuk-puk, powtarzał jej but.

– Ehem... Nie. Przykro mi. – Rozpromienił się nagle. – To byli Zoonowie – zawołał. – Jeśli mała jest z nimi, nic jej nie grozi. Zoonom można zaufać, jak to mówią. Są bardzo czuli na punkcie rodziny.

Babcia obejrzała się na Hiltę, dygoczącą z emocji jak zaskoczony motyl. Uniosła brwi.

– A tak – pisnęła Hilta. – Zoonowie mają świetną opinię.

– Mhm... – mruknęła Babcia, odwróciła się na pięcie i pomaszerowała do miasta.

Portomistrz osunął się, jakby właśnie ktoś wyjął mu spod koszuli wieszak.

Mieszkanie Hilty mieściło się nad zielarzem i za garbarnią, ale roztaczał się z niego wspaniały widok na dachy Ohulanu. Lubiła je, ponieważ gwarantowało odosobnienie, zawsze cenione przez – jak to określała – „poważnych klientów, którzy wolą dokonywać swych szczególnych zakupów w atmosferze spokoju, gdzie dyskrecja jest słowem kluczowym".

Babcia Weatherwax rozejrzała się po saloniku z ledwie skrywaną pogardą. Za dużo tu było wisiorów, paciorkowych zasłon, map astrologicznych i czarnych kotów. Babcia nie cierpiała kotów. Prychnęła.

– Czy to garbarnia? – spytała oskarżycielskim tonem.

– Kadzidło – wyjaśniła Hilta. Mężnie zachowywała spokój w obliczu Babcinej niechęci. – Klientom to odpowiada. Wprowadza ich w odpowiedni nastrój. Wiesz, jak to jest.

– Sądziłam, Hilto, że można prowadzić przyzwoity interes, nie uciekając się do... do salonowych sztuczek.

Babcia usiadła i rozpoczęła długą i trudną pracę wyjmowania spinek do włosów.

– W miastach jest inaczej. Czasy się zmieniają i nie można zostawać w tyle.

– Doprawdy nie rozumiem dlaczego.

Babcia wyciągnęła rękę i zdjęła aksamitną serwetkę ze szklanej kuli Hilty, sfery kryształu wielkości głowy.

– Nigdy nie mogłam się połapać w tych przeklętych zabawach z krzemem – mruknęła. – Kiedy byłam dziewczynką, zupełnie wystarczała misa wody z kroplą inkaustu. Zobaczymy...

Spojrzała w wirujące serce kuli, próbując użyć go, by zogniskować umysł na miejscu pobytu Esk. Kryształy były obiektami w najlepszym razie niepewnymi. Wpatrywanie się w nie gwarantowało na przyszłość zwykle tylko jedno: ostrą migrenę. Babcia nie ufała im. Uważała, że mają coś wspólnego z czarami magów, że przy byle okazji mogą wyssać patrzącemu duszę jak ostrygę z muszli.

– To paskudztwo strasznie iskrzy... – mruknęła.

Chuchnęła na kulę i przetarła ją rękawem. Hilta zajrzała jej przez ramię.

– To nie iskry, to coś oznacza... – stwierdziła powoli.

– Co?

– Nie jestem pewna. Mogę spróbować? Jest do mnie przyzwyczajona.

Zrzuciła kota z fotela i pochyliła się, by spojrzeć w głębię kryształu.

– Mhm... Nie krępuj się – Babcia odsunęła się nieco. – Ale niczego nie...

– Czekaj. Coś się przebija.

– Stąd jest całkiem roziskrzona – upierała się Babcia. – Małe srebrne światełka pływają dookoła jak w tych zabawkach „zamieć w butelce". Właściwie całkiem ładne.

– Tak, ale spójrz poza te płatki...

Babcia spojrzała.

I oto, co zobaczyła.

Patrzyła z bardzo wysoka, a pod nią leżał błękitniejący w oddali rozległy obszar, przez który jak pijany wąż wiła się szeroka rzeka. Srebrne światełka unosiły się nad nią, ale były to – w pewnym sensie – jedynie pierwsze płatki wielkiej burzy świateł, wirującej w ogromnej, leniwej spirali niby w starczym tornadzie cierpiącym na atak śniegu. Spływały w dół, ku zamglonej rzece. Wytrzeszczając oczy, Babcia dostrzegła na wodzie kilka punkcików.

Od czasu do czasu jakaś błyskawica jaśniała przelotnie wewnątrz łagodnie obracającego się leja płatków.

Babcia zamrugała i podniosła głowę. Pokój nagle wydał jej się ciemny.

– Dziwna pogoda – stwierdziła, bo szczerze mówiąc nic innego nie przyszło jej do głowy. Nawet kiedy zamknęła oczy, jasne płatki wciąż tańczyły pod powiekami.

– To chyba nie pogoda – oświadczyła Hilta. – Nie sądzę, żeby ludzie tam cokolwiek widzieli... Ale kryształ to pokazuje. Myślę, że to magia, która kondensuje się z powietrza.

– Spływa do laski?

– Tak. Laski magów to właśnie robią: tak jakby destylowały magię.

Babcia zaryzykowała jeszcze jedno zerknięcie na kulę.

– Do Esk?

– Tak.

– Jest tego chyba całkiem sporo.

– Tak.

Nie po raz pierwszy Babcia pożałowała, że nie zna się lepiej na tym, jak magowie uprawiają czary. Wyobraziła sobie, jak Esk powoli napełnia się magią, jak obrzmiewają tkanki, przelewają się pory skóry. A potem magia zaczyna się przesączać – najpierw powoli, strzelając ku ziemi małymi iskrami, wreszcie budując ogromny ładunek okultystycznego potencjału. Zdolny do wszelkiego rodzaju zniszczeń.

– A niech to – mruknęła. – Nigdy nie lubiłam tej laski.

– Przynajmniej kieruje się w stronę Uniwersytetu – pocieszyła ją Hilta. – Tam będą wiedzieli, co robić.

– Nie wiadomo. Twoim zdaniem jak daleko odpłynęli?

– Jakieś dwadzieścia mil. Te barki poruszają się w spacerowym tempie. Zoonom się nie spieszy.

– Dobrze. – Babcia wstała stanowczo. Sięgnęła po kapelusz i chwyciła swoją torbę. – Sądzę, że potrafię iść szybciej od barki – rzekła. – Rzeka ciągle zakręca, a ja pójdę prosto.

– Chcesz za nią iść na piechotę? – Hilta była wstrząśnięta. – Przecież tam są puszcze i dzikie zwierzęta!

– To dobrze. Chętnie wrócę do cywilizacji. Esk mnie potrzebuje. Laska przejmuje kontrolę. Wiedziałam, że tak będzie, ale czy ktoś mnie słuchał?

– A słuchał? – spytała Hilta. Próbowała dociec, co przyjaciółka miała na myśli, mówiąc o powrocie do cywilizacji.

– Nie – odparła chłodno Babcia.

Nazywał się Amschat B'hal Zoon. Mieszkał na tratwie z trzema żonami i trójką dzieci. Był Kłamcą.

Nieprzyjaciół szczepu Zoonów najbardziej irytowała nie tyle ich uczciwość – irytująco absolutna – co ich totalna bezpośredniość. Zoonowie nigdy nie słyszeli o eufemizmach i nie wiedzieliby, co z nimi począć, gdyby na nie trafili. Z pewnością nazwaliby je „miłym sposobem powiedzenia czegoś brzydkiego".

Bezwzględna wierność prawdzie nie została im zesłana przez jakiegoś boga, jak to zwykle bywa, ale prawdopodobnie była natury genetycznej. Przeciętny Zoon nie mógł skłamać, tak samo jak nie mógł oddychać pod wodą. Szczerze mówiąc, sama myśl wystarczała, by poważnie rozstroić ich nerwowo; wypowiedzenie Kłamstwa oznaczało ni mniej ni więcej tylko całkowite zburzenie porządku wszechświata.

Była to poważna wada u rasy handlarzy. Zatem w ciągu tysiącleci starszyzna Zoonów studiowała niezwykłą umiejętność, jaką najwidoczniej posiadali wszyscy inni ludzie. I postanowiła, że oni także powinni ją zdobyć.

Młodzi Zoonowie zdradzający najsłabsze oznaki tego talentu byli zachęcani, podczas specjalnych uroczystości, do naginania Prawdy jeszcze bardziej, na zasadach współzawodnictwa. Pierwsze zarejestrowane proto-kłamstwo Zoonów brzmiało: „Właściwie mój dziadek jest całkiem wysoki". W końcu jednak zrozumiano, na czym rzecz polega i powołano urząd plemiennego Kłamcy.

Należy zaznaczyć, że chociaż większość Zoonów nie umie kłamać, otaczają oni wielkim szacunkiem każdego współplemieńca, który potrafi stwierdzić, że świat jest inny niż jest. Dlatego Kłamca jest człowiekiem bardzo poważanym. Reprezentuje swój szczep w kontaktach ze światem zewnętrznym, ze zrozumienia którego przeciętni Zoonowie już dawno zrezygnowali. Szczepy Zoonów są bardzo dumne ze swoich Kłamców.

Inne rasy bardzo to wszystko irytuje. Uważają, że Zoonowie powinni użyć bardziej odpowiednich tytułów, na przykład „dyplomaty" albo „rzecznika". Mają wrażenie, że ktoś sobie z nich pokpiwa.

– To wszystko prawda? – spytała podejrzliwie Esk, rozglądając się po zatłoczonej kajucie.

– Nie – odparł stanowczo Amschat.

Jego młodsza żona, gotująca owsiankę na małym, ozdobnym palenisku, zachichotała. Trójka dzieci z powagą przyglądała się dziewczynce ponad blatem stołu.

– Czy pan nigdy nie mówi prawdy?

– A ty? – Amschat uśmiechnął się złociście, ale oczy pozostały poważne. – Dlaczego znalazłem cię w swojej wełnie? Amschat nie jest porywaczem. Ktoś w domu będzie się martwić, taknie?

– Przypuszczam, że Babcia już mnie szuka – odparła Esk. – Ale nie sądzę, żeby się bardzo martwiła. Chyba tylko się gniewa. W każdym razie mam zamiar dotrzeć do Ankh-Morpork. Może mnie pan wysadzić ze statku...

– ...z łodzi...

– ...jeśli pan chce. Nie boję się szczupaków.

– Nie mogę tak postąpić – oświadczył Amschat.

– Czy to było kłamstwo?

– Nie! To dziki kraj, pełno tu złodziei i... różnych takich.

Esk z zadowoleniem kiwnęła głową.

– No to załatwione. Mogę spać w wełnie. I zapłacę za swoją podróż. Potrafię... – zawahała się; nie dokończone zdanie niczym kryształowy wir zawisło w powietrzu, gdy tymczasem dyskrecja z powodzeniem przejęła panowanie nad jej językiem. – Potrafię pożyteczne rzeczy – zakończyła niepewnie.

Zauważyła, że Amschat zerka z ukosa na swoją najstarszą żonę, która szyła coś przy piecyku. Zgodnie z tradycją Zoonów ubierała się całkowicie na czarno. Babci z pewnością by się to spodobało.

– Jakie pożyteczne rzeczy? – zapytał. – Zmywanie i zamiatanie, taknie?

– Jeśli pan sobie życzy. A także destylacja z wykorzystaniem podwójnych lub potrójnych alembików, przygotowanie pokostów, emalii, olejów, terpentyny i żywicy, otrzymywanie smarów, produkcja świec, właściwy dobór nasion, cebulek i szczepek, zbieranie większości Osiemdziesięciu Cudownych Ziół; umiem prząść, gręplować, moczyć i młócić, tkać w ręku, na ramie i szlachetnych krosnach, umiem robić na drutach, jeśli ktoś zacznie. Potrafię czytać z ziemi i skał, znam się na stolarce aż do potrójnego czopa i wpustu, przepowiadam pogodę metodą obserwacji zachowania zwierząt i barwy nieba, mogę pilnować pszczół, warzyć pięć rodzajów miodu, robić farby, barwniki i pigmenty, w tym trwały niebieski, znam się na pracy w metalach, reperuję buty, mogę wyprawiać i suszyć większość skór, a jeśli macie jakieś kozy, chętnie się nimi zajmę. Lubię kozy.

Amschat przyjrzał się jej z namysłem. Miała wrażenie, że powinna kontynuować.

– Babcia nie lubi, kiedy ktoś siedzi tylko i nic nie robi – oświadczyła. – Zawsze powtarzała, że dziewczynie, która ma pracowite ręce, niczego w życiu nie zabraknie – dodała jeszcze tytułem wyjaśnienia.

– I chętnych na męża, jak przypuszczam – Amschat niepewnie skinął głową.

– Babcia miała na ten temat wiele do powiedzenia...

– Tego jestem pewien.

Zerknął na swoją najstarszą żonę, która niemal niedostrzegalnie skinęła głową.

– No dobrze – zdecydował. – Jeżeli umiesz być pożyteczna, możesz zostać. A potrafisz grać na instrumencie muzycznym?

Esk odpowiedziała mu spokojnym spojrzeniem. Nie drgnęła jej nawet powieka.

– Prawdopodobnie.

I tak Esk przy minimalnym wysiłku i prawie bez żalu opuściła Ramtopy wraz z ich klimatem, by przyłączyć się do Zoonów w wielkiej wyprawie handlowej rzeką Ankh.

Płynęło z nimi co najmniej trzydzieści barek z co najmniej jedną liczną rodziną na każdej. Chyba żadne dwie nie wiozły takiego samego ładunku. Większość była spięta razem i kiedy Zoonowie mieli ochotę na życie towarzyskie, zwyczajnie ciągnęli za linę i przechodzili na pokład do sąsiadów.

Esk wymościła sobie legowisko w wełnie. Było tam ciepło, pachniało trochę jak domek Babci, a co najważniejsze, nikt jej tam nie przeszkadzał.

Magia zaczynała ją trochę martwić.

Wyraźnie wymykała się spod kontroli. Esk nie czarowała, to czary same się jej przytrafiały. Wyczuwała też, że gdyby inni się o tym dowiedzieli, nie byliby zachwyceni.

Oznaczało to, że kiedy zmywała, musiała stukać i pluskać, by ukryć fakt, że naczynia same się myją. Kiedy cerowała, musiała to robić w jakimś odosobnionym kątku pokładu, żeby nikt nie widział, że brzegi dziury splatają się razem jak... jak zaczarowane. A kiedy obudziła się drugiego dnia podróży, zobaczyła, że część wełny w miejscu, gdzie ukryła laskę, przez noc wyczesała się, wygręplowała i zwinęła w równe motki.

Starała się nawet nie myśleć o rozpalaniu ognia.

Oczywiście, sytuacja rekompensowała jej w pewien sposób te niewygody. Każdy leniwy zakręt brunatnej rzeki odkrywał nowe sceny. Czasem płynęli przez głęboką puszczę; barki sunęły wtedy samym środkiem koryta, mężczyźni nosili broń, a kobiety kryły się pod pokładami – z wyjątkiem Esk, która nasłuchiwała z ciekawością chrząknięć i prychania, podążającego za nimi przez krzaki na brzegach. Czasem płynęli między uprawnymi polami. Mijali miasta o wiele większe od Ohulanu. Widziała nawet góry, ale stare i płaskie, nie takie młode i żywotne jak jej Ramtopy. Nie to, by tęskniła za domem, ale bywało, że sama czuła się jak barka dryfująca na linie nieskończonej wprawdzie, ale zawsze przywiązanej do kotwicy.

W niektórych miastach barki przybijały do brzegu. Zgodnie z tradycją tylko mężczyźni schodzili na ląd i tylko Amschat w swoim ceremonialnym kapeluszu Kłamcy rozmawiał z nie-Zoonami. Esk zwykle mu towarzyszyła. Próbował jej sugerować, że powinna przestrzegać niepisanych zasad życia Zoonów i zostawać na pokładzie. Jednak takie sugestie były dla Esk tym, czym ukąszenie komara dla przeciętnego nosorożca. Zaczynała pojmować, że jeśli ktoś ignoruje zasady, w połowie przypadków ludzie spokojnie napiszą je na nowo tak, żeby się do niego nie odnosiły.

Zresztą Amschat miał wrażenie, że kiedy jest z nim Esk, zawsze dostaje bardzo dobrą cenę. Coś takiego było w tym dziecku, zezującym z determinacją spoza jego nóg, że najbardziej zatwardziali kupcy szybko dobijali targu.

Szczerze mówiąc, trochę go to niepokoiło. Kiedy właściciel kantoru zaproponował mu mieszek ultramaryn za setkę owczych run, głosik z poziomu jego kieszeni oznajmił nagle:

– To nie są ultramaryny.

– Posłuchajcie no tylko tego dziecka! – zawołał wesoło kupiec.

Amschat z powagą uniósł do oka jeden z kamieni.

– Ja słucham – oświadczył. – One rzeczywiście wyglądają jak ultramaryny. Mają połysk i blask.

Esk pokręciła głową.

– To tylko spirkle – stwierdziła.

Powiedziała to bez zastanowienia i natychmiast pożałowała, kiedy obaj mężczyźni spojrzeli na nią zdziwieni.

Amschat obracał kamień w palcach. Umieszczenie kameleonowych spirkli obok prawdziwych klejnotów, żeby uzyskały tę samą barwę, było starą sztuczką. Jednak w tych płonął prawdziwy, wewnętrzny, błękitny ogień. Amschat spojrzał badawczo na kupca. Odebrał najwyższej klasy przeszkolenie w sztuce Kłamstwa. Rozpoznawał jego subtelne oznaki i teraz zaczął się zastanawiać.

– Wydaje się, że nastąpiła wątpliwość – stwierdził. – Ale wyjaśnić ją łatwo. Musimy tylko zanieść je do probierza przy ulicy Sosnowej. Ponieważ cały świat wie, że spirklowe kamienie w czyszczącym płynie rozpuszczają się, taknie?

Kupiec zawahał się. Amschat przesunął się lekko, a jego napięte mięśnie sugerowały, że jakikolwiek gwałtowny ruch doprowadzi rozmówcę do pozycji leżącej w kurzu ulicy. W dodatku ten przeklęty dzieciak zezował, jakby potrafił czytać mu w myślach.

Nie wytrzymał tego.

– Żałuję tego nieszczęsnego sporu – powiedział. – W dobrej wierze przyjąłem te kamienie jako ultramaryny. Nie chcę jednak, by stały się przyczyną dysharmonii między nami. Proszę więc, żebyście przyjęli je jako... jako prezent, a za wełnę proponuję tę oto czystej wody rosettę.

Wyjął z aksamitnej sakiewki mały, czerwony kamień. Amschat prawie na niego nie spojrzał, ale nie spuszczając oka z kupca podał klejnot Esk. Dziewczynka kiwnęła głową.

Gdy kupiec oddalił się pospiesznie, Amschat wziął Esk za rękę i niemal siłą zaciągnął ją do warsztatu probierza, będącego ledwie trochę większą niszą w murze. Starzec wysłuchał tłumaczeń Amschata, wziął najmniejszy z niebieskich kamieni i wrzucił go na spodeczek z płynem czyszczącym. Kamień zapienił się i rozpłynął.

– Bardzo ciekawe – mruknął probierz. Ujął w pincetę następny kamień i zbadał go dokładnie pod lupą.

– To rzeczywiście spirkle, ale w swoim rodzaju niezwykle piękne okazy – stwierdził. – W żadnym razie nie są bezwartościowe. Ja sam skłonny byłbym dać za nie... Czy ta dziewczynka ma coś nie w porządku z oczami?

Amschat szturchnął Esk, która zaprzestała prób Spojrzenia.

– ...dać za nie, powiedzmy, dwa zaty srebra.

– Powiedzmy: pięć – zaproponował uprzejmie Amschat.

– A ja chciałabym zachować jeden kamień – wtrąciła Esk.

Starzec rozłożył ręce.

– Przecież to tylko ciekawostki! – zawołał. – Mają wartość jedynie dla kolekcjonera.

– Kolekcjoner może je sprzedać niczego nie podejrzewającemu klientowi jako najpiękniejsze rosetty albo ultramaryny – zauważył Amschat. – Zwłaszcza jeśli jest jedynym probierzem w mieście.

Probierz burczał niechętnie, ale w końcu zgodził się na trzy zaty oraz jeden spirkiel na srebrnym łańcuszku dla Esk.

Kiedy byli już poza zasięgiem słuchu, Amschat wręczył jej drobne srebrne monety.

– Są twoje – powiedział. – Zarobiłaś je. Ale... – Pochylił się tak, że jego oczy znalazły się na poziomie twarzy dziewczynki. – Musisz mi wytłumaczyć, skąd wiedziałaś, że kamienie są fałszywe.

Wyglądał na zmartwionego, jednak Esk wyczuła, że prawda raczej go nie pocieszy. Magia budziła w ludziach niepokój. Nie spodobałoby mu się, gdyby powiedziała po prostu: spirkle to spirkle, a ultramaryny to ultramaryny. I chociaż może się zdawać, że wyglądają tak samo, to tylko dlatego, że większość ludzi nie potrafi właściwie używać oczu. Nic nie zdoła całkowicie ukryć swej natury.

Dlatego powiedziała:

– Krasnoludy wydobywają spirkle niedaleko wioski, gdzie się urodziłam. Nauczyłam się je poznawać. Tak śmiesznie załamują światło.

Przez chwilę Amschat patrzył jej prosto w oczy. Wzruszył ramionami.

– Dobrze – mruknął. – Świetnie. Mam tu jeszcze kilka spraw. Może kupiłabyś sobie nową sukienkę albo co? Powinienem cię ostrzec przez oszukańczymi handlarzami, ale jakoś... sam nie wiem... nie sądzę, żebyś miała z nimi kłopoty.

Esk kiwnęła głową. Amschat ruszył przez plac targowy. Przy pierwszym rogu przystanął, obejrzał się na nią zamyślony, po czym zniknął wśród tłumu.

To koniec rejsu, powiedziała sobie Esk. Nie jest całkiem pewny, ale teraz będzie mnie obserwował i zanim się zorientuję, co się dzieje, zabiorą mi laskę, a wtedy zaczną się kłopoty. Dlaczego wszyscy tak się denerwują o magię?

Westchnęła filozoficznie i ruszyła badać możliwości oferowane przez miasto.

Laska stanowiła problem. Esk wbiła ją głęboko w wełnę, której na razie nikt nie zamierzał rozładowywać. Jeśli wróci po nią teraz, Zoonowie zaczną stawiać pytania, na które nie znała odpowiedzi.

Znalazła odpowiedni zaułek i pobiegła nim, aż trafiła na głęboką bramę, dającą niezbędne odosobnienie. Wyciągnęła rękę i zamknęła oczy.

Dokładnie wiedziała, co chce osiągnąć – zobaczyła to wyraźnie pod powiekami. Laska nie może przylecieć, nie może rozbić barki ani ściągnąć na siebie uwagi. Esk żądała jedynie – tłumaczyła sobie – niewielkiej zmiany w sposobie organizacji świata. Miał to być świat nie taki, w którym laska tkwi ukryta w wełnie, ale taki, w którym Esk trzyma ją w ręku. Maleńka odmiana, nieskończenie mały przeskok w Porządku Istnienia Rzeczy.

Gdyby Esk odebrała właściwe magiczne przeszkolenie, wiedziałaby, że coś takiego jest niemożliwe. Wszyscy magowie umieją przemieszczać przedmioty, od protonów wzwyż. Najważniejsze jednak podczas przesuwania czegokolwiek z punktu A do punktu Z jest fakt, że zgodnie z zasadami fizyki w pewnym momencie to coś musi przejść przez całą resztę alfabetu. Jedynym sposobem, by zmusić coś do zniknięcia w punkcie A i pojawienia się w punkcie Z, jest odsunięcie na bok Rzeczywistości. Lepiej nie myśleć o problemach, jakie to może wywołać.

Esk, naturalnie, żadnego wykształcenia nie miała. Doskonale wiadomo, że istotnym warunkiem sukcesu jest brak wiedzy o niemożliwości tego, co człowiek próbuje osiągnąć. Osoba nie zdająca sobie sprawy z szansy porażki może być kijem wepchniętym w szprychy roweru historii.

I kiedy Esk próbowała przemieścić laskę, w magicznym eterze rozprzestrzeniały się zmarszczki fal, w tysiącach drobnych elementów zmieniając świat Dysku. Większość z nich pozostała niezauważona. Kilka ziarenek piasku leżało może na brzegach w nieco innej pozycji, przypadkowy liść zwisał z gałęzi pod marginalnie innym kątem. Alc potem czoło fali prawdopodobieństwa uderzyło o krawędź Rzeczywistości, odbiło się jak woda od brzegu sadzawki i napotkało spóźnione zmarszczki sunące w przeciwną stronę, co wywołało niewielkie, ale istotne wiry w samej osnowie istnienia. W osnowie istnienia mogą powstawać wiry, ponieważ jest to bardzo dziwna osnowa.

Esk oczywiście nie miała o niczym pojęcia, ale była usatysfakcjonowana, kiedy laska zmaterializowała się w powietrzu i upadła jej na dłoń.

Była ciepła.

Dziewczynka przyglądała się jej w zamyśleniu. Coś powinna z nią zrobić. Laska była za duża, niewygodna, za bardzo rzucała się w oczy. Zwracała uwagę.

– Skoro mam cię zabrać do Ankh-Morpork – mruknęła w zadumie – musisz pojechać w przebraniu.

Kilka ostatnich iskierek magii błysnęło na powierzchni, potem laska pociemniała.

Esk znalazła rozwiązanie problemu na głównym placu targowym Zemphis. Kupiła na straganie największą miotłę, zaniosła ją do swojej bramy, wyjęła kij i głęboko wcisnęła laskę między brzozowe witki. Miała uczucie, że nie powinna tak traktować szlachetnego obiektu, więc przeprosiła bezgłośnie.

Sytuacja uległa wyraźnej poprawie. Nikt nie zwracał uwagi na dziewczynkę z miotłą.

Kupiła mocno przyprawiony pierożek, żeby coś zjeść przed badaniem miasta. Sprzedawca nierozważnie oszukał ją przy wydawaniu reszty i dopiero później zauważył, że z niewyjaśnionych przyczyn oddał dwie sztuki srebra, w nocy szczury dostały się do składu i pożarły jego zapasy, a piorun trafił babcię.

Miasteczko było mniejsze od Ohulanu i inne w charakterze. Leżało u zbiegu trzech szlaków handlowych, spory kawałek od rzeki. Zbudowano je wokół ogromnego placu, będącego skrzyżowaniem permanentnego egzotycznego zatoru drogowego i wioski namiotów. Wielbłądy kopały muły, muły kopały konie, konie kopały wielbłądy, a wszystkie kopały ludzi; panował chaos barw, zamęt dźwięków, nosowa symfonia zapachów i bezustanny równy szum setek ludzi ciężko pracujących przy robieniu pieniędzy.

Jednym z powodów tej krzątaniny był fakt, że na dużych obszarach kontynentu inni ludzie woleli robić pieniądze bez żadnej pracy. A że Dysk nie poznał jeszcze przemysłu muzycznego, zmuszeni byli wykorzystywać starsze, tradycyjne formy bandytyzmu.

To dziwne, ale często wymagały one ciężkiego trudu. Wtaczanie na urwiska wielkich głazów, żeby zastawić porządną pułapkę, ścinanie drzew dla blokowania drogi, kopanie rowów najeżonych zaostrzonymi kijami i dbanie przez cały czas o ostrość noża, wszystko to zmuszało prawdopodobnie do większego wysiłku mięśni i mózgu, niż bardziej poważane w społeczeństwie profesje. Mimo to wciąż istnieli ludzie, którzy wybierali to – plus długie noce spędzone w niewygodzie – jedynie dla zdobycia kilku całkiem zwyczajnych skrzyni pełnych klejnotów.

Dlatego też w takich miasteczkach jak Zemphis karawany dzieliły się, łączyły i formowały od nowa, a dziesiątki kupców i wędrowców zbierało się w grupy dla lepszej ochrony przed czekającymi na szlakach osobnikami społecznie nie przystosowanymi. Esk, która nie zwracając niczyjej uwagi spacerowała wśród tłumów, dowiedziała się o tym prostym sposobem: szukała kogoś, kto wyglądał na ważnego, po czym ciągnęła go za skraj płaszcza.

Ten akurat mężczyzna liczył bele tytoniu i z pewnością by skończył, gdyby mu nie przerwano.

– Czego?

– Pytałam, co się tu dzieje.

Mężczyzna chciał odpowiedzieć: „Uciekaj stąd poprzeszkadzać komuś innemu". Zamierzał trzepnąć ją lekko po głowie. Dlatego zdumiał się, gdy pochylił się nagle i zaczął z powagą odpowiadać małej, brudnej dziewczynce z wielką miotłą (która, jak uświadomił sobie później, w jakiś nieokreślony sposób również słuchała z uwagą).

Wytłumaczył, po co formują się karawany. Dziewczynka kiwnęła głową.

– Ludzie zbierają się, żeby razem podróżować?

– Właśnie.

– A dokąd?

– Do różnych miejsc. Do Sto Lat, Pseudopolis... do Ankh-Morpork, oczywiście...

– Przecież tam płynie rzeka – zauważyła rozsądnie Esk. – Barki. Zoonowie.

– A tak – przyznał kupiec. – Ale mają wysokie ceny, nie mogą przewieźć wszystkiego, a poza tym nikt im specjalnie nie ufa.

– Przecież są wyjątkowo uczciwi!

– Niby tak. Ale wiesz, jak to mówią: nie wolno ufać uczciwemu człowiekowi. – Uśmiechnął się wyrozumiale.

– Kto tak mówi?

– Różni. No wiesz. Ludzie – wyjaśnił, a w jego głosie zabrzmiała nuta niepewności.

– Aha – mruknęła Esk. Zastanowiła się przez moment. – Muszą być bardzo niemądrzy – stwierdziła stanowczo. – Ale dziękuję panu.

Przyglądał się, jak odchodzi, a po chwili wrócił do liczenia. I zaraz znowu poczuł szarpnięcie za płaszcz.

– Pięćdziesiątsiedempięćdziesiątsiedempięćdziesiątsiedemsłucham? – rzucił, starając się zapamiętać belę.

– Przepraszam, że znowu panu przeszkadzam – odezwała się Esk. – Ale te bele...

– Tak? pięćdziesiątsiedempięćdziesiątsiedempięćdziesiątsiedem?

– No... czy one powinny mieć w środku te małe białe robaki?

– Pięćdziesiątsie... co?! – Kupiec opuścił tabliczkę i wytrzeszczył oczy na dziewczynkę. – Jakie robaki?

– Takie wijące. Białe – wyjaśniła grzecznie Esk. – A wszystkie tak jakby pełzają w środku tych beli.

– Masz na myśli tasiemca tytoniowego?

Zerknął dziko na stertę beli, wyładowaną – teraz sobie przypomniał – przez dostawcę o nerwowym wyglądzie nocnego duszka, który chce zniknąć, zanim człowiek odkryje, w co rankiem zamieni się zaczarowany skarb.

– Przecież mówił, że przechowywał tytoń jak należy i... A właściwie skąd ty to wiesz?

Mała zniknęła w tłumie. Kupiec spojrzał surowo na miejsce, gdzie stała przed chwilą. Spojrzał surowo na dostawcę, który uśmiechał się niepewnie. Spojrzał surowo na niebo. Potem wyjął nóż do próbek, spoglądał na niego przez chwilę, najwyraźniej podjął decyzję i ruszył do najbliższej beli.

Esk tymczasem metodą losowego podsłuchiwania odszukała karawanę zmierzającą do Ankh-Morpork. Przywódca siedział za stołem zbudowanym z deski ułożonej na dwóch beczkach.

Był zajęty.

Rozmawiał z magiem.

Doświadczeni wędrowcy wiedzą, że wyruszając przez potencjalnie nieprzyjazne krainy karawana powinna dysponować odpowiednią liczbą mieczy. I koniecznie musi zabrać maga, gdyby potrzebna była wiedza magiczna, a gdyby nawet nie była, to do rozpalania ognia. Mag trzeciej lub wyższej rangi nie musi płacić za przywilej dołączenia do grupy. Spodziewa się raczej, że to jemu zapłacą. Delikatne negocjacje zbliżały się właśnie do końca.

– Zgoda, mistrzu Treatle. A ten młody człowiek? – spytał przewodnik karawany, niejaki Adab Gander, imponująca postać w kurcie z trollowej skóry, zawadiacko obwisłym kapeluszu i skórzanym kilcie. – Nie jest magiem, jak widzę.

– Dopiero studiuje – odparł Treatle, wysoki i chudy mag, którego szaty świadczyły, że należy do Starożytnego i Jedynie Oryginalnego Bractwa Srebrnej Gwiazdy, jednego z ośmiu obrządków magicznych.

– Czyli żaden z niego mag – uznał Gander. – Znam zasady: kto nie ma laski, nie jest magiem. A on nie ma.

– Właśnie udaje się na Niewidoczny Uniwersytet, by odebrać ten drobny element – oznajmił wyniośle Treatle. Magowie rozstawali się z pieniędzmi tylko trochę mniej chętnie niż tygrysy rozstają się z zębami.

Gander przyjrzał się młodemu człowiekowi. W swoim czasie poznał wielu magów i uważał się za znawcę. Musiał przyznać, że chłopak wyglądał jak dobry materiał na maga. Inaczej mówiąc, był chudy, niezgrabny, blady od czytania groźnych ksiąg w niezdrowych pomieszczeniach i miał wodniste oczy przypominające dwa lekko ścięte jajka. Ganderowi przemknęło przez myśl, że zyski wymagają inwestycji.

Wszystko, czego trzeba temu chłopakowi, aby dostać się na sam szczyt, to jakieś drobne kalectwo. Magowie są męczennikami takich schorzeń jak astma czy płaskostopie i to jakoś dodaje im energii.

– Jak ci na imię, chłopcze? – zapytał jak najuprzejmiej.

– Ssssssssssssss – odpowiedział młody człowiek. Grdyka skakała mu jak balon na sznurku. Z bezgłośnym błaganiem obejrzał się na swego towarzysza.

– Simon – przedstawił go Treatle.

– ...imon – zgodził się Simon z wdzięcznością.

– Umiesz tworzyć kule ogniste albo zaklinać wiry takie, jakie można cisnąć w nieprzyjaciela?

Simon zerknął z ukosa na Treatle'a.

– N-n-n-n-n-n... – spróbował.

– Mój młody przyjaciel podąża ku magii wyższej od zwykłego rzucania czarów – oznajmił mag.

– ...ie – dokończył Simon.

Gander pokiwał głową.

– No tak – mruknął. – Może kiedyś będziesz magiem, chłopcze. A gdy dostaniesz swoją piękną laskę, zgodzisz się kiedyś podróżować ze mną, prawda? Zainwestuję w ciebie, tak?

– T...

– Kiwnij tylko głową – zaproponował Gander, który z natury nie był człowiekiem okrutnym.

Simon kiwnął z wdzięcznością. Treatle i Gander skinęli sobie na znak zgody, po czym mag odmaszerował, a jego uczeń powlókł się za nim obciążony bagażem.

Z trzymanej przed sobą listy Gander starannie wykreślił słowo „mag".

Niewielki cień padł na tabliczkę. Przewodnik podniósł głowę i wzdrygnął się mimowolnie.

– Tak? – spytał lodowato.

– Chcę jechać do Ankh-Morpork – oświadczyła Esk. – Proszę. Mam trochę pieniędzy.

– Wracaj do domu, dziecinko. Do mamy.

– Nie, naprawdę. Chcę szukać fortuny.

Gander westchnął.

– Po co nosisz tę miotłę? – zapytał.

Esk spojrzała, jakby widziała ją po raz pierwszy.

– Wszystko musi mieć swoje miejsce – odparła.

– Idź do domu, mała. Nie zabieram do Ankh-Morpork żadnych uciekinierek. Różne rzeczy mogą się zdarzyć małym dziewczynkom w wielkich miastach.

Esk rozpromieniła się.

– Na przykład jakie?

– Słyszałaś? Kazałem ci wracać do domu! No już!

Wziął kredę i zaczął wykreślać na tabliczce kolejne punkty. Usiłował ignorować nieruchome spojrzenie, które przewiercało mu niemal czubek głowy.

– Będę pomagać – oznajmiła spokojnie Esk.

Gander rzucił kredę i z irytacją poskrobał się po brodzie.

– Ile masz lat?

– Dziewięć.

– Posłuchaj, panno Dziewięciolatko. Mam dwieście zwierząt i setkę ludzi, którzy chcą się dostać do Ankh. Połowa z nich nienawidzi drugiej połowy, mam za mało takich, co umieją walczyć, drogi są podobno fatalne, bandyci w Papach robią się już całkiem bezczelni, trolle na mostach żądają coraz wyższego myta, ryjkowce zalęgły się w zapasach, a w dodatku bez przerwy boli mnie głowa. Przy tym wszystkim jeszcze ciebie mi tu potrzeba.

– Aha... – westchnęła Esk. Rozejrzała się po zatłoczonym placu. – W takim razie... Która droga prowadzi do Ankh?

– O tamta, za bramą.

– Dziękuję – rzekła posępnie. – Do widzenia. Mam nadzieję, że nie będzie miał pan więcej kłopotów i głowa przestanie panu dokuczać.

– Może – odpowiedział niepewnie Gander.

Zabębnił palcami po blacie obserwując, jak Esk oddala się w kierunku drogi do Ankh. Długiej, krętej drogi. Drogi, przy której czaili się złodzieje i gnolle. Drogi, która zasapana wspinała się na górskie przełęcze i dysząc ciężko pełzła przez pustynie.

– A niech to – burknął pod nosem. – Hej! Ty!

Babcia miała kłopoty.

Przede wszystkim, uznała, nie powinna dopuścić, żeby Hilta namówiła ją do wypożyczenia swojej miotły. Miotła była już stara, niepewna, latała tylko w nocy, a nawet wtedy osiągała prędkość niewiele większą od truchtu.

Czary startowe tak się zużyły, że nie chciała nawet ruszyć, póki nie sunęła już niezłym tempem. Była to, szczerze mówiąc, jedyna na świecie miotła uruchamiana na pych.

I właśnie kiedy Babcia Weatherwax, spocona i zła, po raz dziesiąty biegła leśną ścieżką, trzymając tę drańską miotłę na wysokości ramienia, znalazła pułapkę na niedźwiedzia.

Drugi problem polegał na tym, że niedźwiedź znalazł pułapkę pierwszy. Właściwie nie był to poważny kłopot, jako że Babcia, i tak już w paskudnym humorze, trafiła go kijem od miotły dokładnie między oczy. Teraz niedźwiedź siedział tak daleko od niej, jak to tylko możliwe w głębokim dole. I usiłował myśleć o czymś przyjemnym.

Nie była to szczególnie wygodna noc, a ranek okazał się nie lepszy, przynajmniej dla oddziału myśliwych, którzy o świcie zajrzeli do dołu.

– Najwyższy czas – stwierdziła Babcia. – Wyciągnijcie mnie.

Zaskoczone głowy wycofały się i Babcia usłyszała nieprzyjemne szepty. Na pewno zauważyli jej kapelusz i miotłę.

Wreszcie brodata głowa pojawiła się znowu, z pewnym ociąganiem, jakby ktoś popychał naprzód ciało, do którego była przymocowana.

– Ehem... – zaczęła głowa. – Mateczko...

– Nie jestem matką – warknęła Babcia. – A już na pewno nie waszą matką, jeśli w ogóle mieliście jakieś matki, w co wątpię. Gdybym to ja była waszą matką, uciekłabym przed waszym urodzeniem.

– To tylko takie powiedzenie – oświadczyła głowa z wyrzutem.

– To osobista obraza i tyle!

Znowu szepty.

– Jeśli się stąd nie wydostanę – oświadczyła groźnie Babcia – zaczną się Kłopoty. Widzicie mój kapelusz? No, widzicie?

Głowa wysunęła się jeszcze raz.

– To właśnie cały problem – stwierdziła. – To znaczy: co się stanie, jeśli cię wypuścimy? Wydaje się, że rozsądniej będzie tak jakby zasypać ten dół. Nic do ciebie nie mamy, oczywiście...

Babcia uświadomiła sobie nagle, czemu ta głowa wydawała jej się dziwna.

– Czy ty klęczysz? – spytała oskarżycielskim tonem. – Nie, prawda? Jesteście krasnoludami.

Szepty.

– I co z tego? – zapytała wyzywająco głowa. – To chyba nic złego. Co masz przeciwko krasnoludom?

– Umiecie reperować miotły?
– Czarodziejskie miotły?
– Tak!
Szepty.
– A gdyby tak?
– No to możemy się jakoś dogadać.

Jaskinie krasnoludów rozbrzmiewały kuciem młotów, choć przede wszystkim dla efektu. Krasnoludom trudno się skupić bez dźwięku kucia. Dlatego osoby dobrze sytuowane na stanowiskach urzędniczych wynajmują gobliny, żeby uderzały w małe, ozdobne kowadła – tylko po to, by zadbać o właściwy krasnoludzki wizerunek.

Miotła leżała na dwóch kozłach. Babcia Weatherwax przysiadła na skalnym występie, a krasnolud o połowę od niej niższy, w fartuchu będącym właściwie tylko masą kieszeni, obszedł miotłę dookoła, od czasu do czasu stukając w nią palcem.

Wreszcie kopnął w witki i nabrał powietrza. Przypominało to odwrotny gwizd, będący tajemnym sygnałem wszystkich fachowców wszechświata, a oznaczający, że zaraz wydarzy się coś kosztownego.

– No tak... – powiedział. – Mógłbym sprowadzić uczniów, żeby to sobie obejrzeli. Przydałoby się im. To czysta historia. Naprawdę uniosła się w powietrze?

– Leciała jak ptak – oświadczyła Babcia.

Krasnolud zapalił fajkę.

– Bardzo bym chciał zobaczyć takiego ptaka. – Zamyślił się. – Wyobrażam sobie, że taki ptak to widok wart oglądania.

– Rzeczywiście. Ale czy możesz ją naprawić? Spieszy mi się.

Krasnolud usiadł, powoli i z rozwagą.

– Co do naprawy... rzekł. – Cóż, o naprawie nie ma mowy. O odbudowie, może. Oczywiście, niełatwo dziś znaleźć porządne witki, nawet gdybyśmy mieli kogoś, kto potrafi je związać jak należy. A potrzebne zaklęcia...

– Nie chcę jej odbudowywać – zapewniła Babcia. – Chcę tylko, żeby działała jak należy.

– To stary model – nie ustępował krasnolud. – Ciężka sprawa z tymi starymi modelami. Trudno dobrać właściwe drewno...

Nagle znalazł się w powietrzu, trzymany ręką Babci, z oczami na poziomie jej nosa. Krasnoludy, jako istoty same w sobie magiczne, są w zasadzie odporne na czary, ale jej twarz wyglądała tak, jakby chciała przyspawać mu oczy do tyłu czaszki.

– Napraw ją tylko – syknęła. – Proszę.

– Co? Mam odstawić fuchę? – Fajka krasnoluda stuknęła o posadzkę.

– Tak.

– Połatać ją, znaczy? Zdradzić moich mistrzów, wykonując tylko połowę roboty?

– Tak. – Źrenice Babci przypominały dwie maleńkie czarne dziury.

– Zresztą... – mruknął krasnolud. – No dobrze, niech będzie.

Gander, przewodnik karawany, martwił się.

Trzy dni temu wyjechali z Zemphis, poruszali się w dobrym tempie i teraz podążali już ku skalistej przełęczy w górach zwanych Papami Scylli. Było ich osiem i Gander często się zastanawiał, kim właściwie była Scylla i czy by ją polubił.

Nocą podkradła się do obozu banda gnolli. Obrzydliwe stwory, odmiana skalnych goblinów, poderżnęły gardło wartownikowi i z pewnością zamierzały wymordować całą karawanę. Tyle że...

Nikt nie wiedział, co zdarzyło się potem. Ludzi obudziły wrzaski i zanim zdążyli rozdmuchać ogniska, zanim mag Treatle rozciągnął nad obozowiskiem zasłonę błękitnego blasku, ocalałe gnolle były już tylko odległymi, pajęczymi cieniami, uciekającymi, jakby ścigały je wszystkie legiony Piekieł.

Sądząc po tym, co się zdarzyło ich towarzyszom, miały prawdopodobnie rację. Strzępy gnolli zwisały z okolicznych głazów, nadając im wesoły, świąteczny wygląd. Gander nie żałował ich specjalnie – gnolle lubiły chwytać podróżnych i demonstrować im swoją gościnność maczugą i rozpalonym do czerwoności nożem. Denerwował się jednak, że znalazł się w pobliżu Czegoś, co rozcięło kilkanaście twardych, uzbrojonych gnolli jak łyżeczka tnie jajko na miękko. A przy tym nie zostawiło śladów.

Właściwie nawet wymiotło grunt do czysta.

Noc trwała długo, a ranek nie przyniósł poprawy. Jedyną osobą mniej więcej przytomną była Esk, która przespała wszystko pod wozem i narzekała tylko na niezwykłe sny.

Mimo wszystko z ulgą opuścili makabryczną okolicę. Gander uznał, że gnolle od środka wcale nie wyglądają lepiej niż z wierzchu. Znienawidził ich wnętrzności.

Esk siedziała w wozie Treatle'a i rozmawiała z Simonem, który prowadził niezręcznie, podczas gdy mag drzemał za nimi.

Simon wszystko robił niezręcznie. Niezręczność doprowadził do mistrzostwa. Był jednym z tych chłopców, którzy wydają się zbudowani z samych łokci, kciuków i kolan. Ciężkim wysiłkiem było nawet patrzeć, jak chodzi. Człowiek wciąż czekał, że pękną sznurki wiążące go razem. A kiedy dostrzegał w zdaniu jakieś „S" albo „W", w jego oczach pojawiał się wyraz udręki. Na ten widok rozmówcy odruchowo wypowiadali za niego trudne słowa. Warto było, ponieważ wdzięczność rozlewała się wtedy po pryszczatej twarzy niczym blask słońca padający na księżyc.

W tej chwili oczy łzawiły mu od kataru siennego.

– Czy kiedy byłeś mały, chciałeś zostać magiem?

Simon pokręcił głową.

– Chciałem tylko w-w-w....

– ...wiedzieć...

– ...jak działa s-s-s...

– ...świat?

– Tak. Ktoś z mojej osady dał znać na Uniw-w-wersytet i mistrz T-Treatle po mnie przybył. Kiedyś zos-s-s...

– ...zostanę...

– ...magiem. Mistrz Treatle uw-waża, że w-wyjątkowo dobrze przys-s... swajam teorię.

Wilgotne oczy Simona zaszły mgłą, a na twarzy pojawił się wyraz niemal rozkoszy.

– Mów-w-wił, że mają tam w bib... bliotece tysiące ks-s... siążek – rzekł tonem człowieka zakochanego. – W-w-w...

– Więcej?

– ...niż można przeczytać przez całe życie.

– Nie jestem pewna, czy lubię książki – oświadczyła Esk konwersacyjnym tonem. – Jak papier może cokolwiek wiedzieć? Moja babcia twierdzi, że książki są dobre tylko wtedy, kiedy mają cienkie kartki.

– To nie tak – zaprotestował z zapałem Simon. – Książki są pełne w-w-w-w...

– ...wiedzy? – rzuciła Esk po chwili zastanowienia.

– Tak. A s-słow-w... wa mają moc zmiany. Takie w-w-w...

– ...właśnie...

– ...muszę poznać. Są tam gdzieś, ukryte w s-starych księgach. Mów-w-w...

– Mówią...

– ...że nie ma nowych zaklęć, ale na pew... pewno gdzieś tam kryją się między s-s-s...

– ...słowami...

– Tak, i żaden w-w-w-w...

– ...wielki... – podpowiedziała Esk. Na twarzy miała wyraz koncentracji.

– ...mag jeszcze ich nie odkrył. – Przymknął oczy i uśmiechnął się z rozmarzeniem. – Wielkie słowa, które potrafią odmienić Świat.

– Co?

– Ee... – Simon otworzył oczy w sam czas, by powstrzymać wołu od zjechania z gościńca.

– Wymówiłeś te wszystkie esy i wu!

– Tak?

– Przecież słyszałam! Spróbuj jeszcze raz.

Simon nabrał tchu.

– Słosłowsło... S-s-s... S-s-s... – powiedział. – S-sł-s-s... – kontynuował. – To na nic. Uciekło – westchnął po chwili. – Czassem tak się zdarza, kiedy o tym nie myślę. Pan Treatle s-s-s...

– ...sądzi...

– ...że jes-stem na coś uczulony.

– Uczulony na wu?

– Nie, głuptas-s-s-s...

– ...głuptasku... – dokończyła wielkodusznie Esk.

– Coś fruwa w pow-w-wietrzu, może p-pyłki albo kurz. Mistrz Treatle próbow-wał odkryć przyczynę, ale żadna magia jakoś nie p-pomaga.

Przejeżdżali wąskim kanionem między pomarańczowymi skałami. Simon spoglądał na nie ponuro.

– Babcia pokazała mi kilka leków na katar sienny – oświadczyła Esk. – Może ci pomogą.

Simon pokręcił głową. Zdawało się, że spadnie mu z ramion.

– Próbow-w-wałem w-w-w...

– ...wszystkiego...

Simon westchnął.

– Św-w-w... dobry ze mnie będzie mag, jeśli naw-w-w... jeśli nie potrafię w-w-w... powiedzieć żadnego s-s-s-s... niczego.

– Rzumiem, że to pewien problem – przyznała Esk.

Przez chwilę obserwowała okolicę, porządkując bezładne myśli.

– Czy byłoby, ehm, możliwe, żeby kobieta została, no wiesz, magiem? – spytała w końcu.

Simon wytrzeszczył oczy. Patrzyła na niego wyzywająco.

Poczuł, jak zaciska mu się krtań. Próbował wymyślić zdanie, które nie zaczynałoby się od słowa: wykluczone. W końcu został zmuszony do pewnych ustępstw.

– Ciekaw-wa idea – rzekł. I wybuchnął śmiechem, zanim zdążył go przestrzec wyraz twarzy Esk. – Dość śmieszna – dodał. Ale wesołość ustąpiła wolno miejsca zdziwieniu. – Nigdy się nad tym nie zastanawiałem.

– No więc jak? Mogą? – Tonem głosu Esk można by się ogolić.

– Oczywiście, że nie mogą. – Treatle odsunął kotarę prowadzącą do wnętrza wozu i wspiął się na kozioł. – To jasne, moje dziecko. Simon, wracaj do nauki.

Wyraz lekkiej paniki zajął swoje zwykłe miejsce na twarzy Simona. Gdy Treatle odbierał mu lejce, chłopak popatrzył błagalnie na Esk. Dziewczynka zignorowała go.

– Dlaczego nie? I co jest takie oczywiste?

Mag spojrzał z wyższością. Do tej pory nie zwracał właściwie na nią uwagi, była tylko jedną z postaci przy ognisku.

Treatle pełnił funkcję prorektora Niewidocznego Uniwersytetu i przyzwyczaił się do widoku niewyraźnych, krzątających się postaci zajętych ważnymi, ale nieistotnymi sprawami, takimi jak podawanie mu posiłków czy odkurzanie jego pokojów. Był głupi, owszem, w ten szczególny sposób, w jaki bywają głupi bardzo mądrzy ludzie.

Miał tyle taktu, co lawina i tyle egocentryzmu, co tornado, ale nigdy nie przyszłoby mu na myśl, że dzieci są dostatecznie ważne, by zachowywać się wobec nich nieuprzejmie.

Od długich białych włosów po zakręcone czubki butów Treatle był uosobieniem maga. Miał odpowiednio krzaczaste brwi, gwiaździstą szatę i brodę patriarchy, lekko tylko przybrudzoną plamami z nikotyny (magowie żyją w celibacie, ale czasem lubią zapalić dobre cygaro).

– Zrozumiesz to wszystko, kiedy dorośniesz – powiedział. – To rzeczywiście zabawny pomysł i ładna gra słów. Żeński mag! Równie dobrze mogłabyś wymyślić męską czarownicę.

– Czarnoksiężnicy – wtrąciła Esk.

– Słucham?

– Moja Babcia twierdzi, że mężczyźni nie mogą być czarownicami – wyjaśniła Esk. – Mówi, że gdyby spróbowali zostać czarownicami, staliby się magami.

– Mam wrażenie, że to bardzo mądra kobieta.

– Mówi, że kobiety powinny zajmować się tym, co robią najlepiej – ciągnęła Esk.

– To rozsądne.

– I że gdyby kobiety były tak dobre jak mężczyźni, byłyby o wiele lepsze.

Treatle zaśmiał się.

– Jest czarownicą – oznajmiła Esk i dodała w myślach: i co na to powiesz, panie tak zwany uczony magu?

– Moja panno, czy powinienem być zaszokowany? Tak się składa, że żywię dla czarownic głęboki szacunek.

Esk zmarszczyła czoło. Nie tak powinien zareagować.

– Naprawdę?

– W samej rzeczy. Uważam, że czarownictwo to piękny zawód... dla kobiety. Szlachetne powołanie.

– Uważa pan? To znaczy: naprawdę szlachetne?

– O, tak. Niezwykle użyteczne w regionach wiejskich, dla ludzi, którzy... rodzą dzieci i tak dalej. Tym niemniej czarownice nie są magami. Czarownictwo to sposób, w jaki Natura otwiera kobietom dostęp do magicznych oddziaływań. Musisz wszakże pamiętać, że to nie jest wyższa magia.

– Rozumiem. Nie wyższa magia – powtórzyła Esk ponuro.

– Nie. Czarownictwo może bardzo pomagać ludziom w życiu, to oczywiste, ale...

– Przypuszczam, że kobiety nie mają dość rozsądku, żeby być magami – oświadczyła dziewczynka. – Tak właśnie podejrzewam.

– Mam dla kobiet najwyższy szacunek – zapewnił Treatle, nie dostrzegając nowej nuty w głosie Esk. – Są niezrównane, gdy chodzi o... o...

– O rodzenie dzieci i tak dalej?

– O to też, rzeczywiście – zgodził się wielkodusznie mag. – Ale czasami zakłócają spokój. Za łatwo się podniecają. Wyższa magia wymaga nadzwyczajnej jasności umysłu, a talenty kobiet nie prowadzą ich w tym kierunku. Ich mózgi się przegrzewają. Przykro mi to mówić, ale tylko jedne drzwi prowadzą do magii: to główna brama Niewidocznego Uniwersytetu, a tej nie przekroczyła jeszcze żadna kobieta.

– Proszę powiedzieć – poprosiła Esk – do czego się przydaje wyższa magia?

Treatle uśmiechnął się do niej.

– Wyższa magia, drogie dziecko – rzekł – może dać nam wszystko, czego zapragniemy.

– Aha.

– Dlatego nie myśl już o tych bzdurach z magami, dobrze? – Treatle obdarzył ją dobrotliwym uśmiechem. – Jak ci na imię, moja mała?

– Eskarina.

– A po co jedziesz do Ankh?

– Myślałam, że może poszukam fortuny – mruknęła Esk. – Ale może dziewczynki nie mają fortun do znalezienia. Jest pan pewien, że magowie dają ludziom to, czego zapragną?

– Oczywiście. Do tego przecież służy wyższa magia.

– Rozumiem.

Cała karawana posuwała się w tempie tylko odrobinę szybszym niż piechur. Esk zeskoczyła na ziemię, wyciągnęła laskę z jej chwilowej kryjówki między umocowanymi do burty workami i wiadrami, po czym pobiegła na tyły wzdłuż linii wozów i zwierząt. Przez łzy dostrzegła jeszcze, jak zza zasłony wygląda Simon z książką w ręku. Uśmiechnął się do niej zaskoczony i próbował coś powiedzieć, ale uciekła i zbiegła ze szlaku.

Kolczaste krzewy drapały ją po nogach, kiedy wspinała się na zbocze, potem biegła swobodnie po nagim płaskowyżu, otoczonym pomarańczowymi urwiskami.

Nie przystawała, póki nie zgubiła się na dobre, ale gniew wciąż płonął w niej jasno. Już wcześniej bywała zła, ale nigdy tak jak teraz. Normalnie gniew był niby czerwony płomień, jak wtedy, kiedy rozpala się na palenisku w kuźni. Tym razem wyglądał inaczej – wspomagały go miechy i zwęził się do wąskiego, niebieskobiałego płomyka, który rozcina żelazo.

Czuła mrowienie na całym ciele. Musiała coś zrobić, inaczej groziło jej, że wybuchnie.

Dlaczego tak było, że kiedy Babcia burczała o czarownictwie, Esk marzyła o zaawansowanej wiedzy magów, ale kiedy tylko usłyszała piskliwy głos Treatle'a, miała ochotę do ostatnich sił bronić czarownic? Zostanie jednym i drugim albo nikim. A im bardziej inni próbowali ją powstrzymać, tym bardziej tego pragnęła.

Będzie czarownicą i magiem. I wtedy im wszystkim pokaże.

Usiadła pod rozgałęzionym krzakiem jałowca u stóp stromego, nagiego urwiska. W jej gniewnym umyśle wrzały plany na przyszłość. Wyczuwała, że drzwi zatrzaskują się przed nią, zanim jeszcze porządnie je otworzyła. Treatle miał rację: nie wpuszczą jej na Uniwersytet. Laska nie wystarczy; żeby być magiem, potrzebna jest jeszcze wiedza, a jej nikt nie zechce uczyć.

Południowe słońce przygrzewało mocno i powietrze wokół Esk zapachniało pszczołami i dżinem. Położyła się, wpatrzona w widoczną przez igły ciemnoniebieską kopułę nieba. Po chwili usnęła.

Jednym z efektów ubocznych używania magii są realistyczne i przerażające sny. Dzieje się to nie bez przyczyny, ale samo myślenie o niej wystarczy, by maga zaczęły dręczyć koszmary.

Rzecz w tym, że umysł maga może nadać myślom rzeczywistą postać. Czarownice zajmują się zwykle tym, co realnie istnieje w świecie, ale mag – jeśli jest zdolny – potrafi oblec w materię twory własnej wyobraźni. Nie sprawiałoby to najmniejszych kłopotów, gdyby nie fakt, że niewielki krąg światła i ciepła, zwany ogólnie „kontinuum czasoprzestrzennym" unosi się w czymś o wiele bardziej nieprzyjaznym i nieprzewidywalnym. Straszne Stwory krążą, parskając tuż za delikatną palisadą normalności; dziwne wycia i pohukiwania rozbrzmiewają w głębokich szczelinach na granicach

Czasu. Bywają też istoty tak potworne, że nawet ciemność się ich lęka.

Większość ludzi nie ma o tym pojęcia. I bardzo dobrze, ponieważ świat nie mógłby normalnie funkcjonować, gdyby wszyscy leżeli w łóżkach z kołdrami naciągniętymi na głowy – a to właśnie by nastąpiło, gdyby zdawali sobie sprawę, jaka groza tkwi za barierą grubości cienia.

Kłopot w tym, że ludzie zainteresowani magią i mistycyzmem spędzają wiele czasu buszując na samej granicy światła. I zostają dostrzeżeni przez Stwory z Piekielnych Wymiarów. A te z kolei starają się ich wykorzystać w swych niestrudzonych wysiłkach przebicia się do tej szczególnej Rzeczywistości.

Większość ludzi potrafi się temu oprzeć, ale nieustanne ataki Stworów są najsilniejsze, kiedy obiekt śpi.

Bel-Shamharoth, C'hulagen, Wnętrznik – ohydni dawni bogowie z „*Necrotelecomniconu*", księgi znanej pewnym szalonym adeptom pod jej prawdziwym tytułem „*Liber Paginarium Fulvarum*", zawsze są gotowi wkraść się do umysłu śpiącego. Koszmary są często kolorowe i zawsze nieprzyjemne.

Esk przyzwyczaiła się do nich od tego pierwszego snu po pierwszym Pożyczeniu i znajomość zastąpiła niemal grozę. Kiedy uświadomiła sobie, że siedzi na migotliwej, piaszczystej równinie pod nienazwanymi gwiazdami, wiedziała, że znowu nadszedł czas.

– Niech to – mruknęła. – No dobrze, chodźcie. Sprowadźcie potwory. Mam tylko nadzieję, że to nie będzie ten ze swoim siusiakiem na paszczy.

Jednak tym razem odniosła wrażenie, że koszmar się zmienił. Rozejrzała się dookoła i za sobą zobaczyła wysoki, czarny zamek. Jego wieże znikały wśród gwiazd. Światła, fajerwerki i dziwaczna muzyka spływała z blanków. Ogromne wierzeje stały zachęcająco otwarte. Wewnątrz odbywało się chyba dość huczne przyjęcie.

Wstała, strzepnęła z sukienki srebrzysty piasek i ruszyła do bramy.

Była już prawie na miejscu, kiedy wielkie skrzydła zatrzasnęły się. Zdawało się, że wcale się nie poruszyły: w jednej chwili stały szeroko rozwarte, w następnej zetknęły się z hukiem, który wstrząsnął horyzontem.

Esk wyciągnęła rękę i dotknęła bramy. Była czarna i tak zimna, że zaczynała już pokrywać się lodem.

Coś poruszyło się za nią. Odwróciła się i zobaczyła swoją laskę, bez przebrania miotły, stojącą pionowo na piasku. Niewielkie wężyki światła pełzały po gładkim drewnie i okrążały rzeźbione znaki, którym nikt nie mógł się dokładnie przyjrzeć.

Esk chwyciła laskę i uderzyła nią o wrota. Trysnęły oktarynowe iskry, ale na czarnym metalu nie pozostał żaden ślad.

Zmrużyła oczy. Wyciągnęła laskę przed siebie i skoncentrowała się. Wąska linia ognia strzeliła z drewna i uderzyła o bramę. Lód wyparował z sykiem, ale ciemność wrót – była już pewna, że to nie metal – wchłonęła energię i nawet nie zalśniła. Zdwoiła wysiłki. Pozwoliła lasce całą zmagazynowaną magię przesłać w promieniu tak jasnym, że musiała zamknąć oczy, a mimo to widziała pod powiekami jaskrawą linię.

Która po chwili zgasła.

Po kilku sekundach Esk podbiegła i ostrożnie dotknęła wrót. Zimno niemal odmroziło jej palce.

I wtedy z blanków nad głową usłyszała pogardliwy chichot. Śmiech nie byłby taki zły, zwłaszcza dźwięczny, demoniczny śmiech z porządnym echem. Ale to był tylko... chichot.

Trwał bardzo długo. Był to chyba najbardziej niemiły dźwięk, jaki Esk w życiu słyszała.

Obudziła się drżąca. Dawno już minęła północ, a gwiazdy wydawały się mokre i zimne; powietrze wypełniała pracowita cisza nocy, jaka powstaje, gdy setki małych, kosmatych stworzonek wychodzi ostrożnie na poszukiwanie obiadu, z nadzieją, że same nie staną się głównym daniem.

Zachodził sierp księżyca, a słaby szary brzask nad krawędzią świata sugerował, że wbrew wszelkiemu prawdopodobieństwu kolejny dzień miał się jednak pojawić.

Ktoś otulił Esk kocem.

– Wiem, że nie śpisz – przemówił głos Babci Weatherwax. – Mogłabyś się na coś przydać. Na przykład rozpalić ogień. Pełno tu drewna.

Esk usiadła i chwyciła się krzaku jałowca. Czuła się tak lekka, jakby zaraz miała pofrunąć.

– Ogień? – wymruczała.

– Tak. No, wiesz. Pokazać palcem i szu! – wyjaśniła kwaśno Babcia. Siedziała na kamieniu i usiłowała przybrać taką pozycję, w której nie dokuczałby jej artretyzm.

– Ja... chyba nie umiem.

– Mnie to mówisz?

Stara czarownica pochyliła się i położyła dłoń na czole Esk. Było to jak pieszczota, głaskanie skarpetą pełną ciepłych kostek.

– Masz trochę gorączki – stwierdziła. – Za długo na słońcu i na zimnej ziemi. To są te twoje Obce Strony.

Esk pochyliła się bezwładnie, aż złożyła głowę na Babcinym podołku, pachnącym znajomo kamforą, mieszaniną ziół i trochę kozami. Babcia pogładziła ją po głowie – miała nadzieję, że kojąco.

Po chwili Esk odezwała się cichutko:

– Nie przyjmą mnie na Uniwersytet. Mag mi to powiedział, a potem mi się to śniło. To był jeden z tych prawdziwych snów. Wiesz, taki, jak mi kiedyś mówiłaś o tej maty-cośtam.

– Meterforze – poprawiła ją chłodno Babcia.

– No właśnie taki.

– A myślałaś, że to będzie proste? Myślałaś, że staniesz pod bramą i tylko machniesz tą swoją laską? Tu jestem, chcę być magiem, dziękuję bardzo?

– Powiedział, że nie przyjmują kobiet na Uniwersytet!

– Mylił się.

– Nie. Poznałam, że mówi prawdę. Wiesz przecież, Babciu, że można zawsze...

– Głupie dziecko. Mogłaś tylko poznać czy on wierzy, że mówi prawdę. Świat nie zawsze jest taki, jak się ludziom wydaje.

– Nie rozumiem – wyznała Esk.

– Kiedyś zrozumiesz. A teraz: co z tym snem? Nie chcieli cię wpuścić na ten ich uniwersytet, tak?

– Tak. I śmiali się ze mnie!

– A ty chciałaś wypalić bramę?

Esk odwróciła głowę na kolanach Babci, otworzyła oczy i spojrzała podejrzliwie.

– Skąd wiesz?

Babcia uśmiechnęła się, ale tak, jak mogłaby się uśmiechać jaszczurka.

– Byłam o mile stąd – wyjaśniła. – Naginałam swój umysł ku tobie i nagle wydawało się, że jesteś wszędzie. Błyszczałaś jak latarnia, ot co. A co do ognia... sama popatrz.

W bladym świetle przedświtu grunt wokół był masą spieczonej gliny. Skała przed Esk lśniła szklisto – musiała płynąć jak smoła. Na ukos biegły głębokie szczeliny, którymi ciekła lawa. Kiedy Esk wytężyła słuch, rozróżniała ciche trzaski stygnącej skały.

– Ojej – szepnęła. – Ja to zrobiłam?

– Na to wychodzi – potwierdziła Babcia.

– Ale przecież spałam!

– To magia. Próbuje znaleźć jakieś ujście. Magia czarownic i magów jakoś... sama nie wiem... jakby podsycały się nawzajem. Tak sądzę.

Esk przygryzła dolną wargę.

– I co teraz zrobię? – spytała bezradnie. – Przecież różne rzeczy mogą mi się przyśnić.

– Na początek ruszamy prosto na Uniwersytet – postanowiła Babcia. – Na pewno potrafią sobie radzić z uczniami, którzy nie umieją zapanować nad magią i miewają gorące sny. Inaczej wszystko by się tam już dawno spaliło.

Spojrzała w stronę Krawędzi, a potem na miotłę obok siebie.

Pominiemy milczeniem bieganie w górę i w dół, zaciskanie węzłów na witkach, przekleństwa rzucane pod nosem na krasnoludy, krótkie chwile nadziei, kiedy magia jarzyła się niepewnie, i straszne uczucie zawodu, kiedy gasła, ponowne dociąganie węzłów, znowu bieg, nagłe zaskoczenie czaru, wspinanie się, okrzyki, start...

Esk jedną ręką obejmowała Babcię, drugą trzymała laskę. Szczerze mówiąc, ledwie się wlekły na wysokości kilkuset stóp nad ziemią. Kilka ptaków frunęło obok, zainteresowanych tym nowym, latającym drzewem.

– Uciekać stąd! – wrzasnęła Babcia, płosząc je kapeluszem.

– Nie lecimy zbyt szybko, Babciu – zauważyła potulnie Esk.

– Jak dla mnie wystarczająco szybko!

Esk rozejrzała się. Za nimi jaśniała złotem Krawędź, przecinana z rzadka chmurami.

– Chyba powinniśmy się zniżyć – przypomniała niespokojnie. – Mówiłaś, że miotła nie będzie latać w świetle słońca.

Zerknęła w dół. Ziemia wydawała się ostra i niegościnna. A także wyczekująca.

– Wiem, co robię, moja panno – burknęła Babcia. Chwyciła mocno kij miotły i starała się stać jak najlżejszą.

Wspomniano już tutaj, że światło na Dysku płynie wolno, co jest rezultatem przemieszczania się w potężnym i pradawnym polu magicznym.

W efekcie świt nie następuje tak nagle jak na innych światach. Nowy dzień nie wybucha, a raczej cieknie delikatnie przez śpiący pejzaż tak, jak fala przypływu skrada się po plaży, rozmywając piaskowe zamki nocy. Światło zwykle omija góry. Jeśli drzewa rosną blisko siebie, wypływa z lasu porwane w pasy i przecinane cieniami.

Obserwator w jakimś odpowiednio wysokim punkcie, powiedzmy, dla przykładu, na tym strzępie cirro-stratusa na samym brzegu przestrzeni, zauważyłby, z jaką czułością światło oblewa ziemię, jak przyspiesza na równinach i zwalnia, kiedy napotyka wzgórza, jak przepięknie...

Oczywiście są tacy obserwatorzy, którzy na widok tego piękna podnieśliby krzyk, że nie istnieje ciężkie światło i na pewno nikt by go nie zobaczył, nawet gdyby mógł. Na co można im odpowiedzieć jedynie pytaniem, jak to się stało, że stoją na chmurze.

Dość cynizmu. W dole, nad samym Dyskiem, miotła mknęła na fali przedświtu, coraz szybciej doganiana granicą nocnego mroku.

– Babciu!

Dzień rozkwitł wokół nich. Skały rozpłomieniły się, gdy spłynęło po nich światło. Babcia poczuła szarpnięcie miotły; przerażona i zafascynowana wpatrywała się w mały, mknący pod nimi cień. Był coraz bliższy.

– Co się stanie, kiedy uderzymy w ziemię?

– Zależy, czy uda mi się znaleźć jakieś miękkie skały – odparła Babcia głosem osoby bardzo zajętej.

– Ta miotła spadnie! Czy nic nie można poradzić?

– Myślę, że można wysiąść.

– Babciu – powiedziała Esk tonem naglącym i wyjątkowo dojrzałym, jakiego zwykle używają dzieci, by strofować zbłąkanych dorosłych. – Mam wrażenie, że nie całkiem zrozumiałaś. Ja nie chcę uderzać o ziemię. Ziemia nigdy mi nic nie zrobiła.

Babcia usiłowała sobie przypomnieć jakieś odpowiednie zaklęcie i żałowała, że głowologia nie działa na kamienie. Gdyby zauważyła twardość diamentu pobrzmiewającą w głosie dziewczynki, z pewnością by nie odpowiedziała:

– Powiedz to miotle.

I wtedy rzeczywiście by spadły. W ostatniej chwili zdążyła chwycić się mocniej i przytrzymać kapelusz. Miotła szarpnęła, nieco zmieniła kąt...

...I krajobraz się rozmazał.

Właściwie był to lot dość krótki, jednak Babcia wiedziała, że zawsze będzie go pamiętać, zwykle około trzeciej nad ranem po zbyt obfitej kolacji. Nie zapomni tęczy barw mknącej przez powietrze, straszliwego uczucia ciężkości i wrażenia, że coś wielkiego i ciężkiego usiadło na wszechświecie.

Będzie pamiętać śmiech Esk. Będzie pamiętać, mimo najlepszych chęci, jak ziemia migała w dole, jak całe górskie łańcuchy przemykały z nieprzyjemnym gwizdem.

A przede wszystkim będzie pamiętać dopędzanie nocy.

Pojawiła się z przodu: nierówna linia ciemności przed bezlitosnym porankiem. Babcia patrzyła zafascynowana i przestraszona, jak ta linia zmieniła się w pasmo, plamę, pędzący ku nim kontynent ciemności.

Przez moment unosiły się na sunącej bezgłośnie po ziemi fali świtu. Żaden surfer nie mknął jeszcze na takiej fali, ale miotła przebiła grzywacz światła i gładko wystrzeliła w kryjący się za nią chłód.

Babcia odważyła się odetchnąć.

Ciemność zmniejszyła nieco grozę lotu. Gwarantowała także, że jeśli tylko Esk zrezygnuje, miotła poleci dalej napędzana własnym zużytym czarem.

– powiedziała Babcia i odchrząknęła, by wyschnięte gardło przygotować do kolejnej próby.

– Ale zabawa, prawda? Ciekawe, jak mi się to udało.

– Owszem, niezła – zgodziła się słabym głosem Babcia. – Ale czy ja mogę poprowadzić? Proszę. Nie chcę, żebyśmy wyleciały za Krawędź. Dobrze?

– Czy to prawda, że wzdłuż całego brzegu świata jest ogromny wodospad, a kiedy się popatrzy w dół, widzi się gwiazdy?

– Tak. Czy moglibyśmy trochę zwolnić?

– Chciałabym to zobaczyć.

– Nie! To znaczy nie, nie teraz.

Miotła zwolniła. Tęczowa bańka wokół niej pękła z wyraźnym puknięciem. Bez wstrząsów, bez najmniejszego drżenia, Babcia odkryła, że znowu poruszają się z odpowiednią szybkością.

Przez lata zyskała sobie reputację osoby, która na wszystko znajdzie odpowiedź. Skłonić ją do przyznania się do niewiedzy, nawet przed sobą, było wyczynem doprawdy niezwykłym. Ale robak ciekawości toczył już jabłko jej myśli.

– Jak...? – powiedziała w końcu. – Jak to zrobiłaś?

Przez chwilę za jej plecami trwała pełna zamyślenia cisza.

– Nie wiem – wyznała Esk. – Po prostu chciałam tego i nagle wszystko było już w głowie. Jak wtedy, kiedy przypominasz sobie coś, co zapomniałaś.

– No tak, ale w jaki sposób?

– No... Nie wiem. Wykreśliłam obraz tego, jak chciałabym, żeby świat się ułożył, a potem... tak jakbym weszła w ten obraz.

Babcia wpatrywała się w ciemność. Nigdy jeszcze nie słyszała o takiej magii, ale wydawała się ona niezwykle potężna i prawdopodobnie śmiertelnie groźna. Weszła w obraz! Oczywiście, wszelka magia w pewien sposób zmieniała świat. Magowie uważali, że to jej jedyne zastosowanie; nie odpowiadała im idea, by świat pozostawić takim, jaki jest, a zmieniać ludzi. Jednak tutaj rzecz wydawała się bardziej dosłowna. I wymagała przemyślenia. Na ziemi.

Po raz pierwszy w życiu przyszło Babci do głowy, że może jest jednak coś ważnego w tych książkach, które ostatnio świat tak ceni. Książkom była przeciwna z powodów moralnych: słyszała, że wiele z nich napisali ludzie nieżyjący, rozsądek podpowiadał zatem, że czytanie ich byłoby równie grzeszne jak nekromancja. Wśród wielu rzeczy w tym nieskończenie zmiennym wszechświecie, których Babcia nie akceptowała, były też rozmowy z umarłymi; z całą pewnością mieli dosyć własnych kłopotów.

Chociaż nie tyle, miała wrażenie, ile ona. Zamyślona popatrzyła w dół i zastanowiła się, dlaczego widzi tam gwiazdy.

Przez jeden moment, kiedy jej serce zatrzymało się w miejscu, myślała już, że rzeczywiście przeleciały poza Krawędź. Natychmiast jednak zdała sobie sprawę, że światełka, tysiącami płonące w dole, są zbyt żółte. I migoczą. Poza tym czy kto kiedy słyszał o gwiazdach ułożonych w takich równych rzędach?

– Bardzo ładne – oświadczyła Esk. – Czy to miasto?

Babcia nerwowo wpatrywała się w ziemię. Jeśli to naprawdę miasto, było za duże. Ale teraz, kiedy już mogła spokojnie się zastanowić, rzeczywiście pachniało masą ludzi.

W powietrzu unosił się aromat kadzidła, ziarna, przypraw i piwa, ale przede wszystkim ten szczególny zapach wywoływany przez wysoki poziom wód gruntowych, tysiące ludzi stłoczonych w jednym miejscu i lekceważące traktowanie kanalizacji.

Otrząsnęła się mimowolnie. Dzień następował im na pięty. Wyszukała obszar, gdzie pochodnie były słabe i rzadko rozmieszczone. Uznała, że oznacza to dzielnicę biedoty, a ludzie biedni nie mają nic przeciwko czarownicom.

Potem delikatnie skierowała kij miotły w dół.

Udało jej się znaleźć pięć stóp nad ziemią, kiedy świt nadszedł po raz drugi.

Wrota rzeczywiście były wielkie i czarne. Wyglądały jakby wykuto je z litej ciemności. Babcia i Esk stały w tłumie na placu przed Uniwersytetem i przyglądały się im.

– Nie rozumiem, jak ludzie wchodzą do środka – zauważyła w końcu Esk.

– Używają czarów, podejrzewam – wyjaśniła kwaśno Babcia. – Oto masz swoich magów. Każdy normalny człowiek kupiłby sobie kołatkę.

Skinęła miotłą w stronę czarnych wrót.

– Może trzeba powiedzieć jakieś hokuspokus. Wcale bym się nie zdziwiła – dodała.

Przebywały w Ankh-Morpork od trzech dni i Babci, ku jej zaskoczeniu, zaczynało się tu podobać. Zatrzymały się w Mrokach, starożytnej dzielnicy miasta, której mieszkańcy prowadzili głównie nocny tryb życia. Nigdy nie interesowali się cudzymi sprawami, ponieważ ciekawość jest pierwszym stopniem nie tylko do piekła, ale też na dno Ankh z ciężarami przywiązanymi do nóg. Wynajęły mieszkanie na najwyższym piętrze pewnego domu, ponieważ Babcia słyszała, że trudno jest dostać się na szczyty, ale gdy nadarza się okazja, należy ją wykorzystać.

Mroki, w największym uproszczeniu, były siedliskiem zdyskredytowanych bóstw, nielicencjonowanych złodziei, księżniczek nocy i sprzedawców egzotycznych towarów, alchemików umysłu i wędrownych kuglarzy. Krótko mówiąc, smaru na osiach cywilizacji.

A jednak, pomimo że tacy ludzie zwykle cenią prostą magię, żyło tu zadziwiająco mało czarownic. W ciągu kilku godzin wieść o przyjeździe Babci obiegła całą dzielnicę i ludzie strumieniem skradali się, wbiegali albo wkraczali do mieszkania, szukając napojów, uroków, informacji o przyszłości oraz rozmaitych osobistych, specjalistycznych usług, jakie czarownice zwykle świadczą tym, których życie jest lekko zachmurzone lub wręcz ogarnięte sztormem.

Z początku była zirytowana, potem zakłopotana, wreszcie zaczęło jej to pochlebiać. Klienci mieli pieniądze, co zawsze jest pożyteczne, ale też płacili szacunkiem, który jest walutą solidną jak skała.

Krótko mówiąc, Babcia rozważała już, czy nie przenieść się do większego mieszkania z ogrodem i nie sprowadzić swoich kóz. Zapach mógłby stanowić pewien problem, ale trudno, kozy musiałyby się przyzwyczaić.

Razem z Esk zwiedziły najciekawsze miejsca Ankh-Morpork, widziały stocznie, liczne mosty, suki, kasby i ulice, przy których stały wyłącznie świątynie. Babcia przeliczyła je, wyraźnie zamyślona; bogowie zawsze żądali od swych wyznawców zachowania innego, niż wynikałoby z ich prawdziwej natury. A efekt, jaki wywierało to na wiernych, dostarczał czarownicom wielu zajęć.

Jak dotąd potworności cywilizacji się nie zmaterializowały. Tylko raz jakiś złodziejaszek próbował uciec z Babci torebką. Ku zdumieniu przechodniów zawołała za nim, a on wrócił, walcząc z własnymi nogami, które zupełnie przestały go słuchać. Nikt dokładnie nie widział, jak zmieniły się jej oczy, kiedy patrzyła mu prosto w twarz; nikt nie słyszał, jakie słowa wyszeptała do jego nadstawionego ucha. Oddał jej wszystkie zabrane pieniądze i jeszcze sporą sumkę skradzioną innym ludziom, a zanim go wypuściła, obiecał się ogolić, nie garbić i do końca swych dni być lepszym człowiekiem. Przed wieczorem rysopis Babci dostarczono do wszystkich oddziałów Gildii Złodziei, Kieszonkowców, Włamywaczy i Zawodów Pokrewnych* z kategorycznym poleceniem, by unikać jej za wszelką cenę. Złodzieje, jako istoty nocne, potrafią rozpoznać zagrożenie, zwłaszcza kiedy się z nim zderzą.

Babcia napisała też dwa kolejne listy do rektora Uniwersytetu. Nie dostała odpowiedzi.

– Bardziej mi się podobało w lesie – oświadczyła Esk.

– Sama nie wiem – wyznała Babcia. – Właściwie tu jest trochę podobnie. A ludzie w mieście potrafią uszanować czarownicę.

– Są bardzo przyjaźni – zgodziła się dziewczynka. – Znasz ten dom przy końcu ulicy, gdzie taka gruba pani mieszka z tymi wszystkimi młodymi panienkami? Mówiłaś, że to jej krewne.

– Pani Palm – odpowiedziała ostrożnie Babcia. – Bardzo szacowna dama.

– Ludzie przychodzili tam w odwiedziny przez całą noc! Patrzyłam. Dziwię się, kiedy one mają czas się wyspać.

– Uhm – przyznała Babcia.

– Ciężko musi być tej biednej kobiecie z tyloma córkami do wykarmienia. Doprawdy, ludzie powinni zachować trochę taktu...

– No, wiesz... Nie jestem pewna, czy...

Uratował ją przyjazd pod uniwersytecką bramę dużego, jaskrawo malowanego wozu. Woźnica zatrzymał woły o kilka stóp od Babci.

– Moja dobra kobieto – zawołał. – Czy zechcielibyście się odsunąć?

Babcia odstąpiła urażona taką demonstracją uprzejmości, a szczególnie tym, że ktoś uznał ją za swoją dobrą kobietę. I wtedy woźnica zauważył Esk.

* Bardzo szacowna organizacja, będąca w istocie ważnym elementem utrzymywania prawnego porządku w mieście. Przyczyna tego jest następująca: Gildia realizuje roczną kwotę, będącą społecznie akceptowalnym poziomem kradzieży, rozbojów i mordów. Pilnuje za to – w sposób definitywny i ostateczny – by nieoficjalna przestępczość została nie tylko zgnieciona, ale też zasztyletowana, uduszona, poćwiartowana, a dodatkowo także porozrzucana po mieście w licznych papierowych torbach. Uważano to powszechnie za rozwiązanie tanie i nowoczesne. Wyjątek stanowili ci, którzy osobiście padali ofiarą kradzieży, rozbojów i mordów, a nie chcieli uznać tego za swój społeczny obowiązek. Układ taki pozwalał złodziejom opracować strukturę awansów, egzaminów wstępnych i kodeksów postępowania, podobnych do przyjętych w innych profesjach, do których szybko stawali się podobni – tym bardziej że różnica i tak nigdy nie była zbyt wielka.

Był nim Treatle. Uśmiechnął się jak zasmucony wąż.

– Coś podobnego! Czy to nie ta panienka, która uważa, że kobiety powinny być magami?

– To ja. – Esk zignorowała Babcine kopnięcie w kostkę.

– Co za radość. Przyszłaś, żeby się do nas przyłączyć, zgadłem?

– Tak – przyznała Esk, a że coś w zachowaniu Treatle'a zdawało się tego wymagać, dodała jeszcze: – proszę pana. Ale nie możemy się dostać do środka.

– My? – zdziwił się Treatle i zerknął na Babcię. – A tak, oczywiście. To chyba twoja ciotka?

– Babcia. Ale nie moja prawdziwa babcia, tylko tak jakby babcia wszystkich.

Babcia sztywno skinęła głową.

– Nie możemy tak tego zostawić – stwierdził Treatle głosem lepkim jak budyń. – To niemożliwe. Nasza pierwsza kobieta-mag czekająca na progu? Wstyd. Czy zechcesz mi towarzyszyć?

Babcia mocno ścisnęła Esk za ramię.

– Jeśli ci to nie przeszkadza... – zaczęła, ale dziewczynka wyrwała się jej i podbiegła do wozu.

– Naprawdę mnie pan tam wprowadzi?

Oczy jej błyszczały.

– Oczywiście. Przewodniczący Obrządków będą z pewnością zachwyceni, że mogą cię poznać. Zdziwieni i zaszokowani.

Zaśmiał się lekko.

– Eskarino Kowal... – spróbowała jeszcze raz Babcia i urwała nagle. Przyjrzała się Treatle'owi. – Nie wiem, co pan knuje, panie magu, ale wcale mi się to nie podoba – powiedziała. – Wiesz, gdzie mieszkamy, Esk. Jeśli już musisz wyjść na głuptasa, przynajmniej zrób to samodzielnie.

Odwróciła się na pięcie i odmaszerowała dumnie.

– Co za niezwykła kobieta – mruknął Treatle. – Widzę, że ciągle masz tę miotłę. Kapitalne.

Na moment wypuścił lejce i oburącz wykreślił w powietrzu skomplikowany znak.

Wrota rozwarły się, odsłaniając otoczony trawnikami rozległy dziedziniec. Dalej stał wielki dziwaczny budynek czy też budynki: trudno powiedzieć, gdyż nie wyglądał, jakby go zaprojektowano, a raczej jakby liczne przypory, łuki, wieże, mostki, sklepienia, kopuły i tym podobne elementy skupiły się razem szukając ciepła.

– To on? – zdziwiła się Esk. – Wygląda jak... nadtopiony.

– Tak, to on – potwierdził Treatle. – *Alma mater, gouda to mus i gitar* i tak dalej. Oczywiście, jest o wiele większy w środku niż od zewnątrz, jak góra lodowa. Tak przynajmniej słyszałem, jako że nigdy żadnej nie widziałem na oczy. Oto Niewidoczny Uniwersytet, tyle że, naturalnie, spora jego część jest niewidoczna. A teraz przejdź na tył i sprowadź mi Simona, dobrze?

Esk odsunęła ciężką kotarę i zajrzała do wnętrza wozu. Simon leżał na stosie dywanów, czytał bardzo grubą księgę i robił notatki na strzępkach papieru.

Uniósł głowę i uśmiechnął się niepewnie.

– To ty? – zapytał.

– Tak – odparła Esk bez przekonania.

– Myślałem, że nas porzuciłaś. Każdy uw-w-ważał, że jedziesz z kimś innym, a kiedy się zatrzymaliśmy...

– Jakoś was dogoniłam. Pan Treatle chce chyba, żebyś wyszedł i obejrzał sobie Uniwersytet.

– Już jesteśmy? – zawołał, po czym spojrzał na nią niepewnie. – Ty też tu jesteś?

– Tak.

– W jaki sposób?

– Pan Treatle mnie zaprosił. Powiedział, że wszyscy się zdziwią, kiedy mnie poznają. – Płetwa niepewności błysnęła w głębinie wód jej oczu. – Miał rację?

Simon spuścił głowę, spojrzał na książkę i przetarł załzawione oczy czerwoną chustką.

– Lubi sobie czasem tak pożartować – mruknął. – Ale to nie jest zły człowiek.

Esk nie zrozumiała. Zdziwiona zerknęła na pożółkłe kartki księgi. Pełne były skomplikowanych czerwonych i czarnych znaków; w jakiś niewytłumaczalny sposób wydawały się tak potężne i groźne jak tykająca paczka. Mimo to przyciągały wzrok w taki sposób, jak przyciąga naprawdę tragiczny wypadek. Człowiek ma uczucie, że chciałby poznać ich sens, a jednocześnie podejrzewa, że kiedy już pozna, będzie tego żałował.

Simon zauważył jej minę i pospiesznie zatrzasnął księgę.

– To tylko magia – wyjaśnił. – S-s-s-s-s...
– Studiuję – podpowiedziała odruchowo Esk.
– Dziękuję ci. Ją teraz.
– To musi być ciekawe tak czytać książki – zauważyła dziewczynka.
– Owszem. Nie umiesz czytać, Esk?
Zabolało ją zdumienie w jego głosie.
– Chyba umiem – oświadczyła wyzywająco. – Nigdy jeszcze nie próbowałam.

Esk nie poznałaby rzeczownika zbiorowego, choćby ten splunął jej w oko. Wiedziała jednak, że istnieje stado kóz i sabat czarownic i oddział wojska. Nie miała pojęcia, jak nazwać wielu magów. Zakonem magicznym? Spiskiem? Kręgiem?

Cokolwiek to było, tłoczyło się na Uniwersytecie. Magowie przechadzali się podcieniami i siedzieli na ławkach pod drzewami. Młodzi magowie biegali po alejkach, kiedy zadzwonił dzwonek, dźwigając naręcza książek, czy też – w przypadku starszych studentów – z książkami frunącymi im nad głowami. Powietrze wydawało się lepkie od magii i miało metaliczny posmak.

Esk szła między Treatlem a Simonem i chłonęła to wszystko. Rzecz nie tylko w tym, że magia przesycała powietrze, ale że była to magia oswojona, działająca jak woda napędzająca młyńskie koło: potężna, ale poskromiona.

Simon był równie podniecony jak ona, ale dowodziły tego jedynie mocniej załzawione oczy i bardziej dokuczliwe jąkanie. Zatrzymywał się co chwilę, wskazując różne kolegia i pracownie.

Jeden z budynków był niski i przygarbiony, z wysokimi, wąskimi oknami.

– T-to b-b-biblioteka – zawołał Simon. Głos ociekał mu wręcz zachwytem i podziwem. – Mogę obej-jrzeć?
– Później będziesz miał dość czasu – odparł Treatle.
Simon przyjrzał się budynkowi z żalem.
– W-w-wszystkie magiczne księgi, jakie is-stnieją – szepnął.
– Dlaczego okna są zakratowane? – zdziwiła się Esk.
Simon przełknął ślinę.
– Ehm, bo ks-sięgi magiczne to nie s-są zw-wykłe książki. One żyją...

– Wystarczy już – przerwał Treatle.

Spojrzał na Esk, jakby dopiero teraz ją zauważył. Zmarszczył brwi.

– Co ty tu robisz?

– Zaprosił mnie pan.

– Ja? A tak, rzeczywiście. Przepraszam, myślałem o czymś innym. Młoda dama, która pragnie być magiem. No cóż, zobaczymy.

Poprowadził oboje szerokimi schodami do imponujących drzwi frontowych. A przynajmniej zaplanowano je jako imponujące. Projektant położył akcent na ciężkich zamkach, ozdobnych zawiasach, mosiężnych ćwiekach i rzeźbionej w skomplikowane wzory futrynie, które każdego wchodzącego powinny przekonać, że wcale nie jest ważny.

Projektant był magiem. Zapomniał o kołatce.

Treatle zastukał w drzwi swoją laską. Wahały się przez moment, ale w końcu wciągnęły sztaby zamków i otworzyły się.

Hol pełen był magów i chłopców. I rodziców tych chłopców.

Są dwa sposoby dostania się na Uniwersytet (właściwie są nawet trzy, ale wtedy magowie jeszcze tego nie odkryli).

Pierwszym jest dokonanie jakiegoś wielkiego dzieła z dziedziny magii, na przykład odzyskanie starożytnej i potężnej relikwii albo wynalezienie całkiem nowego zaklęcia, choć ostatnio rzadko się to zdarza. W przeszłości żyli magowie zdolni do tworzenia nowych zaklęć z chaosu pierwotnej magii świata – magowie, od których pochodzą wszelkie czary. Te dni jednak przeminęły i nie ma już na świecie czarodzicieli.

Dlatego bardziej popularną metodą było sponsorowanie przez starszego i szanowanego maga, po odpowiednio długim okresie terminowania.

Konkurencja zawsze była silna w walce o miejsce na Uniwersytecie, a także o zaszczyty i przywileje, jakie dawał dyplom Niewidocznego. Wielu chłopców, czekających teraz w holu i przerzucających się drobnymi czarami, nie odniesie sukcesu. Spędzą resztę życia jako mierni *magicy*, zwykli technicy magii o sterczących brodach i ze skórzanymi łatami na łokciach, zbierający się na przyjęciach w małych, zazdrosnych grupkach.

Nie dla nich wspaniałe szpiczaste kapelusze z opcjonalnymi symbolami astrologicznymi, nie dla nich imponujące szaty i urzędowe laski. Ale przynajmniej mogą patrzeć z góry na *iluzjonistów*, zwykle wesołych grubasów o tubalnych głosach, lubiących piwo i pokazujących się w towarzystwie smętnych, chudych kobiet w błyszczących pończochach. Doprowadzali magików do pasji, ponieważ nie zdawali sobie sprawy, jak nisko stoją, i bez przerwy opowiadali im dowcipy. Najniżej ze wszystkich – oprócz czarownic, naturalnie – znajdowali się *taumaturdzy*, którzy nie pobierali żadnych nauk. Taumaturgom można było powierzyć najwyżej mycie alembików. Wiele zaklęć jednak wymagało składników takich jak mech ze zwłok człowieka zgniecionego na śmierć, nasienie żywego tygrysa czy korzeń rośliny wydającej przy wyrywaniu ultradźwiękowy wrzask. Kogo po to wysyłano? No właśnie.

Często spotykany błąd polega na określaniu niższych rang magicznych mianem „magów spod płotu". Magia płotowa, czy raczej żywopłotowa, to poważana, wyspecjalizowana gałąź magii ogólnej, przyciągająca zwykle ludzi milczących, zamyślonych, o skłonnościach druidycznych i zdolnościach do artystycznego strzyżenia krzewów. Zaproszeni na przyjęcie, żywopłotowi magowie połowę wieczoru przemawiają do roślin w doniczkach. A drugą połowę słuchają.

Esk zauważyła, że w holu są również kobiety – ponieważ nawet młodzi magowie mają matki i siostry. Całe rodziny przybyły tutaj, żeby pożegnać się z ukochanymi synami. Wszędzie słychać było wycieranie nosów, ocieranie łez i brzęk monet, gdy dumni ojcowie wsuwali drobne kieszonkowe w ręce swego potomstwa.

Najstarsi magowie chodzili wśród przybyłych, rozmawiali z magami-sponsorami i oceniali przyszłych studentów.

Kilku z nich przecisnęło się przez tłum na spotkanie Treatle'a. Sunęli jak złote galeony pod pełnymi żaglami. Skłonili się z szacunkiem i z aprobatą obejrzeli Simona.

– Simon, pokłoń się Nadrektorowi Cutangle'owi, Arcymistrzowi Magów Srebrnej Gwiazdy – nakazał Treatle.

Simon pochylił się zakłopotany.

Cutangle przyjrzał mu się z dobrodusznym uśmiechem.

– Wiele o tobie słyszeliśmy, mój chłopcze – oświadczył. – Górskie powietrze musi dobrze wpływać na rozum, co?

Roześmiał się. Magowie wokół niego też się roześmiali. Treatle się roześmiał. Esk uznała to za zabawne, jako że nie działo się przecież nic szczególnie śmiesznego.

– Nie w-w-wiem, pros-s-s...

– Z tego, co słyszałem, to chyba jedyne, czego nie wiesz, młody człowieku – rzekł Cutangle i policzki znów mu się zatrzęsły.

Nastąpił kolejny, starannie skalkulowany ogólny wybuch śmiechu. Cutangle poklepał Simona po ramieniu.

– Wspaniałe wyniki, mój mały. Zadziwiające. Nigdy nie widziałem lepszych. W dodatku samouk. Niezwykłe, prawda? Jak myślisz, Treatle?

– Doskonałe, Nadrektorze.

Cutangle rozejrzał się.

– Może mógłbyś zademonstrować nam jakąś próbkę – zaproponował. – Niewielki pokaz. Co ty na to?

Simon popatrzył na niego z wyrazem zwierzęcej paniki.

– Sz-szczerze m-mówiąc nie jes-s-s-stem dość d-d...

– Dajże spokój – przerwał mu Cutangle tonem, który według niego miał zapewne dodać chłopcu odwagi. – Nie bój się. Nie ma pośpiechu. Jak tylko będziesz gotów.

Simon oblizał wargi i z niemym błaganiem spojrzał na Treatle'a.

– Uhm... – zaczął. – W-w-w-w... – Urwał i głośno przełknął ślinę. – S-s-s-s...

Oczy wyszły mu z orbit. Łzy popłynęły po policzkach, a ramionami wstrząsnął dreszcz.

Treatle poklepał go uspokajająco po plecach.

– Katar sienny – wyjaśnił. – Jakoś nie mogę go wyleczyć. Wszystkiego już próbowałem.

Simon odchrząknął i kiwnął głową. Skinieniem wąskiej, bladej dłoni kazał Treatle'owi się odsunąć, po czym zamknął oczy.

Przez kilka sekund nic się nie działo. Chłopiec stał nieruchomo i tylko wargi poruszały się niemo. I nagle cisza rozprzestrzeniła się wokół niego jak blask świecy. Kręgi bezdźwięczności obejmowały tłumy zebrane w holu, z siłą przesłanego pocałunku uderzały o ściany, odbijały się tworząc fale. Ludzie patrzyli, jak ich sąsiedzi bez głosu otwierają usta, a potem czerwienieli z wysiłku, kiedy ich własny śmiech okazywał się równie słyszalny jak pisk komara.

Maleńkie płatki światła rozbłyskiwały wokół głowy Simona. Krążyły i wirowały w złożonym trójwymiarowym tańcu, a potem uformowały kształt.

Właściwie to Esk miała wrażenie, jakby ten kształt był tam przez cały czas i tylko czekał, aż jej oczy go dostrzegą. Tak samo jak zupełnie zwyczajna chmura może nagle – bez najmniejszej zmiany – stać się wielorybem, statkiem albo twarzą.

Kształt nad głową Simona był światem.

Widziała to wyraźnie, chociaż migające światełka przesłaniały niektóre szczegóły. Ale oto był Wielki A'Tuin, żółw niebios, z czterema Słoniami na grzbiecie; na nich spoczywał sam Dysk. Wokół krawędzi świata migotał wodospad, a w samej osi mała skalna igła była ogromną górą Cori Celesti, gdzie mieszkali bogowie.

Obraz rozrastał się. W środku tkwiło Okrągłe Morze, potem samo Ankh-Morpork. Światełka odpływały od Simona i znikały o kilka stóp od jego głowy. Teraz ukazywały widok miasta z góry. Z ogromną szybkością zbliżało się do obserwatorów. Pojawił się Uniwersytet, urósł, potem Główny Hol...

...I ludzie, zapatrzeni, z otwartymi ustami, a między nimi Simon, otoczony płatkami srebrnego blasku. I maleńki, lśniący obraz wokół niego, a ten obraz zawierał obraz i następny, i jeszcze jeden...

Mogło wię wydawać, że wszechświat odwrócił się na lewą stronę we wszystkich wymiarach równocześnie. Było to uczucie obrzmienia, spuchnięcia... Brzmiało tak, jakby cały świat powiedział „Glup!"

Zniknęły ściany, podłoga zresztą także. Rozwiały się portrety dawnych wielkich magów, wszystkie zwoje, brody i surowe zmarszczki. Kafelki pod stopami – miły dla oka wzór czerni i bieli – wyparowały, zastąpione przez drobny piasek, szary jak światło księżyca i zimny jak lód. Na niebie zamigotały niezwykłe, obce gwiazdy, a na horyzoncie wyrosły niskie wzgórza, zniszczone nie wiatrem czy deszczem, nie istniejącymi w tym pozbawionym pogody świecie, ale miękkim papierem ściernym samego Czasu.

Zdawało się, że nikt więcej tego nie zauważył. Zdawało się nawet, że nikt więcej nie został przy życiu. Wokół Esk stali ludzie nieruchomi i milczący jak posągi.

W dodatku nie byli tu sami. Za nimi stały inne... Stwory, i z każdą chwilą przybywało ich więcej. Nie miały kształtu, a raczej miały, ale wzorowany na licznych, przypadkowo wybranych stworzeniach. Sprawiały wrażenie, jakby słyszały o rękach i nogach, o szczękach, szponach i organach wewnętrznych, ale nie bardzo wiedziały, jak to wszystko do siebie pasuje. Albo ich to nie obchodziło. Albo były nazbyt głodne, żeby się tym przejmować.

Wydawały dźwięk podobny do roju much.

To były potwory z jej snów i przybyły pożywić się magią. Wiedziała, że nie ona ich teraz interesuje, chyba że jako deser. Całą uwagę koncentrowały na Simonie, który zupełnie nie zdawał sobie sprawy z ich obecności.

Esk sprytnie kopnęła go w kostkę.

Lodowata pustynia zniknęła. Rzeczywisty świat wpłynął na miejsce. Simon otworzył oczy, uśmiechnął się słabo i powoli upadł na wznak, w ramiona Esk.

Magowie zagadali równocześnie, kilku zaczęło klaskać. Zdawało się, że jeśli nie liczyć srebrzystych światełek, to żaden z nich nie zauważył niczego niezwykłego.

Cutangle otrząsnął się i podniósł rękę, żeby uciszyć tłum.

– To... zadziwiające – zwrócił się do Treatle'a. – Mówisz, że doszedł do tego zupełnie sam?

– W istocie, panie.

– I zupełnie nikt mu nie pomagał?

– Nie miał mu kto pomagać. Wędrował od wioski do wioski i rzucał drobne czary. Ale tylko wtedy, kiedy płacili mu książkami albo papierem.

Cutangle pokiwał głową.

– To nie była iluzja – stwierdził. – A jednak nie używał rąk. Co do siebie mówił? Wiesz może?

– Twierdzi, że to tylko słowa, które mają pomóc umysłowi we właściwym działaniu. – Treatle wzruszył ramionami. – Problem w tym, że nie rozumiem połowy tego, co on mówi. Powtarza, że musi wymyślać nowe słowa, bo brakuje mu odpowiednich określeń na to, co robi.

Cutangle zerknął z ukosa na swych kolegów. Pokiwali głowami.

– To zaszczyt przyjąć go na Uniwersytet – rzekł. – Możesz mu to powtórzyć, kiedy odzyska przytomność.

Nagle poczuł, że coś szarpie go za skraj szaty.

– Przepraszam bardzo – powiedziała Esk.

– Dzień dobry, panienko – odpowiedział jej Cutangle swym najsłodszym głosem. – Przyszłaś odprowadzić brata na Uniwersytet?

– On nie jest moim bratem – wyjaśniła Esk.

Zdarzały się w jej życiu chwile, kiedy świat wydawał się pełen braci. Ale to nie była jedna z nich.

– Czy pan jest ważny? – zapytała.

Rozpromieniony Cutangle obejrzał się na kolegów. Jak w każdej grupie, wśród magów także obowiązywały mody. Czasami byli smukli, wychudzeni i mówili do zwierząt (zwierzęta nie słuchały, ale liczą się przecież intencje), kiedy indziej byli mroczni, posępni i nosili krótkie, czarne, szpiczaste bródki. Teraz obowiązywał styl mieszczański. Cutangle aż się nadął ze skromności.

– Dość ważny – przyznał. – Człowiek stara się jak może w służbie bliźniego. Tak. Dosyć ważny, śmiem twierdzić.

– Chcę być magiem – oświadczyła Esk.

Pomniejsi magowie stojący za plecami Cutangle'a spojrzeli na nią tak, jakby była nieznanym i ciekawym gatunkiem chrząszcza. Sam Cutangle poczerwieniał i oczy wyszły mu na wierzch. Popatrzył na Esk z taką miną, jakby wstrzymywał oddech. A potem wybuchnął śmiechem. Śmiech rodził się gdzieś w rozległych przestrzeniach jego brzucha i przeciskał się w górę, odbijał echem między żebrami i powodował drobne wstrząsy na obszarze piersi, aż wreszcie wyrywał się na zewnątrz serią zduszonych parskań. Był to fascynujący widok. Śmiech Cutangle'a miał własną osobowość.

Mag urwał jednak, kiedy dostrzegł spojrzenie Esk. Gdyby śmiech był musicalowym clownem, to jej wzrok byłby wiadrem farby na trajektorii przechwytującej.

– Mag? – zapytał z niedowierzaniem. – Chcesz zostać magiem?

– Tak – odparła Esk, wpychając oszołomionego Simona w niechętne ramiona Treatle'a. – Jestem ósmym synem ósmego syna. To znaczy córką.

Magowie zaczęli coś szeptać, ale Esk starała się nie zwracać na nich uwagi.

– Co ona powiedziała?

– Chyba nie mówi poważnie.

– Uważam, że dzieci w tym wieku są rozkoszne.

– Jesteś ósmym synem ósmej córki? – zapytał Cutangle. – Naprawdę?

– Na odwrót – odparła dumnie Esk.

Cutangle otarł oczy chusteczką.

– To zadziwiające. Chyba w życiu nie słyszałem niczego podobnego. Co?

Rozejrzał się. Wokół gromadzili się gapie. Ludzie stojący z tyłu nie widzieli Esk, więc wyciągali szyje w nadziei, że zobaczą jakieś ciekawe czary. Cutangle nie wiedział, jak powinien się zachować.

– Chwileczkę – mruknął. – Chcesz być magiem?

– Ciągle to powtarzam, ale chyba nikt tu mnie nie słucha.

– Ile masz lat, dziewczynko?

– Prawie dziewięć.

– I kiedy dorośniesz, chcesz zostać magiem?

– Chcę być magiem teraz! – oświadczyła Esk stanowczo. – Trafiłam we właściwe miejsce, prawda?

Cutangle zerknął na Treatle'a i mrugnął.

– Widziałam – oznajmiła Esk.

– Chyba nie było jeszcze maga kobiety – zauważył Cutangle. – Mam wrażenie, że to wbrew tradycji. Czy nie wolałabyś raczej zostać czarownicą? Słyszałem, że to wspaniała kariera dla dziewcząt.

Jakiś młodszy mag za jego plecami parsknął śmiechem. Esk spojrzała na niego groźnie.

– Nieźle jest być czarownicą – przyznała. – Ale wydaje mi się, że magowie mają więcej zabawy. A pan jak uważa?

– Uważam, że jesteś unikalną dziewczynką – odparł Cutangle.

– Co to znaczy?

– To znaczy, że jesteś tylko jedna – wyjaśnił Treatle.

– Zgadza się. I ciągle chcę być magiem.

Cutangle na chwilę utracił dar mowy.

– Nie możesz – wykrztusił. – Co za pomysł!

Wyciągnął się na całą szerokość i odwrócił. Coś pociągnęło go za szatę.

– Dlaczego nie? – zapytał cienki głosik.

Obejrzał się.

– Dlatego – oświadczył powoli i stanowczo. – Dlatego, że... ten pomysł jest po prostu śmieszny, oto dlaczego! I to absolutnie wbrew tradycji.

– Ale potrafię rzucać czary magów! – upierała się Esk. W jej głosie zabrzmiała najdelikatniejsza sugestia drżenia.

Cutangle pochylił się i zbliżył twarz do jej twarzy.

– Nie potrafisz! – syknął. – Ponieważ nie jesteś magiem. Kobiety nie są magami, czy to jasne?

– No to patrzcie! – powiedziała Esk.

Wyciągnęła prawą rękę, rozsunęła palce i spojrzała wzdłuż ramienia, aż dostrzegła posąg Malicha Mądrego, założyciela Uniwersytetu. Magowie stojący między nią a statuą odsunęli się instynktownie i natychmiast poczuli się trochę głupio.

– Nie żartuję – ostrzegła Esk.

– Odejdź stąd, dziewczynko – burknął Cutangle.

– Jak chcecie.

Esk zmrużyła oczy, lekko zezując wpatrzyła się w posąg i skoncentrowała umysł...

Wielkie wrota Uniwersytetu wykute są z oktironu, metalu tak niestabilnego, że może istnieć tylko w universum przesyconym pierwotną magią. Są odporne na wszelkie siły z wyjątkiem czarów: żaden ogień, taran czy armia nie zdołają ich pokonać.

Dlatego właśnie większość zwykłych gości używa tylnej furtki, wykonanej z całkiem zwyczajnego drewna. Ta nie biega dookoła i nie straszy ludzi, ani nawet nie stoi nieruchomo i nie straszy ludzi. Ma odpowiednią kołatkę i wszystko, co trzeba.

Babcia uważnie zbadała futryny i sapnęła z satysfakcją, kiedy znalazła to, czego szukała. Nie wątpiła, że tu będzie, chytrze ukryte wśród naturalnych słojów drewna.

Chwyciła kołatkę w kształcie smoczego łba i zdecydowanym ruchem zastukała trzykrotnie. Po chwili otworzyła jej młoda dziewczyna z ustami pełnymi klamerek do bielizny.

– Eo ai u ua? – zapytała.

Babcia skłoniła głowę, by dziewczyna zauważyła szpiczasty czarny kapelusz ze szpilkami w kształcie skrzydeł nietoperza. Wywarł na niej odpowiednie wrażenie: zaczerwieniła się i rozejrzawszy się nerwowo po cichym zaułku, wpuściła Babcię do środka.

Po drugiej stronie muru znajdował się spory, porośnięty mchem dziedziniec poprzecinany sznurami bielizny. Babcia miała szansę stać się jedną z bardzo niewielu kobiet świadomych, co magowie noszą pod swymi szatami, jednak skromnie odwróciła wzrok i ruszyła za dziewczyną chodnikiem, a potem w dół po szerokich schodach.

Doprowadziły ją do długiego, wysokiego tunelu z licznymi łukowymi przejściami i w tej chwili pełnego pary. Babcia zauważyła długie rzędy balii w rozległych salach po obu stronach; w powietrzu unosił się ciepły, słodki aromat prasowania. Obok przebiegła grupka dziewcząt z koszami mokrej bielizny; przed schodami zatrzymały się nagle i odwróciły powoli, żeby się jej przyjrzeć.

Babcia wyprostowała plecy i starała się wyglądać możliwie tajemniczo.

Jej przewodniczka, która wciąż nie pozbyła się klamerek, skręciła w boczny korytarz i dotarła do pokoju, który był istnym labiryntem półek zawalonych praniem. W samym jego centrum przy stole siedziała bardzo gruba kobieta w żółtej peruce. Przed chwilą pisała coś w wielkiej księdze, która wciąż leżała przed nią otwarta, ale w tej chwili oglądała obszerną poplamioną kamizelkę.

– Próbowałaś wybielacza? – spytała.

– Tak, psze pani – odparła stojąca obok służąca.

– A tinktury z myrrytu?

– Tak, psze pani. Zafarbowała na niebiesko.

– To coś nowego – mruknęła gospodyni. – A widziałam już siarkę i sadzę, smoczą krew i krew demonów... i sama nie wiem co jeszcze. – Przewróciła kamizelkę na lewą stronę i odczytała imię na kawałku materiału, starannie przyszytym do podszewki. – Hmm... Granpone Biały. Będzie Granponem Szarym, jeśli nie zadba o swoje rzeczy. Powiadam ci, moja złociutka, że biały mag to tylko mag czarny, który ma dobrą gosposię. Weź to...

Zauważyła Babcię i urwała.

– Auaa o ii – wyjaśniła Babcina przewodniczka, wykonując pospieszny dyg. – E iay aeu...

– Tak, tak. dziękuję ci, Ksandro. Możesz odejść – przerwała tęga kobieta.

Wstała, uśmiechnęła się promiennie i z niemal dosłyszalnym szczękiem przestroiła głos o kilka klas społecznych wyżej.

– Wybaczcie nam, phoszę – powiedziała. – Widzicie nas zabiegane, bo mamy dzisiaj dzień phania i w ogóle. Przybywacie z wizytą towarzyską, czy też niesiecie może wieści z Tamtej Sthony?

Przez ułamek sekundy Babcia przyglądała jej się, nie rozumiejąc. Znaki na futrynie mówiły, że gospodyni serdecznie wita czarownice, a najbardziej jej zależy na wiadomościach o czterech zmarłych mężach. Szuka też piątego, stąd blond peruka i – jeśli słuch Babci nie mylił – trzeszczenie fiszbinów w takich ilościach, że mogłyby doprowadzić do furii cały ruch ekologiczny. Naiwna i niemądra, mówiły znaki. Babcia powstrzymała się z osądem, ponieważ miejskie czarownice same nie wydały jej się szczególnie bystre.

Gospodyni musiała źle zrozumieć wyraz jej twarzy.

– Nie obawiajcie się. Moja służba otrzymała wyraźne insthukcje, aby zaphaszać tu czahownice, choć oczywiście ci na górze tego nie pochwalają. Z pewnością napijecie się hehbaty i zjecie coś?

Babcia skłoniła się z powagą.

– I sphawdzę, czy nie znajdzie się dla was thochę używanych ubhań. – Gospodyni rozpromieniła się.

– Używanych ubrań? Aha. Tak. Dziękuję pani.

Gospodyni ruszyła przed siebie, wydając odgłosy jak stary kliper herbaciany na sztormowej fali. Skinęła na Babcię.

– Każę podać hehbatę u siebie. Hehbatę i dużo fusów.

Babcia podążyła za nią. Używane ubrania? Czy ta gruba baba mówi poważnie? Co za bezczelność! Oczywiście, gdyby były dobrej jakości...

Pod Uniwersytetem rozpościerał się inny świat: plątanina piwnic, chłodni, spiżarni, kuchni i komórek. Każdy mieszkaniec tego świata coś niósł, pompował, popychał, albo po prostu stał i krzyczał. Babcia dostrzegła pomieszczenia pełne lodu i inne, jaśniejące ciepłem rozgrzanych do czerwoności kuchennych pieców zajmujących całe ściany. Piekarnic pachniały świeżym chlebem, piwnice starym piwem, a wszystko potem i dymem.

Gospodyni poprowadziła ją spiralnymi schodami i otworzyła drzwi jednym z wielu kluczy, które zwisały jej u paska.

Pokój za drzwiami był różowy i falbaniasty. Serwety z falbankami leżały na przedmiotach, których żaden człowiek przy zdrowych zmysłach nie przykryłby serwetą. Przypominało to wnętrze różowej waty cukrowej.

– Bardzo tu ładnie – oceniła Babcia. A ponieważ wyczuła, że tego od niej oczekują, dodała jeszcze: – Gustownie.

Rozejrzała się w poszukiwaniu czegoś bez falbanek, na czym mogłaby usiąść, ale zrezygnowała.

– O czymże ja myślę! – zawołała gospodyni. – Nazywam się Whitlow, ale to natuhalnie wiecie. I mam zaszczyt hozmawiać...

– Co? Aha... Babcia Weatherwax – odparła Babcia.

Falbanki źle na nią wpływały. Przynosiły wstyd kolorowi różowemu.

– Oczywiście, sama także posiadam zdolności pahapsychiczne – oznajmiła pani Whitlow.

Babcia nic nie miała przeciwko wróżeniu, pod warunkiem, że wykonywały je fatalnie osoby bez krzty talentu. Co innego, kiedy zajmowali się nim ludzie, którzy powinni okazać więcej rozsądku. Uważała, że przyszłość w najlepszym razie jest rzeczą delikatną i jeśli ktoś za mocno się jej przygląda, może ją zmienić. Miała kilka złożonych teorii na temat czasu i przestrzeni, i dlaczego nie powinno się z nimi igrać. Na szczęście dobre wróżki trafiały się rzadko, a ludzie i tak woleli te marne, gdyż zawsze mogli u nich liczyć na właściwą dawkę pociechy i optymizmu.

Babcia znała się na złym wróżeniu. Było trudniejsze niż prawdziwe. Wymagało wyobraźni.

Nie mogła powstrzymać myśli, że może pani Whitlow jest urodzoną czarownicą, która w jakiś sposób nie została przeszkolona. Z pewnością oblegała przyszłość ze wszystkich stron. Stała tam kryształowa kula pod czymś w rodzaju przykrycia na imbryczek – z falbankami, ma się rozumieć; leżało kilka talii kart i różowa torebka pełna runicznych kamieni. Stał też jeden z tych stolików, których żadna szanująca się czarownica nie dotknęłaby nawet dziesięciostopową miotłą i – Babcia nie była całkiem pewna – albo specjalnie suszone odchody klaczy z lamtoru albo specjalnie suszone odchody lamy z klasztoru, które podobno można rozrzucić w taki sposób, by ujawniły całą wiedzę i mądrość wszechświata. Wszystko to było raczej smutne.

– Są też fusy hehbaty, natuhalnie – zapewniła pani Whitlow, wskazując duży, brunatny dzbanek na stoliku między nimi. – Wiem, że czahownice często ich używają, ale mnie zawsze wydawały się takie... pospolite. Nie chciałam was uhazić.

Zapewne rzeczywiście nie chciała, pomyślała Babcia. Pani Whitlow spoglądała na nią tak, jak zwykle patrzą szczeniaki, kiedy nie są pewne, czego mają oczekiwać i zaczynają właśnie się martwić, że jest to zwinięta gazeta.

Podniosła filiżankę pani Whitlow i już miała zajrzeć do środka, kiedy dostrzegła wyraz rozczarowania, przemykający po twarzy gospodyni niczym cień po ośnieżonym polu. Natychmiast przypomniała sobie, co tu robi. Trzy razy obróciła filiżankę w opaczną stronę, wykonała nad nią kilka przypadkowych gestów i wyszeptała zaklęcie (którego używała zwykle do leczenia zapalenia wymion u starych kóz, ale to przecież nieistotne). Taki pokaz wyraźnych talentów magicznych zachwycił panią Whitlow niepomiernie.

Z fusami herbaty Babcia nie radziła sobie najlepiej. Mimo to mrużąc oczy spojrzała na oblepioną cukrem masę na dnie filiżanki, zaś myślom pozwoliła błądzić swobodnie. W tej chwili potrzebny jej był jakiś podręczny szczur, czy choćby karaluch, który przypadkiem znalazł się w pobliżu Esk. Mogłaby wtedy Pożyczyć jego umysł.

Tymczasem odkryła, że Uniwersytet posiadał własny umysł.

Powszechnie wiadomo, że kamień potrafi myśleć. Na tym fakcie opiera się cała elektronika. Jednak w niektórych wszechświatach ludzie spędzają całe wieki szukając obcych inteligencji w niebie, zamiast spojrzeć pod nogi. To dlatego, że źle oceniają tempo przepływu czasu. Z punktu widzenia kamienia wszechświat dopiero co powstał, pasma górskie podskakują i zapadają się niczym klawisze pianoli, a kontynenty radośnie mkną tam i z powrotem, zderzają się ze sobą dla czystej radości pędu i strzepują z siebie skały. Minie jeszcze sporo czasu, zanim kamień zauważy nieprzyjemną skazę skóry i spróbuje się podrapać. I bardzo dobrze.

Jednak kamienie, z których zbudowano Niewidoczny Uniwersytet, od kilku tysięcy lat wchłaniały magię i cała ta bezkierunkowa moc musiała znaleźć ujście.

Uniwersytet wytworzył sobie osobowość.

Babcia wyczuwała ją jak wielkie, raczej przyjazne zwierzę, czekające tylko, żeby przewrócić się na dach i wystawić podłogi na drapanie. Uniwersytet nie zwracał na nią uwagi. Obserwował Esk.

Babcia odszukała dziewczynkę, podążając za nićmi uwagi budynku. Zafascynowana oglądała dziejące się w Głównym Holu sceny...

– ...widzicie?

Głos dobiegał gdzieś z wielkiej dali.

– Mhm?

– Pytałam, co tam widzicie – powtórzyła pani Whitlow.

– Hę?

– Pytałam...

– Aha. – Babcia skoncentrowała rozproszone myśli. Kłopot z Pożyczaniem obcego umysłu polegał na tym, że po powrocie do własnego ciała człowiek czuł się zawsze trochę niezręcznie. W dodatku Babcia była pierwszą osobą w historii, która czytała w myślach budynku. Teraz miała wrażenie, że jest ogromna, szorstka i pełna korytarzy.

– Dobrze się czujecie?

Babcia kiwnęła głową i otworzyła swoje okna. Rozsunęła wschodnie i zachodnie skrzydła i spróbowała się skupić na maleńkiej filiżance trzymanej w kolumnach.

Na szczęście pani Whitlow przypisała jej kredową cerę i kamienne milczenie okultystycznemu działaniu mocy. Babcia zaś przekonała się, że krótki kontakt z olbrzymią krzemową pamięcią Uniwersytetu mocno pobudził jej wyobraźnię.

Głosem brzmiącym jak przeciąg w korytarzu – co wywarło na gospodyni spore wrażenie – splotła wątek przyszłości pełnej chętnych młodych mężczyzn, walczących o względy pani Whitlow. Mówiła bardzo szybko, gdyż to, co zobaczyła w holu sprawiło, że chciała znowu znaleźć się przed główną bramą.

– Jest jeszcze coś – dodała.

– Tak? Tak?

– Widzę, że przyjmuje pani nową służącą... To tutaj je zatrudniacie, prawda? Właśnie... Ta jest młodą dziewczyną, bardzo pracowitą, bardzo oszczędną, przyda się do wszystkiego.

– I co z nią? – spytała pani Whitlow. Rozkoszowała się przedstawionym przez Babcię i zaskakująco obrazowym opisem przyszłości. A także zżerała ją ciekawość.

– Duchy wyrażają się w tym miejscu odrobinę niejasno – odparła Babcia. – Ale ważne jest, żeby ją pani przyjęła.

– To żaden kłopot – zapewniła pani Whitlow. – Trudno tu zatrzymać służbę na dłużej. To przez tę magię. Ona tu wycieka... Zwłaszcza z biblioteki, gdzie trzymają wszystkie te magiczne księgi. Dwie pokojówki z góry właśnie wczoraj odeszły; powiedziały, że mają tego dość: kładąc się do łóżka nie wiedzą, w jakiej postaci obudzą się rano. Starsi magowie zmieniają je z powrotem, ale to już nie to samo.

– No tak... Duchy mówią, że ta panienka nie sprawi żadnych kłopotów pod tym względem – zapewniła posępnie Babcia.

– Jeśli tylko potrafi zamiatać i szorować, może przyjść. – Pani Whitlow była nieco zdziwiona.

– Przyjdzie nawet z własną miotłą. To znaczy według duchów.

Lekki obłok podejrzliwości przemknął po twarzy gospodyni.

– Duchy zwykle nie mówią o takich sprawach. Gdzie dokładnie to powiedziały?

– Tutaj. Proszę spojrzeć na tę małą grudkę fusów między cukrem a tym pęknięciem. Mam rację?

Zmierzyły się wzrokiem. Pani Whitlow miała swoje słabostki, ale była dość stanowcza, żeby rządzić w tym pod-schodnim światem Uniwersytetu. Jednak Babcia potrafiła wytrzymać nawet spojrzenie węża. Po kilku sekundach oczy gospodyni zaszły łzami.

– Tak, chyba rzeczywiście – przyznała pokornie i z otchłani fartucha wyłowiła chusteczkę.

– No właśnie.

Babcia wyprostowała się i odstawiła filiżankę na talerzyk.

– Młoda kobieta chętna do pracy ma liczne możliwości awansu – stwierdziła pani Whitlow. – Ja sama zaczynałam jako pokojówka.

– Jak my wszystkie – oświadczyła niezbyt jasno Babcia. – A teraz pora już iść.

Sięgnęła po kapelusz.

– Ale...

– Muszę się spieszyć. Ważne spotkanie – rzuciła Babcia przez ramię, idąc już w stronę schodów.

– Mamy tu trochę używanej odzieży...

Babcia znieruchomiała. W jej myślach walczyły ze sobą sprzeczne instynkty.

– Czarny aksamit?

– Tak. I trochę jedwabiu.

Babcia nie była pewna, czy aprobuje jedwab. Słyszała, że pochodzi z pup gąsienic. Ale czarny aksamit pociągał ją z wielką siłą.

Zwyciężyła lojalność.

– Proszę je dla mnie odłożyć. Może zajrzę znowu – krzyknęła i pobiegła korytarzem.

Kucharki i pomywaczki kryły się po kątach, kiedy staruszka z tupotem gnała po śliskiej posadzce, pędem wbiegała po schodach na dziedziniec, z trudem skręcała w alejkę. Szal powiewał za nią, a buty krzesały iskry na kamieniach bruku. Na ulicy podciągnęła spódnicę i ruszyła galopem, z obunożnym poślizgiem wykręcając na plac. Obcasy zgrzytnęły i pozostawiły na kamieniach długą, białą szramę.

Zdążyła akurat na czas, by zobaczyć wybiegającą przez wrota zapłakaną Esk.

– Magia nie działała! Czułam ją tam, ale nie chciała się pokazać!

– Może za bardzo się starałaś – tłumaczyła Babcia. – Czary są jak łowienie ryb. Skakanie i chlapanie nigdy w tym nie pomaga. Trzeba siedzieć spokojnie i czekać, aż wszystko zdarzy się w sposób naturalny.

– A potem wszyscy się ze mnie śmiali! Ktoś nawet dał mi cukierka!

– Jakąś korzyść więc odniosłaś.

– Babciu – zawołała oskarżycielsko Esk.

– No, a czego się spodziewałaś? Przynajmniej tylko się z ciebie śmiali. Śmiech nie boli. Poszłaś prosto do najważniejszego maga, popisałaś się przed wszystkimi, a oni cię tylko wyśmiali? Dobrze sobie radzisz, naprawdę dobrze. Zjadłaś tego cukierka?

Esk spojrzała ponuro.

– Tak.

– Co to było?

– Toffi.

– Nie znoszę toffi.

– To co? Pewnie następnym razem mam się postarać o miętusa?

– Nie pyskuj, moja mała. Co masz przeciwko miętusom? Podaj mi tę czarkę.

Kolejną zaletą miejskiego życia, jak przekonała się Babcia, było szkło. Niektóre bardziej skomplikowane wywary wymagały naczyń, które mogła albo kupić po zawrotnych cenach od krasnoludów, albo zamówić u najbliższego ludzkiego szklarza. Przybywały wtedy opakowane w słomę i zwykle w kawałkach. Sama próbowała dmuchania szkła, ale wysiłek pobudzał ją do kaszlu, co dawało dziwaczne rezultaty. W miastach jednak kwitła profesja alchemika, co sprawiało, że były tu sklepy pełne szkła na sprzedaż. A czarownica zawsze może uzyskać specjalne zniżki.

Obserwowała uważnie, jak żółta para płynie przez szklane wężownice i w końcu kondensuje się w jednej wielkiej, lepkiej kropli. Pochwyciła ją zręcznie na czubek szklanej łyżeczki i bardzo ostrożnie przelała do maleńkiej szklanej fiolki.

Esk przyglądała się jej przez łzy.

– Co to jest? – zapytała.

– To nie twoja sprawa. – Babcia zapieczętowała korek woskiem.

– Lekarstwo?

– W pewnym sensie.

Babcia przysunęła sobie kartkę papieru i wybrała pióro. Wysunęła czubek języka i bardzo uważnie wypisała etykietę, kreśląc co chwila i przerywając, żeby zastanowić się nad pisownią.

– Dla kogo to?

– Dla pani Herapath, żony szklarza.

Esk wytarła nos.

– To ten, co nie chce dmuchać szkła, prawda?

Babcia przyjrzała się jej znad kartki.

– Co masz na myśli?

– Kiedy wczoraj z tobą rozmawiała, nazwała go panem Raz-Na-Dwa-Tygodnie.

– Mhm – mruknęła Babcia.

Starannie dokończyła zdanie: „Rospuścić w dwu śklankach wody i dodać mu jedno krople do herbaty. Założyć luźno suknie i nie zpraszać żadnych gości".

Któregoś dnia, powiedziała sobie, będę musiała odbyć z nią tę rozmowę.

Dziewczynka wydawała się niezwykle tępa. Asystowała już przy wielu porodach i prowadzała kozy do capa Niani Annaple, wciąż jednak nie wyciągała oczywistych wniosków. Babcia nie była całkiem pewna, jak powinna temu zaradzić, zresztą chwila nigdy jakoś nie wydawała się odpowiednia, żeby poruszyć ten temat. Zastanawiała się, czy może w głębi serca nie jest zbyt skrępowana, by mówić o takich sprawach. Czuła się jak kowal, który umie podkuwać konie, leczyć je, doglądać i wyceniać, ale ma jedynie minimalne pojęcie o tym, jak na nich jeździć.

Przykleiła etykietę do fiolki i starannie owinęła ją w szary papier. Teraz...

– Jest inna droga na Uniwersytet – oświadczyła, zerkając z ukosa na Esk, która z ponurą miną kruszyła w moździerzu zioła. – Droga czarownic...

Esk podniosła głowę. Babcia pozwoliła sobie na dyskretny uśmieszek, po czym rozpoczęła pracę nad kolejną etykietą. Jej zdaniem wypisywanie etykiet zawsze było najtrudniejszym elementem czarów.

– Ale chyba cię to nie zainteresuje – mówiła dalej. – Nie jest szczególnie olśniewająca.

– Śmiali się ze mnie – mruknęła Esk.

– Tak. Mówiłaś. Więc chyba nie zechcesz próbować jeszcze raz. Doskonale cię rozumiem.

Zapadła cisza, zakłócana jedynie skrzypieniem Babcinego pióra. Przerwała ją Esk.

– Ta droga...

– Mhm?

– Doprowadzi mnie na Uniwersytet?

– Oczywiście – zapewniła dumnie Babcia. – Obiecałam, że znajdę drogę, prawda? I to bardzo wygodną. Nie musisz się przejmować lekcjami, możesz chodzić, gdzie tylko zechcesz, nikt cię nie zauważy... właściwie będziesz niewidzialna... No i przy okazji możesz naprawdę posprzątać. Ale po tym śmiechach pewnie nie masz już ochoty, co?

– Może jeszcze filiżankę, pani Weathehhwax – zaproponowała pani Whitlow.

– Panno – poprawiła ją Babcia.

– Phoszę?

– Panno Weatherwax – powtórzyła Babcia. – Trzy kawałki cukru, jeśli wolno.

Pani Whitlow przysunęła jej cukiernicę. Co prawda niecierpliwie oczekiwała tych wizyt, ale płaciła za nie wysoką cenę w cukrze. Jego kawałki jakoś nie mogły długo przetrwać w towarzystwie Babci.

– Fatalnie wpływają na figuhę – stwierdziła. – I na zęby też, jak słyszałam.

– Nigdy nie miałam figury, o którą warto by się troszczyć, a moje zęby same potrafią o siebie zadbać.

Była to prawda, niestety. Babcia cierpiała na nienagannie zdrowe zęby, co u czarownicy było poważnym brakiem. Szczerze zazdrościła Niani Annaple, czarownicy zza góry, która w wieku dwudziestu lat zdołała stracić wszystkie zęby i jako wiedźma budziła powszechne zaufanie. Owszem, trzeba wtedy jeść więcej zupy, ale też zyskuje się poważanie. Były jeszcze kurzajki. Bez żadnego wysiłku Niania Annaple miała twarz przypominającą woreczek z kulkami, podczas gdy Babcia wypróbowała wszystkie znane wywoływacze kurzajek i nie zdołała wyhodować nawet obowiązkowej na nosie. Niektóre czarownice po prostu mają szczęście.

– Tak? – spytała, kiedy dotarło do niej popiskiwanie pani Whitlow.

– Mówiłam właśnie, że ta młoda Eskahina to phawdziwy skahb. Jest nieoceniona. Podłogi utrzymuje w idealnej czystości. Bez jednej plamki! Nic nie jest dla niej za thudne. Mówię do niej wczohaj: ta twoja miotła jest jak żywa. I wiecie, co ona na to?

– Nie śmiem nawet zgadywać – odparła słabym głosem Babcia.

– Powiedziała, że kurz się jej boi! Wyobhażacie sobie?

– Owszem – mruknęła Babcia.

Pani Whitlow podsunęła jej swoją filiżankę i uśmiechnęła się z zakłopotaniem.

Babcia westchnęła w duchu i zajrzała w niezbyt czyste głębie przyszłości. Stanowczo wyczerpywała już rezerwy wyobraźni.

Brzozowe witki zmiatały korytarz, unosząc ogromną chmurę kurzu. Gdyby ktoś przyjrzał się bliżej, zauważyłby, że kurz jest w jakiś sposób wsysany do miotły. Gdyby przyjrzał się jeszcze dokładniej, zobaczyłby na kiju dziwne znaki, nie tyle wyrzeźbione, co raczej przywarte do powierzchni i w jakiś sposób zmieniające swoje kształty pod wpływem spojrzenia.

Ale nikt się nie przyglądał.

Esk siedziała na parapecie wysokiego, wąskiego okna i spoglądała na miasto. Czuła gniew większy niż zwykle, więc miotła atakowała kurz z większym niż zwykle wigorem. Pająki rozpaczliwie przebierały ośmioma nogami, pędząc w bezpieczne miejsca, gdy pajęczyny przodków rozwiewały się w nicość. W ścianach myszy kuliły się razem i zapierały łapkami o wnętrza norek. Korniki próbowały wpełzać w głąb tuneli, a jakaś siła ciągnęła je nieustępliwie w tył, do wyjścia.

– Możesz naprawdę posprzątać – mruknęła Esk. – Aha!

Musiała przyznać, że sytuacja miała też dobre strony. Jedzenie było proste, ale go nie brakowało. Miała własny pokój wysoko na poddaszu, co było pewnym luksusem. W dodatku mogła się wylegiwać w łóżku aż do piątej rano, która to godzina według Babci była już prawie południem. Praca jej nie męczyła. Zaczynała tylko zamiatać, póki laska nie zrozumiała, czego od niej oczekuje, a potem, póki miotła nie skończyła, Esk mogła się zajmować czymkolwiek. Kiedy ktoś nadchodził, laska natychmiast opierała się nonszalancko o ścianę.

Jednak Esk nie zdobywała magicznej wiedzy. Mogła zajrzeć do pustej sali i obejrzeć diagramy wyrysowane kredą na tablicy, a po zajęciach dla zaawansowanych także na podłodze. Jednak kształty nie miały dla niej żadnego sensu. I były niemiłe dla oka.

Przypominały Esk obrazki w książce Simona. Wydawały się żywe.

Spoglądała na dachy Ankh-Morpork i myślała tak: pismo to tylko słowa wypowiadane przez ludzi i ściśnięte między warstwami papieru, aż skamieniały (skamieliny były dobrze znane na Dysku: wielkie spiralne muszle i niepraktycznie skonstruowane istoty pozostałe z czasów, kiedy Stwórca nie zdecydował jeszcze, co właściwie chciałby stworzyć i tylko od niechcenia bawił się plejstocenem). A słowa wypowiadane przez ludzi to cienie prawdziwych obiektów. Niektóre obiekty były za wielkie, żeby zamknąć je w słowach, a nawet słowa zdarzały się zbyt potężne, żeby całkowicie okiełznać je pismem.

Wynikało z tego, że czasem pismo starało się zmienić w przedmiot. Myśli Esk w tym punkcie stawały się chaotyczne, ale była pewna, że prawdziwie magiczne słowa to te, które pulsują gniewnie, próbując wyrwać się i stać rzeczywistością.

Nie wyglądały zbyt ładnie.

A potem przypomniała sobie wczorajszy dzień.

Zdarzyło się coś dziwnego. Sale wykładowe na Uniwersytecie były zbudowane w kształcie lejków, z rzędami miejsc – wypolerowanych siedzeniami najsłynniejszych magów Dysku – wznoszących się stromo wokół środka, gdzie stał blat roboczy, parę tablic i tyle pustej podłogi, żeby dało się wykreślić przyzwoitych rozmiarów poglądowy oktagram. Pod ławkami było dużo wolnej przestrzeni i Esk uznała to za wygodny punkt obserwacyjny. Pomiędzy szpiczastymi butami studentów przyglądała się wykładowcom. Mogła odpocząć, gdy jednostajny ton wykładu dryfował ponad nią łagodnie jak brzęczenie trochę pijanych pszczół w Babcinym ogródku ziołowym. Nigdy nie widziała żadnej magii praktycznej, zawsze były to tylko słowa. Magowie najwyraźniej lubili słowa.

Ale wczoraj było inaczej. Esk siedziała w zakurzonym półmroku, usiłując rzucić choćby najprostszy czar, kiedy usłyszała, że drzwi otwierają się nagle i buty tupią o podłogę. Ten fakt był zaskakujący sam w sobie. Esk znała rozkład zajęć i wiedziała, że studenci drugiego roku byli w sali gimnastycznej na zajęciach ze Wstępu do Dematerializacji z Jeophralem Zwinnym. Oczywiście, studenci magii nie potrzebowali ćwiczeń fizycznych. Sala gimnastyczna była więc sporym pomieszczeniem ze ścianami wyłożonymi ołowiem i drewnem jarzębiny; neofici mogli pracować nad magią, nie wytrącając za bardzo świata z równowagi... Co nie znaczy, że czasem nie wyprowadzali z niej siebie. Magia nie zna miłosierdzia dla niezgrabiaszy. Niektórzy mało zręczni studenci mieli szczęście i wychodzili sami, innych wynoszono w butelkach.

Esk podglądała przez szpary między deskami. To nie byli studenci, to byli magowie. Sądząc po szatach, dość wysocy rangą. No i nie można było nie rozpoznać figury, która niczym źle poskładana marionetka wspięła się na katedrę wykładowcy, zderzyła się z pulpitem i przeprosiła odruchowo. To był Simon. Nikt inny nie miał takich oczu podobnych do dwóch surowych jaj w ciepłej wodzie i nosa czerwonego od wycierania. Dla Simona stężenie pyłków w powietrzu zawsze było za wysokie.

Esk przyszło do głowy, że gdyby nie jego ogólna alergia na całość Stworzenia, z porządnie przystrzyżonymi włosami i po kilku lekcjach manier, chłopak wyglądałby całkiem przystojnie. Była to nietypowa myśl i Esk odłożyła ją do późniejszego rozważenia.

Gdy tylko magowie zajęli miejsca, Simon rozpoczął wykład. Czytał z notatek, a kiedy tylko zacinał się na jakimś słowie, magowie jak jeden mąż wykrzykiwali je za niego chórem. Nie mogli się powstrzymać.

Po chwili kawałek kredy uniósł się z pulpitu i zaczął pisać na tablicy za Simonem. Esk dość już dowiedziała się o magii magów, by pojąć, że to niezwykły wyczyn. Simon przebywał na Uniwersytecie od kilku tygodni, a większość studentów opanowywała Lekką Lewitację dopiero pod koniec drugiego roku.

Biały słupek zgrzytał, przesuwając się po czarnej powierzchni do wtóru głosu Simona. Nawet pomijając jąkanie, chłopak nie był dobrym mówcą. Upuszczał kartki. Poprawiał się co chwilę. Używał „ee" i „no". W dodatku, przynajmniej w opinii Esk, nie mówił niczego ciekawego. Do jej kryjówki docierały pojedyncze frazy. „Zasadnicza osnowa przestrzeni", brzmiała jedna z nich. Esk nie wiedziała, co to znaczy, chyba że chodziło mu o płótno, czy może flanelę. „Przemienność macierzy możliwości" nic jej nie mówiła.

Czasem twierdził chyba, że nic nie istnieje, dopóki ludzie nie pomyślą, że istnieje i że świat trwa tylko dlatego, że ludzie go sobie wyobrażają. Ale zaraz potem mówił – chyba – że istnieje wiele światów, wszystkie prawie takie same i tak jakby zajmujące to samo miejsce, ale odsunięte od siebie na grubość cienia. Zatem cokolwiek może się zdarzyć, znajdzie właściwie miejsce do zdarzenia.

To jeszcze Esk mogła jakoś zrozumieć. Podejrzewała coś takiego od pierwszego sprzątania ubikacji starszych magów. A raczej odkąd laska zajęła się sprzątaniem, a Esk zbadała pisuary i – z pomocą niejasnych wspomnień kąpieli braci w cynowej balii przy piecu – sformułowała swoją nieoficjalną Ogólną Teorię Anatomii Porównawczej. Ubikacja starszych magów była zaczarowanym miejscem, z prawdziwą bieżącą wodą, ciekawymi wzorami na kafelkach, a co najważniejsze, z dwoma wielkimi, srebrnymi zwierciadłami zawieszonymi naprzeciw siebie. Kto zajrzał w takie zwierciadło, widział swoje odbicie powtarzane raz za razem, aż obraz stawał się za mały, żeby go rozpoznać. Tak po raz pierwszy Esk zapoznała się z koncepcją nieskończoności. Co więcej, podejrzewała nawet, że jedna z lustrzanych Esk, na samej granicy widzialności, pomachała jej ręką.

Było coś niepokojącego w używanych przez Simona zwrotach. Co chwila miała wrażenie, jakby tłumaczył, że świat jest równie realny jak bańka mydlana albo senna złuda.

Kreda z piskiem przemierzała swój szlak po tablicy. Czasami Simon zatrzymywał ją, żeby znaczenie używanych symboli wytłumaczyć magom, którzy – według Esk – podniecali się całkiem niemądrymi zdaniami. Potem kreda ruszała znowu i mknęła przez ciemność jak kometa, ciągnąc za sobą ogon pyłu.

Na zewnątrz słońce przygasało na niebie. Sala pociemniała, a słowa jarzyły się na tablicy, która przez to wydała się Esk bardziej czarna – jakby wcale jej tam nie było, jakby pozostał tylko prostokątny otwór wycięty w rzeczywistości.

Simon opowiadał dalej o świecie, zbudowanym podobno z maleńkich cząsteczek, których obecność w jakimś miejscu można wykryć jedynie przez to, że ich tam wcale nie ma: małych, wirujących kulek nicości, które magia potrafi skupić razem i stworzyć gwiazdy, motyle i diamenty. Wszystko zrobione było z pustki.

Zabawne, ale Simona wyraźnie to fascynowało.

Esk uświadamiała sobie tylko, że ściany sali stały się cienkie i niematerialne jak dym, jakby rozrastała się w nich pustka, by pochłonąć to, co określało je jako ściany. I zamiast tego czegoś pojawiała się znajoma zimna, pusta, połyskliwa równina z odległymi niskimi wzgórzami. I stworzenia stojące nieruchomo jak posągi i spoglądające w dół.

Było ich chyba więcej niż w jej snach. Przypominały ćmy garnące się do światła.

Różnica polegała na tym, że w porównaniu ze Stworami obserwującymi Simona pyszczek ćmy, nawet z bliska, jest miły jak u króliczka.

I wtedy wszedł woźny, żeby zapalić lampy. Stwory zniknęły, przemienione w całkiem niegroźne cienie przyczajone w zakamarkach sali.

W którymś momencie niedawnej przeszłości ktoś postanowił malowaniem ubarwić starożytne korytarze Uniwersytetu, zgodnie z niejasną ideą, że Nauka Powinna Być Przyjemnością. Jest faktem znanym we wszystkich wszechświatach, że niezależnie od doboru farb, instytucjonalna dekoracja zawsze kończy się na kolorach flegmowej zieleni, niedostrzegalnego brązu, nikotynowej żółci albo chirurgicznego różu. W wyniku mało zbadanego procesu rezonansu współczulnego, korytarze pomalowane na takie barwy zawsze pachną lekko gotowaną kapustą – nawet jeśli w okolicy nigdy nie gotowano kapusty.

Pośród labiryntu korytarzy zadźwięczał dzwonek. Esk zeskoczyła lekko z parapetu, chwyciła laskę i zaczęła gorliwie zamiatać. Drzwi otwierały się i studenci wychodzili z sal. Omijali ją tak, jak woda opływa kamień. Przez kilka minut panował całkowity chaos. Potem zatrzasnęły się drzwi, kilka spóźnionych stóp przeczłapało w dali i Esk znowu została sama.

Nie po raz pierwszy żałowała, że laska nie umie mówić. Inne służące traktowały ją przyjaźnie, ale przecież nie mogła z nimi szczerze rozmawiać. Przynajmniej nie o magii.

Powoli dochodziła do wniosku, że powinna nauczyć się czytać. Czytanie wydawało się kluczem do sztuki magów, która polegała wyłącznie na słowach. Magowie uważali chyba, że imiona są tym samym co rzeczy: że jeśli zmieni się nazwę, zmieni się też przedmiot. Takie przynajmniej miała wrażenie...

Czytanie. To oznacza bibliotekę. Simon twierdził, że są tam tysiące książek, a wśród tych wszystkich słów na pewno znajdzie się jedno czy dwa, które Esk potrafi przeczytać.

Przerzuciła sobie laskę przez ramię i stanowczym krokiem ruszyła do gabinetu pani Whitlow.

Była już prawie na miejscu, kiedy nagle odezwała się ściana.

– Psst!

Esk spojrzała na nią i okazało się, że to Babcia. Rzecz nie w tym, że potrafiła uczynić się niewidzialną, ale raczej umiała zlać się z tłem tak, że była niezauważalna.

– Jak sobie tu radzisz? – spytała. – Jak ci idzie magia?

– Co ty tu robisz, Babciu? – zdziwiła się Esk.

– Wpadłam powróżyć pani Whitlow. – Babcia z satysfakcją podniosła spore zawiniątko używanej odzieży. Jej uśmiech zbladł jednak pod surowym wzrokiem Esk.

– No cóż, w mieście panują inne zwyczaje – wyjaśniła. – Ludzie w mieście zawsze się martwią o przyszłość. Bierze im się to z jedzenia nienaturalnych produktów. Zresztą... – dodała, uświadamiając sobie nagle, że się tłumaczy – dlaczego nie miałabym wróżyć?

– Zawsze mówiłaś, że Hilta wykorzystuje głupotę swojej płci – odparła Esk. – Mówiłaś, że ten, kto wróży, powinien się wstydzić, a poza tym wcale ci niepotrzebne stare ubrania.

– Oszczędnością i pracą ludzie się bogacą – rzekła wyniośle Babcia. Całe życie nosiła stare ubrania i nie miała zamiaru pozwalać, żeby chwilowe powodzenie zmieniło jej obyczaje. – Karmią cię tu dobrze?

– Tak. Babciu, te czary magów, to wszystko tylko słowa...

– Zawsze to powtarzałam.

– Nie. Rzecz w tym... – zaczęła Esk, ale Babcia z irytacją machnęła ręką.

– W tej chwili nie mam czasu – oświadczyła. – Na dziś wieczór mam duże zamówienie. Jeśli tak dalej pójdzie, będę musiała kogoś przeszkolić. Mogłabyś mnie odwiedzić, kiedy dostaniesz wolne popołudnie czy co tam ci dadzą?

– Przeszkolić kogoś? – Esk była wstrząśnięta. – To znaczy: na czarownicę?

– Nie – odpowiedziała Babcia. – To znaczy: może.

– Ale co ze mną?

– Ty idziesz swoją drogą. Gdziekolwiek ona prowadzi.

– Mhm – mruknęła Esk.

Babcia przyjrzała się jej.

– Muszę iść – rzekła.

Odwróciła się i pomaszerowała do kuchennego wejścia. Płaszcz rozwiał się za nią i Esk zauważyła, że jest podszyty czerwienią. Ciemną czerwienią wina, ale jednak. U Babci, która nigdy nie nosiła żadnej wierzchniej odzieży w kolorze innym niż praktyczna czerń, sprawiało to oszałamiające wrażenie.

– Biblioteka? – zdziwiła się pani Whitlow. – Nie wydaje mi się, żeby ktoś sprzątał w bibliotece.

Sprawiała wrażenie szczerze zdziwionej.

– Dlaczego? – spytała Esk. – Nie kurzy się tam?

– No... – Pani Whitlow zastanowiła się. – Skoro już o tym wspomniałaś, to chyba tak. Jakoś nigdy mi to nie przyszło do głowy.

– Widzi pani, wszędzie poza tym już posprzątałam.

– No tak. Posprzątałaś, rzeczywiście.

– Właśnie.

– Rzecz w tym, że nigdy dotąd... tego nie robiliśmy – wykrztusiła pani Whitlow. – Ale słowo daję, nie mam pojęcia dlaczego.

– Właśnie – powtórzyła Esk.

– Uuk? – zapytał bibliotekarz i cofnął się przed Esk. Dziewczynka słyszała o nim i zjawiła się przygotowana. Podała mu banana.

Orangutan powoli wyciągnął rękę i wyrwał jej owoc, tryumfalnie szczerząc zęby.

Istnieją być może wszechświaty, gdzie bibliotekarstwo uchodzi za zawód spokojny, gdzie zagrożenie ogranicza się do grubych tomów spadających z górnych półek na głowę. Jednak funkcja strażnika magicznej biblioteki to nie zajęcie dla osób nieostrożnych. Zaklęcia posiadają moc, a spisanie ich i wciśnięcie między okładki wcale tej mocy nie zmniejsza. Magia wycieka. Księgi reagują ze sobą, tworząc losowe czary obdarzone własną osobowością. Księgi magiczne zwykle są przykuwane do półek, ale nie po to, by chronić je przed kradzieżą...

Jeden z magicznych wypadków zmienił bibliotekarza w małpę. Od tego czasu opierał się wszelkim próbom przemiany powrotnej, argumentując językiem migowym, że życie orangutana jest o wiele przyjemniejsze od życia istoty ludzkiej. Wszystkie wielkie problemy filozoficzne zredukowały się do pytania, z której strony zjawi się kolejny banan. Zresztą długie ramiona i chwytne stopy znakomicie się przydawały do pracy na wysokich półkach.

Esk wręczyła mu całą kiść bananów i zanim zdążył zaprotestować, zniknęła między regałami.

Nigdy jeszcze nie widziała więcej niż jednej książki naraz, więc i ta biblioteka nie różniła się dla niej od innych bibliotek. Owszem, dziwiło ją nieco, że podłoga w dali staje się ścianą, regały wyczyniają niezwykłe sztuczki ze wzrokiem i skręcają chyba w większej ilości wymiarów niż normalne trzy. Mógł też zaskoczyć widok półek z książkami na suficie, a czasem jakiegoś studenta spacerującego między nimi jak gdyby nigdy nic.

Wszystko to wynikało z faktu, że magia w takim stężeniu zakrzywia wokół siebie przestrzeń. Pod regałami samo płótno czy może flanela wszechświata skręcała się w niezwykłe formy. Miliony uwięzionych, niezdolnych do ucieczki słów, deformowały rzeczywistość.

Esk uznała za logiczne, że między tyloma książkami kryje się ta, która mówi, jak przeczytać wszystkie pozostałe. Nie wiedziała jeszcze, jak ją znajdzie, ale w głębi duszy czuła, że powinna mieć na okładce obrazki miłych króliczków i wesołych kotków.

Nie można powiedzieć, by w bibliotece panowała cisza. Od czasu do czasu rozlegał się zgrzyt i trzask magicznego wyładowania, oktarynowe iskry przeskakiwały między półkami, a łańcuchy dzwoniły cicho. I oczywiście słychać było szelest tysięcy stronic w ich krytych skórą więzieniach.

Esk upewniła się, że nikt nie zwraca na nią uwagi, po czym wyjęła pierwszy tom. Otworzył się jej w dłoniach i przekonała się zniechęcona, że zawiera takie same niemiłe dla oka diagramy jak książka Simona. Pismo było całkowicie obce i Esk ucieszyła się z tego – byłoby straszne wiedzieć, co oznaczają te wszystkie litery; wydawały się zbudowane z paskudnych stworzeń robiących sobie nawzajem skomplikowane rzeczy. Z trudem zatrzasnęła księgę, choć miała wrażenie, że słowa bronią się przed tym desperacko. Na okładce był rysunek istoty podejrzanie podobnej do jednego ze Stworów z lodowatej pustyni. Z pewnością nie przypominał wesołego kotka.

– Hej! Jes-steś Esk, prawda? S-skąd się tu w-w-wzięłaś?

To był Simon. Stał przed nią, trzymając po jednej książce pod każdą pachą. Esk zaczerwieniła się.

– Babcia nie chce mi powiedzieć – odparła. – Myślę, że ma to jakiś związek z mężczyznami i kobietami.

Simon popatrzył na nią zdumiony. Esk jeszcze raz przemyślała jego pytanie.

– Pracuję tutaj. Sprzątam. – Na potwierdzenie swych słów machnęła laską.

– Tutaj?

Esk czuła się samotna, zagubiona i bardziej niż odrobinę zdradzona. Wszyscy byli tak zajęci własnym życiem... wszyscy oprócz niej. Jej pozostało już tylko sprzątanie po magach. To niesprawiedliwe i miała już tego dosyć.

– Właściwie to nie. Właściwie to chcę się nauczyć czytać, żeby zostać magiem.

Chłopiec przyglądał się jej załzawionymi oczami. Potem delikatnie wziął od niej księgę i przeczytał tytuł.

– „*Demonylogie Malyfycorum of Henchanse thee Unsatysfactory*". Jak chciałaś p-przeczytać coś takiego?

– No... – zaczęła Esk. – No wiesz, trzeba próbować, aż się uda. Prawda? Tak samo jak przy dojeniu kóz, robieniu na drutach albo...

Jej głos przycichł.

– Nic o tym nie w-wiem. Te ks-siążki mogą się zachow-wyw-wać trochę, no, agres-s-sywnie. Jeśli nie będziesz os-s-stróżna, to one zaczną cię czytać.

– Nie rozumiem.

– S-s-s...

– Słyszałem – dokończyła odruchowo Esk.

– ...że był kiedyś mag, który zaczął czytać „*Necrotelecomnicon*" i pozw-w...

– ...pozwolił...

– ... sobie na brak s-s-s...

– ...skupienia...

– ...a nas-s-stępnego ranka znaleźli całe jego ub-branie na krześle, na w-wierzchu kapelusz, a książka miała...

Esk zatkała uszy, ale nie za mocno, żeby niczego nie stracić.

– Nie chcę tego słuchać, jeśli to coś okropnego.

– ...miała o w-w-wiele w-więcej kartek.

Esk wyjęła palce z uszu.

– Było coś na tych kartkach?

Simon z powagą kiwnął głową.

– Tak. Na każdej s-s-stronicy b-b...

– Nie – przerwała mu Esk. – Nawet nie chcę sobie tego wyobrażać. Nie myślałam, że czytanie jest takie niebezpieczne. Babcia na przykład codziennie czytała swój „Almanach" i nigdy nic się z nią nie stało.

– Bo zw-wyczajne s-s-s...

– ...słowa...

– ...nie są groźne – zgodził się wielkodusznie Simon.

– Jesteś tego całkiem pewien?

– Tylko s-słowa, które mają moc. – Simon stanowczo wsunął księgę z powrotem na półkę. Zabrzęczała na niego łańcuchem. – S-s-słyszałaś pewnie, że p-pióro jest mocniejsze od m-m...

– ...miecza? – dokończyła Esk. – Niby tak, ale wolałbyś, żeby czym cię uderzyli?

– Hm... Chyba nie w-warto ci mówić, że nie p-powinnaś tu przebywać.

Esk zastanawiała się chwilę odpowiednią do rangi problemu.

– Nie – stwierdziła. – Chyba nie warto.

– Mógłbym zaw-wołać w-woźnych, żeby cię s-stąd zabrali.

– Mógłbyś, ale nie zawołasz.

– Nie chciałbym t-tylko, żeby ci się s-s-s...

– ...stało...

– ...coś złego. Naprawdę. To może b-być n-niebezpiecz...

Esk dostrzegła mgliste poruszenie nad jego głową. Przez jedną chwilę widziała je: wielkie szare kształty z zimnego świata. Patrzyły. I w niemal pustej bibliotece, kiedy ciężar magii szczególnie mocno naciskał na mury Uniwersytetu, postanowiły Działać.

Ściszony szelest papieru wzniósł się w rozpaczliwe przewracanie kartek. Niektóre z potężniejszych ksiąg zdołały wyrwać się z półek i machając wściekle okładkami fruwały na naprężonych łańcuchach. Cieżki grimoire zanurkował z gniazda na najwyższej półce, zerwał się i odleciał jak przerażone kurczę, gubiąc po drodze kartki.

Magiczny wiatr zerwał Esk z głowy chustkę i rozwiał włosy. Widziała, jak Simon przytrzymuje się regału. Wokół eksplodowały książki. Powietrze zgęstniało i nabrało metalicznego smaku.

– Próbują się wedrzeć! – krzyknęła.

Simon odwrócił ku niej udręczoną twarz. Ogarnięty paniką inkunabuł trafił go ciężko w potylicę i powalił na rozkołysaną podłogę, po czym odfrunął wysoko ponad regałami. Esk uchyliła się przed stadkiem słowników, ciągnących za sobą półkę. Na czworaka podeszła do Simona.

– Dlatego książki są takie wystraszone! – wrzasnęła mu prosto do ucha. – Widzisz te Stwory tam na górze?

Simon w milczeniu pokręcił głową. Tuż nad nimi księga zerwała się z łańcucha i zasypała ich deszczem kartek.

Groza może wtargnąć do umysłu wszystkimi zmysłami. Wystarczy wymowny śmiech w zamkniętym, ciemnym pokoju, widok połówki gąsienicy na widelcu sałaty, dziwny zapach w pokoju lokatora, smak robaka w sałatce z kalafiora. Dotyk zwykle nie bierze w tym udziału.

Teraz jednak coś stało się z podłogą pod palcami Esk. Spojrzała w dół. Mięśnie zesztywniały jej z przerażenia, ponieważ zakurzone deski podłogi nagle wydały się sypkie. I suche. I bardzo, bardzo zimne.

Między jej palcami przesypywał się drobny, srebrzysty piasek.

Chwyciła laskę i osłaniając oczy od wiatru machnęła w kierunku wyrastających ponad nią kształtów. Przyjemnie byłoby poinformować, że oślepiający błysk białego ognia oczyścił lepkie powietrze. Niestety, nie nastąpił...

Laska zwinęła się jak wąż i trzasnęła Simona w skroń.

Szare Stwory zafalowały i zniknęły.

Rzeczywistość powróciła i starała się udawać, że ani na chwilę nie odchodziła. Cisza opadła jak gruby aksamit, fala za falą. Ciężka, powtarzająca echa cisza. Kilka książek opadło bezwładnie na podłogę; czuły się trochę głupio.

Podłoga pod stopami Esk z całą pewnością była drewniana. Dziewczynka kopnęła ją mocno, żeby się upewnić.

Na deskach zostały plamy krwi, a wśród nich leżał nieruchomo Simon. Esk przyjrzała się najpierw jemu, potem spokojnemu już powietrzu, na końcu lasce. Ta wyglądała na zadowoloną z siebie.

Usłyszała dalekie wołania i tupot nóg.

Dłoń podobna w dotyku do cienkiej skórzanej rękawiczki wsunęła się w jej rękę, a głos za plecami bardzo cicho powiedział:

– Uuk.

Obejrzała się. I spojrzała z góry na łagodną, małpią twarz bibliotekarza. Łatwo zrozumiałym gestem przyłożył palec do ust i szarpnął ją za rękę.

– Zabiłam go – szepnęła.

Bibliotekarz pokręcił głową i szarpnął mocniej.

– Uuk – wyjaśnił. – Uuk.

Wciągnął ją za sobą w boczny zaułek labiryntu starożytnych regałów. Kilka sekund później zza rogu wynurzyła się zaalarmowana hałasem grupa starszych magów.

– Książki znów się pobiły...

– No nie! Przez całe wieki będziemy wyłapywać zaklęcia. Wiesz przecież, że zawsze znajdą sobie jakąś kryjówkę...

– Kto to leży na podłodze?

Milczeli przez chwilę.

– Jest nieprzytomny. Chyba oberwał półką.

– Co to za jeden?

– Nowy. Słyszeliście pewnie o nim. Podobno ma całą głowę wypełnioną mózgiem.

– Gdyby ta półka trafiła kawałek dalej, przekonalibyśmy się, czy to prawda.

– Wy dwaj, zabierzcie go do izby chorych. A reszta niech spróbuje wyłapać książki. Gdzie jest ten przeklęty bibliotekarz? Powinien dopilnować, żeby nie powstała Masa Krytyczna.

Esk zerknęła z ukosa na orangutana, który pokiwał do niej brwiami. Z najbliższej półki zdjął zakurzony tom zaklęć ogrodniczych, a z powstałej wnęki wyciągnął brązowego banana. Zjadł go ze spokojną pewnością kogoś, kto wie, że wszelkie problemy należą wyłącznie do istot ludzkich.

Esk spojrzała w przeciwną stronę, na trzymaną w ręce laskę. Wiedziała, że jej palce nie ześliznęły się. Laska zaatakowała Simona z mordem w swym drewnianym sercu.

Chłopiec leżał w wąskim pokoiku na twardym posłaniu, z zimnym kompresem na czole. Treatle i Cutangle przyglądali mu się z niepokojem.

– Jak długo już? – spytał Cutangle.

Treatle wzruszył ramionamai.

– Trzy dni.

– I ani razu nie odzyskał przytomności?

– Nie.

Cutangle usiadł ciężko na brzegu łóżka i ze znużeniem zaczął masować nasadę nosa. Simon nigdy nie miał zdrowego wyglądu, ale teraz jego twarz była przerażająco wychudzona i blada.

– Niezwykły umysł – westchnął mag. – Jego wyjaśnienie wewnętrznych zasad rządzących magią i materią... Szokujące.

Treatle przytaknął.

– Pomyśl, jak szybko chłonie wiedzę. Przez całe życie jestem magiem, ale nigdy jakoś nie rozumiałem magii, dopóki on mi jej nie wytłumaczył. Tak jasno. Tak... przystępnie.

– Wszyscy to powtarzają – przyznał ponuro Treatle. – Mówią, że czuli się tak, jakby nagle ktoś zdjął im przepaskę z oczu i po raz pierwszy zobaczyli światło.

– Tak właśnie było. To materiał na czarodziciela, to pewne. Miałeś rację przywożąc go tutaj.

Przez chwilę trwała pełna zadumy cisza.

– Tylko... – zaczął Treatle.

– Tylko co? – spytał Cutangle.

– Tylko co właściwie zrozumiałeś, mistrzu? – spytał Treatle. – To właśnie mnie niepokoi. To znaczy... Czy mógłbyś to wyjaśnić?

– Jak to: wyjaśnić? – Cutangle trochę się zmartwił.

– To, o czym on ciągle opowiada. – W głosie Treatle'a zabrzmiała nuta desperacji. – Oczywiście, wiem, że to wszystko prawda. Ale co to właściwie jest?

Cutangle przyglądał mu się z otwartymi ustami. Wreszcie zaczął mówić.

– To proste. Magia wypełnia wszechświat, rozumiesz, i za każdym razem, kiedy wszechświat się zmienia... nie, chciałem powiedzieć, że za każdym przywołaniem magii zmienia się wszechświat, tylko że we wszystkich kierunkach równocześnie, rozumiesz, i... – Gestykulował niepewnie, próbując dostrzec na twarzy Treatle'a iskierkę zrozumienia. – Może inaczej... Każdy obiekt materialny, na przykład pomarańcza albo świat, albo... albo...

– ...krokodyl... – podpowiedział Treatle.

– Tak, krokodyl, albo... cokolwiek, w istocie ukształtowane jest w formie marchewki...

– Tego nie pamiętam – przerwał mu Treatle.

– Jestem pewien, że o tym mówił – stwierdził stanowczo Cutangle. Zaczynał się pocić.

– Nie... Ja zapamiętałem ten kawałek, że kiedy człowiek odejdzie dostatecznie daleko w dowolnym kierunku, zobaczy tył własnej głowy...

– Na pewno nie mówił o głowie kogoś innego?

Treatle zastanowił się.

– Nie. Na pewno chodziło mu o własną – stwierdził. – I jeszcze dodał, że potrafi to udowodnić.

Przez chwilę dumali w milczeniu.

Wreszcie odezwał się Cutangle, wolno i z naciskiem.

– Ja widzę to w ten sposób – rzekł. – Zanim go wysłuchałem, byłem człowiekiem jak inni. Wiesz, o co mi chodzi? Byłem zagubiony, niepewny wszystkich szczegółów życia. Ale teraz... – rozjaśnił się. – Teraz nadal jestem zagubiony i niepewny, ale na poziomie o wiele wyższym. Wiem przynajmniej, że nie mam pojęcia o rzeczywiście fundamentalnych, kluczowych kwestiach wszechświata.

Treatle pokiwał głową.

– Nie przyszło mi to do głowy – wyznał. – Ale masz absolutną rację, mistrzu. On istotnie odsunął granice naszej ignorancji. Tak wielu rzeczy o wszechświecie jeszcze nie wiemy...

Obaj sycili się świadomością, że nie wiedzą o wiele więcej od normalnych ludzi, którzy nie mieli pojęcia jedynie o sprawach zwyczajnych.

– Mam tylko nadzieję, że wyzdrowieje – westchnął po chwili Treatle. – Gorączka już minęła, ale jakoś nie chce się obudzić.

Zjawiły się dwie posługaczki z miednicą wody i świeżymi ręcznikami. Jedna z nich niosła dość zużytą miotłę. Kiedy wzięły się do zmiany przepoconej pościeli, obaj magowie wyszli, nadal omawiając rozległe obszary niewiedzy, jakie odkrył światu geniusz Simona.

Babcia odczekała, aż ucichną ich kroki, i zdjęła z głowy chustkę.

– Paskudztwo – mruknęła. – Esk, idź do drzwi i nasłuchuj.

Zdjęła Simonowi z czoła mokry ręcznik i zbadała temperaturę.

– Dziękuję, że zgodziłaś się przyjść – odezwała się dziewczynka. – Wiem, że masz mnóstwo pracy i w ogóle...

– Mhm... – Babcia zacisnęła usta. Zajrzała Simonowi pod powieki i sprawdziła puls. Przyłożyła ucho do jego ksylofonowej piersi i posłuchała bicia serca. Przez chwilę siedziała nieruchomo, sondując głowę.

Zmarszczyła czoło.

– Nic mu nie jest? – spytała niespokojnie Esk.

Babcia popatrzyła na kamienne ściany.

– Niech licho porwie to miejsce – powiedziała. – To nie jest właściwie otoczenie dla chorych.

– Tak, ale czy nic mu nie jest?

– Co? – Babcia ocknęła się, wyrwana z zadumy. – Aha. Nie, nic. Gdziekolwiek się teraz znajduje.

Esk spojrzała na nią, potem na ciało Simona.

– Nikogo tu nie ma – wyjaśniła krótko Babcia.

– Nie rozumiem.

– Posłuchajcie tylko tej małej! Można by pomyśleć, że niczego jej nie nauczyłam. To znaczy, że jego umysł Wędruje. Wyszedł z siebie.

Zerknęła na chłopca z czymś bliskim podziwu.

– Zadziwiające – dodała. – Nie spotkałam jeszcze maga, który umiałby Pożyczać.

Wargi Esk uformowały się w przerażone „O".

– Pamiętam, kiedy byłam jeszcze mała, stara Nania Annaple ruszyła Wędrować. Chyba za bardzo się przyzwyczaiła do bycia lisicą. Szukaliśmy jej całymi dniami. A potem byłaś ty. Nigdy bym cię nie znalazła, gdyby nie ta laska i... Co z nią zrobiłaś, dziewczyno?

– Uderzyła go – wyjaśniła Esk. – Chciała go zabić. Wrzuciłam ją do rzeki.

– Niezbyt ładnie się odwdzięczyłaś za ocalenie – skarciła ją Babcia.

– Ocaliła mnie bijąc Simona?

– Jeszcze nie zrozumiałaś? On przyzywał te... Stwory.

– To nieprawda!

Babcia patrzyła w uparte oczy Esk i myślała: Straciłam ją. Trzy lata pracy wrzucone do wygódki. Nie może być magiem, ale przynajmniej mogła zostać czarownicą.

– A dlaczegóż to nieprawda, panno Mądralińska?

– Nie zrobiłby czegoś takiego! – Esk była bliska płaczu. – Słyszałam, co mówił. On jest... on nie jest zły, jest mądry, prawie już zrozumiał, jak wszystko działa i...

– Przypuszczam, że istotnie jest miłym chłopcem – przyznała niechętnie Babcia. – Nie nazwałam go przecież czarnym magiem.

– To są okropne Stwory! – szlochała Esk. – On by ich nie wzywał, on pragnie wszystkiego, czym one nie są, a ty jesteś złośliwą, starą...

Policzek zagrzmiał jak uderzenie dzwonu. Esk zatoczyła się, pobladła i zaszokowana. Babcia stała drżąca z uniesioną ręką.

Tylko raz uderzyła dotąd Esk – dała jej klapsa, jakiego zawsze dostaje dziecko, kiedy przedstawia się światu, kiedy zyskuje ogólne pojęcie, czego może od świata oczekiwać. Ale to był jedyny raz. W ciągu trzech lat pod jednym dachem znalazłoby się dość powodów, jak choćby przypalone mleko czy kozy lekkomyślnie pozostawione bez wody. Jednak ostre słowo lub jeszcze ostrzejsze milczenie odnosiło lepszy skutek niż siła fizyczna. I nie zostawiało sińców.

Babcia chwyciła Esk za ramiona i spojrzała jej prosto w oczy.

– Posłuchaj – powiedziała z naciskiem. – Czy nie powtarzałam ci zawsze, że jeśli używasz magii, powinnaś iść przez świat jak nóż przechodzi przez wodę? Mówiłam to?

Esk jak zahipnotyzowana kiwnęła głową.

– A ty myślałaś, że to gadanie starej Babci, co? Ale rzecz w tym, że jeśli używasz magii, zwracasz na siebie uwagę. Ich uwagę. One bez przerwy obserwują nasz świat. Zwykłe umysły są dla Nich mgliste, prawie niewidoczne. Ale umysł obdarzony mocą błyszczy, rozumiesz, jest dla Nich jak latarnia. To nie ciemność Je przyciąga, to światło. Światło, które stwarza cienie.

– Ale... ale... dlaczego je przyciąga? Czego One chcą?

– Życia i formy – rzekła Babcia.

Jakby nagle straciła siły. Puściła dziewczynkę.

– Właściwie są godne litości – powiedziała. – Nie mają własnego życia ani kształtu, jedynie takie, jakie potrafią ukraść. Nie łatwiej im przeżyć w naszym świecie, niż rybie w płomieniach, ale to nie powstrzymuje Ich od prób. I mają akurat dość sprytu, żeby nas nienawidzić, ponieważ żyjemy.

Esk zadrżała. Pamiętała sypki, srebrzysty piasek.

– Czym One są? Zawsze myślałam, że to... to rodzaj demonów.

– Nie. Nikt tego nie wie. Są po prostu Stworami z Piekielnych Wymiarów poza wszechświatem. To wszystko. Istoty z cieni.

Pochyliła się nad nieruchomą postacią Simona.

– Nie domyślasz się przypadkiem, gdzie się podział? – spytała, zerkając chytrze na dziewczynkę. – Nie poleciał chyba fruwać z mewami, co?

Esk pokręciła głową.

– Nie – mruknęła Babcia. – Nie liczyłam na to. One go dostały, zgadza się?

To nie było pytanie. Esk przytaknęła. Jej twarz zmieniła się w maskę cierpienia.

– To nie twoja wina – pocieszyła ją Babcia. – Jego umysł stworzył im przejście, a kiedy stracił przytomność, zabrały go ze sobą. Tylko...

Zabębniła palcami po krawędzi łóżka. Zdawało się, że podjęła decyzję.

– Kto tu jest najważniejszym magiem? – spytała.

– Um... Mistrz Cutangle. Jest Nadrektorem. To jeden z tych dwóch, co tu byli.

– Ten gruby czy ten podobny do strużki octu?

Esk oderwała swe myśli od wizerunku Simona na zimnej pustyni.

– Jest magiem Ósmej Rangi i trzydziestotrzystopniowym mędrcem.

– To znaczy, że jest skrzywiony? – zdziwiła się Babcia. – Za długo przebywasz z magami, moje dziecko, i zaczęłaś traktować ich poważnie. Oni wszyscy nazywają się Najwyższy Mistrz Tego czy Imperialny Mędrzec Tamtego. To należy do gry. Nawet iluzjoniści to robią, chociaż przynajmniej ci powinni mieć więcej rozumu. Ale nie, wszystkim ogłaszają, że są Zadziwiającymi-Maksem-i-Klarą. Wszystko jedno. Gdzie jest ten twój Najwyższy Rumbabumba?

– Jedzą teraz kolację w Głównym Holu – poinformowała Esk. – Czy on potrafi sprowadzić Simona z powrotem?

– To właśnie jest najtrudniejsze. Sądzę, że każda z nas bez trudu mogłaby sprowadzić z powrotem Coś, zwyczajnie chodzącego i rozmawiającego jak każdy. Czy byłby to Simon, to całkiem inna para fretek.

Wstała.

– Poszukajmy tego Głównego Holu. Nie ma czasu.

– Ehm... Nie wpuszczają tam kobiet – szepnęła Esk.

Babcia zatrzymała się w progu. Wyprostowała ramiona. I odwróciła się powoli.

– Co takiego powiedziałaś? Czyżby moje stare uszy mnie zmyliły? Tylko mi nie mów, że tak, bo wiem, że nie.

– Przepraszam. – Esk westchnęła. – Siła przyzwyczajenia.

– Właśnie widzę, że zaczynasz miewać pomysły, które ci nie przystoją – stwierdziła lodowato Babcia. – Idź poszukaj kogoś, kto przypilnuje tego biedaka. A my przekonamy się, cóż takiego jest w tym Głównym Holu, że nie wolno nam postawić w nim nogi.

I tak się stało, że gdy wszyscy wykładowcy, administratorzy i studenci Niewidocznego Uniwersytetu spożywali kolację w pradawnym holu, drzwi otworzyły się gwałtownie. Dramatyczny efekt został lekko osłabiony, kiedy odbiły się od kuchcika i uderzyły Babcię w goleń. Zamiast więc maszerować po czarno-białej podłodze dumnym krokiem, jak to sobie zaplanowała, zmuszona była na wpół podskakiwać, na wpół utykać. Miała tylko nadzieję, że utyka z godnością.

Esk szła za nią, czując na sobie spojrzenia setek zwróconych ku nim oczu.

Szum rozmów i brzęk sztućców cichły z wolna. Przewróciło się kilka krzeseł. Na drugim końcu sali najpoważniejsi magowie siedzieli przy głównym stole, który unosił się o kilka stóp nad podłogą. Patrzyli na Babcię.

Mag średniej rangi – Esk poznała w nim wykładowcę astrologii stosowanej – podbiegł do nich, wymachując rękami.

– Nienienienie – krzyczał. – Pomyliłyście drzwi. Musicie wyjść.

– Proszę nie zwracać na mnie uwagi. – Babcia wyminęła go ze spokojem.

– Nienienie, to wbrew tradycji. Musicie odejść natychmiast. Damom nie wolno tu wchodzić.

– Nie jestem damą, tylko czarownicą – odparła Babcia. Obejrzała się na Esk. – Czy ten jest bardzo ważny?

– Chyba nie.

– Dobrze. – Babcia zwróciła się do wykładowcy. – Idź, poszukaj mi jakiegoś ważnego maga. Byle szybko.

Esk stuknęła ją w plecy. Kilku magów obdarzonych większą przytomnością umysłu wymknęło się na korytarz i teraz uniwersyteccy woźni zbliżali się groźnie od drzwi, do wtóru okrzyków i wycia studentów. Esk nigdy nie lubiła woźnych, którzy prowadzili własne życie w osobnych kwaterach, ale teraz ogarnęła ją fala współczucia.

Dwóch wyciągnęło swoje owłosione łapska i złapało Babcię za ramiona. Sięgnęła ręką za plecy, wykonała kilka błyskawicznych ruchów i po chwili obaj mężczyźni odskoczyli gwałtownie, ściskając się za rozmaite części ciała i przeklinając głośno.

– Szpilka do kapelusza – wyjaśniła Babcia.

Wolną ręką złapała Esk i ruszyła w stronę głównego stołu, patrząc groźnie na każdego, kto choćby wyglądał, jakby miał ochotę stanąć jej na drodze. Młodsi studenci, którzy potrafili docenić darmową rozrywkę, tupali, klaskali i walili talerzami o blaty.

Główny stół z hukiem opadł na posadzkę, a starsi magowie pospiesznie ustawili się gęsiego za Cutangle'em, który usiłował przywołać wszystkie rezerwy godności. Nie bardzo mu się to udawało; trudno jest wyglądać godnie z serwetką pod brodą.

Uniósł dłoń nakazując ciszę i cały hol zamarł w oczekiwaniu. Babcia i Esk zbliżały się do niego. Po drodze Babcia z zaciekawieniem przyglądała się portretom i posągom dawnych magów.

– Co to za jedni? – rzuciła kątem ust.

– To byli główni magowie – szepnęła Esk.

– Mieli chyba zatwardzenie. Nie spotkałam jeszcze całkiem zdrowego maga.

– Wiem tylko, że zbiera się na nich kurz.

Cutangle stanął w szerokim rozkroku, z rękami wspartymi na biodrach i brzuchem przywodzącym na myśl narciarski stok dla początkujących. Pozycję taką zwykło się łączyć z Henrykiem VIII, czasem obejmując też Henryków IX i X.

– A więc? – zapytał. – Co ma znaczyć ten skandal?

– Jest ważny? – zwróciła się Babcia do Esk.

– Ja, droga pani, jestem Nadrektorem! Tak się składa, że kieruję tym Uniwersytetem. A pani wkroczyła bez zezwolenia na bardzo niebezpieczny teren. Ostrzegam... Proszę tak na mnie nie patrzeć!

Cutangle cofnął się, unosząc dłoń dla ochrony przed wzrokiem Babci. Magowie za jego plecami rozbiegli się i pochowali za przewracanymi stołami.

Oczy Babci zmieniły się.

Esk nigdy ich jeszcze takimi nie widziała. Były idealnie srebrne, jak małe okrągłe zwierciadła. I odbijały wszystko, na co patrzyły. Cutangle był znikomo małym punkcikiem w ich głębinie, z otwartymi ustami i cieniutkimi rączkami wymachującymi rozpaczliwie.

Nadrektor cofając się trafił na filar i ten wstrząs pomógł mu się opanować. Gniewnie potrząsnął głową, wyciągnął rękę i posłał w czarownicę strumień białego ognia.

Nie odwracając swego lustrzanego spojrzenia, podniosła dłoń i odbiła ogień w górę. Huknęła eksplozja i posypały się odłamki kafelków.

Szerzej otworzyła oczy.

Cutangle zniknął. Tam, gdzie stał, wił się gotów do ataku ogromny wąż.

Babcia zniknęła. Tam, gdzie stała, leżał duży, wilklinowy kosz.

Wąż zmienił się w olbrzymiego gada z mgieł czasu.

Kosz stał się śnieżną zamiecią Lodowych Gigantów, pokrywającą szronem ryczącego potwora.

Gad stał się szablozębnym tygrysem, szykującym się do skoku.
Wichura stała się jamą pełną bulgoczącej smoły.
Tygrys zdążył przemienić się w pikującego orła.
Smoła zmieniła się w ozdobny ptasi kaptur.

Obrazy zamigotały, jeden kształt zastępował drugi, stroboskopowe cienie tańczyły po ścianach holu. Zerwał się magiczny wiatr, gęsty i lepki, krzesający z palców i bród oktarynowe iskry. Pośród tego zamętu Esk załzawionymi oczyma ledwie dostrzegała sylwetki Babci i Cutangle'a, szkliste posągi w wirach pędzących obrazów.

Docierało do niej coś jeszcze: wysoki dźwięk na samej granicy słyszalności.

Słyszała go już wcześniej na lodowatej równinie – podniecony świergot, szum ula, dźwięk mrowiska...

– Nadchodzą! – zawołała przekrzykując hałas. – Idą tutaj! Teraz!

Wydostała się zza stołu, gdzie szukała kryjówki przed czarodziejskim pojedynkiem i spróbowała podbiec do Babci. Podmuch pierwotnej magii oderwał ją od podłogi i cisnął na krzesło.

Brzęczenie rozlegało się coraz głośniej i powietrze szumiało niczym trzydniowe zwłoki w letni dzień. Esk raz jeszcze spróbowała dosięgnąć Babci, ale odskoczyła, kiedy zielony płomień objął jej rękę i przypalił włosy.

Rozejrzała się za magami, ale ci chowali się przed magicznymi wyładowaniami za poprzewracane meble. Okultystyczny sztorm szalał nad ich głowami.

Esk przebiegła przez hol i wypadła na ciemny korytarz. Cienie zwijały się wokół niej, gdy pędziła szlochając po schodach, przez brzęczące korytarze, w stronę wąskiego pokoiku Simona.

Coś spróbuje wtargnąć do jego ciała. Tak mówiła Babcia. Coś, co będzie chodzić i rozmawiać jak Simon, ale będzie czymś innym...

Trójka studentów czekała niespokojnie pod drzwiami. Odwrócili ku Esk swe blade twarze. Podbiegła. Byli dostatecznie wstrząśnięci, by widząc jej determinację rozstąpić się lękliwie.

– Coś tam jest – poinformował któryś.

– Nie możemy otworzyć drzwi!

Spoglądali na nią wyczekująco. Wreszcie któryś zapytał:

– Nie masz przypadkiem służbowego klucza?

Esk chwyciła za gałkę i przekręciła ją. Poruszyła się tylko odrobinę, a potem odskoczyła z powrotem z taką siłą, że niemal zdarła jej skórę z palców. Świergot w pokoju wzniósł się głośnym crescendo; zabrzmiał też inny dźwięk: jakby łopot skórzanej płachty.

– Jesteście magami! – wrzasnęła. – No to magujcie!

– Telekinezy jeszcze nie przerabialiśmy – usprawiedliwił się jeden z nich.

– Byłem chory na Miotaniu Ognia...

– Nie jestem najlepszy z Dematerializacji...

Esk ruszyła do drzwi i nagle zamarła z uniesioną w powietrzu stopą. Przypomniała sobie, co mówiła Babcia: że nawet budynki mają umysły, jeśli są odpowiednio stare. Uniwersytet był bardzo stary.

Odeszła na bok i przesunęła dłońmi po pradawnych kamieniach. Musiała zrobić to ostrożnie, żeby go nie spłoszyć... Wyczuwała teraz umysł pod kamiennymi blokami – powolny wprawdzie i prymitywny, ale jednak umysł. Pulsował dookoła; dostrzegała w głazach maleńkie iskierki.

Coś pohukiwało za drzwiami.

Trzech studentów patrzyło w osłupieniu, jak Esk stoi nieruchomo, z dłońmi i czołem przyciśniętymi do ściany.

Była już prawie na miejscu. Czuła własny ciężar, swoje masywne ciało, odległe wspomnienia początków czasu, kiedy skały były jeszcze płynne i swobodne. Po raz pierwszy w życiu zrozumiała, jak to jest, kiedy ma się balkony.

Delikatnie przesuwała się przez myśli budynku, precyzowała wrażenia, jak najszybciej śmiała poszukiwała tego korytarza, tych drzwi...

Bardzo ostrożnie wyciągnęła rękę. Studenci patrzyli, jak prostuje jeden palec... bardzo powoli...

Zawiasy drzwi zatrzeszczały.

Nastąpiła chwila napięcia i gwoździe wyrwały się z drewna i zadzwoniły o ścianę za jej plecami. Wygięły się deski, gdy drzwi próbowały się otworzyć, walcząc z siłą tego... tego czegoś, co trzymało je zamknięte.

Drewno wypaczyło się...

Błękitne promienie wystrzeliły na korytarz, wirowały i tańczyły, gdy niewyraźne kształty przesuwały się w oślepiającym blasku wewnątrz pokoju. Światło było mgliste i aktyniczne, z rodzaju tego, na którego widok Steven Spielberg wzywa swojego doradcę od praw autorskich.

Włosy Esk stanęły sztorcem i wyglądała jak chodzący żonkil. Małe płomyki magii spływały jej po skórze, kiedy przestępowała próg.

Studenci w korytarzu obserwowali ze zgrozą, jak znika wśród jasności.

Światło zgasło w bezgłośnej eksplozji.

Kiedy w końcu zebrali się na odwagę i zajrzeli do środka, nie znaleźli tam niczego. Jedynie ciało śpiącego Simona. I Esk, milczącą i zimną na podłodze, oddychającą bardzo powoli. A podłogę pokrywała cienka warstwa srebrnego piasku.

Esk unosiła się pośród mgieł świata, z niezwykłą obojętnością obserwując, jak precyzyjnie przenika przez ciała stałe. Nie była sama. Słyszała znajomy świergot.

Wściekłość tamowała jej oddech. Zawróciła i ruszyła za tym dźwiękiem, walcząc z uwodzicielskimi mocami, które przekonywały ją, jak przyjemnie byłoby rozluźnić nieco umysł i zatonąć w ciepłym morzu pustki. Gniew był kluczem. Wiedziała, że najważniejsze to, aby pozostać naprawdę zagniewaną.

Świat Dysku oddalał się; leżał teraz pod nią jak tamtego dnia, kiedy była orłem. Ale tym razem widziała w dole Okrągłe Morze – naprawdę było okrągłe, jak gdyby Bogu skończyły się pomysły. Za nim rozciągały się ramiona kontynentu, a długi łańcuch Ramtopów sięgał aż do Osi. Były też inne kontynenty, o których nigdy nie słyszała, i archipelagi niewielkich wysepek.

Po chwili w polu widzenia pojawiła się Krawędź. Panowała noc: orbitujące wokół Dysku słońce znajdowało się pod spodem i oświetlało wodospad obejmujący Kraniec świata.

Oświetlało także Wielkiego A'Tuina, Żółwia Świata. Esk często się zastanawiała, czy żółw nie jest tylko legendą. Wydawało jej się, że to bardzo kłopotliwa metoda wprawienia świata w ruch. Ale oto był pod nią, oszroniony gwiezdnym pyłem i poorany kraterami meteorytów, niemal tak ogromny jak Dysk, który niósł przez pustkę.

Jego głowa przesunęła się przed nią i Esk spojrzała prosto w oko tak wielkie, że mogłyby w nim pływać wszystkie floty świata. Słyszała, że gdyby można popatrzeć dostatecznie daleko w kierunku, w który wpatruje się Wielki A'Tuin, można by zobaczyć koniec wszechświata. Może to tylko przypadkowe ułożenie Jego dzioba sprawiało, że Wielki A'Tuin wydawał się żywić pewne nadzieje... Był wręcz optymistyczny. Może więc koniec wszechświata nie jest taki zły.

Jak we śnie sięgnęła przed siebie i spróbowała Pożyczyć największy umysł wszechświata.

Powstrzymała się w ostatniej chwili, jak dziecko na saneczkach, które spodziewa się łagodnego zbocza i nagle widzi wspaniałe góry, pokryte śniegiem i rozciągające się w lodowe pola nieskończoności. Nikt nigdy nie Pożyczy tego umysłu; to tak, jakby chciał wypić całe morze. Myśli, które tam płynęły, były wielkie i powolne jak lodowce.

Poza Dyskiem świeciły gwiazdy, ale coś z nimi było nie w porządku. Wirowały jak śniegowe płatki. Co chwila uspokajały się i stawały tak nieruchomo jak zawsze, a potem nagle wpadały na pomysł, żeby potańczyć.

Prawdziwe gwiazdy nie powinny się tak zachowywać, uznała Esk. To znaczy, że nie patrzy na prawdziwe gwiazdy. Z czego wynika, że to miejsce właściwie nie istnieje. Ale świergot w pobliżu przypomniał jej, że prawie na pewno może tu naprawdę zginąć. Wystarczy stracić trop tych głosów. Zawróciła więc i podążyła za nimi przez gwiezdną zawieję.

A gwiazdy podskakiwały i nieruchomiały, podskakiwały i nieruchomiały...

Wznosząc się w górę, Esk starała się skoncentrować na sprawach codziennych. Wiedziała bowiem, że gdyby zaczęła myśleć o tym, co ściga po niebie, z pewnością by zawróciła. A nie była przekonana, czy pamięta drogę powrotną. Spróbowała sobie przypomnieć osiemnaście ziół leczących ból ucha. Zajęło jej to dłuższą chwilę, ponieważ nigdy nie pamiętała nazw ostatnich czterech.

Gwiazda przemknęła obok, a potem odskoczyła nagle. Miała jakieś dwadzieścia stóp średnicy.

Kiedy Esk skończyły się zioła, zaczęła wyliczać choroby kóz. Trwało to długo, ponieważ kozy mogą się zarazić wieloma schorzeniami krów plus wieloma schorzeniami owiec plus całym zestawem własnych straszliwych dolegliwości. Kiedy wymieniła już w myślach stwardniałe wymię, uschnięte ucho i oktarynowy obrzęk, spróbowała powtórzyć sobie skomplikowany kod kropek i kresek wycinanych na drzewach wokół Głupiego Osła, żeby zagubieni wieśniacy w zimową noc mogli znaleźć drogę do domu.

Dotarła zaledwie do kropki-kropki-kropki-kreski-kropki-kreski (kierunek osiowo-obrotowy, jedna mila od wsi), kiedy wszechświat wokół niej zniknął z cichym puknięciem. Upadła na kolana, uderzyła o coś ubitego i sypkiego, przetoczyła się i wyhamowała.

To sypkie to był piasek. Miałki, suchy, zimny piasek. Można było zgadnąć, że choćby wykopać dół głęboki na kilka stóp, będzie równie zimny i równie suchy.

Esk leżała w nim twarzą i przez chwilę budziła w sobie odwagę, by podnieść wzrok. O parę stóp przed sobą widziała skraj czyjejś sukni. Skraj czegoś sukni, poprawiła się w myślach. Chyba że to było skrzydło. To mogło być skrzydło, wyjątkowo postrzępione i skórzaste.

Oczy podążyły za tym skrzydłem w górę i odnalazły paszczę większą niż dom, zarysowaną na tle rozgwieżdżonego nieba. Jej posiadacz najwyraźniej chciał wyglądać koszmarnie, ale za bardzo się starał. Przypominał zasadniczo kurczaka martwego od jakichś dwóch miesięcy, ale nieprzyjemne wrażenie psuły nieco kły odyńca, czułki ćmy, wilcze uszy i róg jednorożca. Całość wydawała się nieudolnie zmontowana, jak gdyby właściciel słyszał o anatomii, ale nie całkiem rozumiał, na czym ona właściwie polega.

Przyglądał się, ale nie jej. Coś za plecami Esk zajmowało jego uwagę. Dziewczynka bardzo powoli odwróciła głowę.

Simon siedział ze skrzyżowanymi nogami pośrodku kręgu Stworów. Były ich setki, nieruchome i milczące jak posągi, i obserwowały go z gadzią cierpliwością.

W złożonych dłoniach trzymał coś małego i kanciastego. To coś jaśniało rozmytym błękitnym światłem, w niezwykły sposób rozświetlającym jego twarz.

Na piasku dookoła leżały inne bryły, każda otoczona aureolą delikatnego blasku. Miały regularne kształty, jakie Babcia określała lekceważąco gommetrią: sześciany, wielościenne ostrosłupy, stożki, a nawet kula. Każda była przezroczysta, a wewnątrz...

Esk przysunęła się bliżej. Nikt nie zwracał na nią uwagi.

We wnętrzu porzuconej na piasku kryształowej kuli pływał niebiesko-zielony glob, przecinany maleńkimi, białymi plamami chmur i czymś, co mogłoby być kontynentami, gdyby tylko ktoś był taki głupi, by próbować żyć na sferze. Całość mogła uchodzić za model. Jednak coś w tym blasku podpowiedziało Esk, że glob jest całkiem realny, prawdopodobnie bardzo wielki i nie w każdym sensie zamknięty w kuli.

Odłożyła go delikatnie i podczołgała się do dziesięciościennego klocka, w którym pływał bardziej sensowny świat. Był jak należy dyskokształtny, tyle że zamiast Krańcowego Wodospadu miał lodową ścianę, a zamiast osi gigantyczne drzewo tak wielkie, że jego korzenie przechodziły w górskie łańcuchy.

Leżący obok graniastosłup mieścił inny, obracający się wolno dysk, otoczony maleńkimi gwiazdami. Tutaj nie było lodowego muru, a tylko czerwono-złota nić, która po bliższym zbadaniu okazała się wężem – wężem dostatecznie wielkim, by mógł opasać świat. Dla sobie tylko znanych powodów wgryzał się we własny ogon.

Esk obracała bryłę na wszystkie strony. Zauważyła, że mały dysk cały czas chytrze zachowywał właściwe położenie.

Simon zachichotał cicho. Esk odłożyła wężowy dysk i ostrożnie zajrzała mu przez ramię.

Trzymał małą, szklaną piramidę. Były w niej gwiazdy. Potrząsał nią od czasu do czasu, a wtedy wirowały jak płatki śniegu, po czym wracały na swoje miejsca. A on chichotał.

A poza gwiazdami...

To był świat Dysku. Wielki A'Tuin, nie większy od małego spodeczka, sunął dostojnie pod ciężarem świata, który wyglądał jak dzieło cierpiącego na obsesję jubilera.

Wstrząs, wir. Wstrząs, wir, chichot. Na szkle pojawiły się cienkie jak włos pęknięcia.

Esk spojrzała w puste oczy Simona, a potem na wygłodniałe pyski najbliższych Stworów. Wyciągnęła rękę, wyrwała chłopcu z dłoni piramidę i rzuciła się do ucieczki.

Stwory nie drgnęły nawet, kiedy biegła zgięta niemal w pół, przyciskając piramidę do piersi. Ale nagle jej stopy przestały uderzać o piasek i Esk uniosła się w lodowate powietrze. A Stwór z pyskiem jak utopiony kurczak odwrócił się do niej i powoli wyciągnął szpon.

Naprawdę wcale cię tu nie ma, powtarzała sobie Esk. To tylko coś w rodzaju snu. Babcia nazywa to annylogią. Nie mogą mi zrobić krzywdy, to tylko wyobraźnia. Nic złego nie może mnie spotkać, to wszystko dzieje się w twoim umyśle.

Zastanawiam się, czy to coś o tym wie.

Szpon ściągnął ją z powietrza i króliczy pysk otworzył się jak skórka banana. Nie było tam ust, jedynie czarna dziura, jakby sam Stwór był tylko przejściem do jeszcze gorszych wymiarów. Do miejsca, przy którym ten lodowaty piasek i bezksiężycowa noc byłyby wesołym popołudniem nad morzem.

Esk ściskała Dysk w piramidzie i wolną ręką opędzała się przed szponem. Na próżno. Zawisła nad nią ciemność, otworzyła się brama do całkowitej pustki.

Kopnęła z całej siły.

Co w danej sytuacji nie było zbyt mocnym kopnięciem. Ale z miejsca, w które trafiła stopą, wytrzelił snop białych iskier i coś trzasnęło. Ten odgłos sprawiłby jej satysfakcję o wiele większą, gdyby rozrzedzone powietrze nie pochłaniało dźwięków.

Stwór zazgrzytał jak piła mechaniczna, trafiająca w głębi niewinnej gałęzi na przyczajony, dawno zapomniany gwóźdź. Inne dookoła zabrzęczały ze współczuciem.

Esk kopnęła ponownie, a Stwór wrzasnął i upuścił ją na piasek. Zachowała dość rozsądku, by się potoczyć, z małym światem przyciśniętym opiekuńczo do ciała. Nawet we śnie zwichnięta kostka może być bolesna.

Stwór kołysał się nad nią niepewnie. Esk zmrużyła oczy. Ostrożnie położyła świat na piasku, z całej siły uderzyła Stwora w miejsce, gdzie miałby goleń, gdyby pod tym płaszczem w ogóle były jakieś golenie, i podniosła świat – wszystko to jednym płynnym ruchem.

Stwór zawył, zgiął się wpół i przewrócił wolno, jak worek wieszaków. Kiedy uderzył o ziemię, rozpadł się w masę porozrywanych członków. Głowa odtoczyła się na bok i zatrzymała, kołysząc lekko.

I to wszystko? zdziwiła się Esk. Przecież one ledwie chodzą! Wystarczy uderzyć, a od razu padają.

Najbliższe Stwory zaświergotały i usiłowały się cofnąć, kiedy Esk stanowczym krokiem ruszyła w ich stronę. Ponieważ jednak ich ciała trzymały razem chyba tylko pobożne życzenia, niespecjalnie im się to udawało. Uderzyła mocno tego, który miał pysk podobny do niewielkiej kolonii mątw, i zamieniła go w stos drgających kości, kawałków futra i macek, całkiem podobny do dań greckiej kuchni. Następny miał więcej szczęścia i zdążył kawałek odbiec, zanim Esk wymierzyła mu kopniaka w jedną z pięciu nóg.

Upadł, rozpaczliwie wymachując mackami, i pociągnął za sobą kolejne dwa Stwory.

Tymczasem pozostałe zdołały jakoś usunąć się z drogi i stojąc nieruchomo obserwowały ją z daleka.

Esk podeszła o kilka kroków do najbliższego. Próbował odstąpić i upadł.

Mogły być wstrętne. Mogły nawet być złe. Ale jeśli chodzi o poezję ruchu, Stwory prezentowały grację i koordynację plażowego leżaka.

Esk spojrzała na nie groźnie, po czym zerknęła na Dysk w szklanej piramidzie. Całe to zamieszanie nie miało chyba na niego żadnego wpływu.

Potrafiła przedostać się na zewnątrz, jeśli to tutaj rzeczywiście było zewnętrzem, a Dysk wnętrzem. Ale jak można tam wrócić?

Ktoś się zaśmiał. A ten śmiech...

W zasadzie był to p'ch'zarni'chiwkov. Mało kto używa tego nosowo-gardłowego słowa... z wyjątkiem hojnie opłacanych lingwistów-kaskaderów i oczywiście maleńkiego plemienia K'turni, które je wymyśliło. Słowo to nie posiada dokładnego synonimu, chociaż określenie „squernt" w języku Cumhoolie („uczucie ogarniające po odkryciu, że poprzedni użytkownik wygódki zużył cały papier") wywołuje podobnie głębokie emocje. Najdokładniejsze tłumaczenie brzmi tak:

> *nieprzyjemny dźwięk miecza wysuwanego z pochwy tuż za plecami dokładnie w chwili, kiedy się uwierzyło, że pozbyło się wszystkich nieprzyjaciół chociaż K'turni uważają, że przekład ten nie oddaje zimnopotnego, sercozamierającego, żołądkościskającego sensu oryginału.*

Taki to był śmiech.

Esk odwróciła się powoli. Simon sunął ku niej po piasku, składając przed sobą dłonie. Powieki miał mocno zaciśnięte.

– Czy naprawdę sądziłaś, że to takie proste? – zapytał. Czy raczej coś zapytało. Nie przypominało to głosu Simona, ale kilkanaście różnych głosów przemawiających razem.

– Simon? – spytała niepewnie.

– Nie jest nam już potrzebny – oświadczył Stwór w postaci Simona. – Ukazał nam przejście, dziecko. A teraz oddaj naszą własność.

Esk cofnęła się.

– Nie sądzę, żeby to należało do was – rzekła. – Kimkolwiek jesteście.

Na bliskiej już twarzy otworzyły się oczy. Pod powiekami nie było nic, tylko pustka – żadnego koloru, jedynie otwory prowadzące do innej przestrzeni.

– Moglibyśmy powiedzieć, że jeśli nam to oddasz, okażemy łaskę. Moglibyśmy powiedzieć, że pozwolimy ci odejść stąd w twoim własnym ciele. Ale mówienie czegoś takiego chyba nie miałoby sensu. Prawda?

– Nie uwierzyłabym – stwierdziła Esk.

– No właśnie.

Stwór-Simon uśmiechnął się.

– Odsuwasz tylko to, co nieuniknione – powiedział.

– Mnie to nie przeszkadza.

– I tak możemy ci to odebrać.

– No to bierzcie. Ale chyba jednak nie możecie. Niczego nie możecie wziąć, jeśli ktoś wam tego nie da. Zgadłam?

Okrążyły ją.

– Oddasz nam – oznajmił Stwór-Simon.

Kolejne Stwory zbliżały się przez pustynię, podrygując okropnie przy każdym kroku.

– Zmęczysz się. Zaczekamy. Mamy doświadczenie w czekaniu.

Spróbował zajść ją z lewej strony, ale Esk odwróciła się i stanęła z nim twarzą w twarz.

– To nieważne – rzekła. – To wszystko tylko mi się śni, a we śnie nic nie może się stać.

Stwór znieruchomiał i przyjrzał się jej pustymi oczami.

– Macie w swoim świecie takie słowo... O ile się nie mylę, brzmi ono „psychosomatyczne".

– Nigdy go nie słyszałam.

– Oznacza, że coś może ci się stać we śnie. A najciekawsze jest to, że jeśli we śnie umrzesz, zostaniesz tutaj. To będzie duuuża przyjemność.

Esk zerknęła z ukosa na odległe wzgórza, rozciągnięte na zimnym horyzoncie niczym spłaszczone babki z piasku. Nie było tu drzew ani nawet kamieni. Jedynie piasek, zimne gwiazdy i...

Raczej wyczuła ruch niż go usłyszała. Odwróciła się z piramidą zaciśniętą w dłoniach jak maczuga i trafiła Stwora-Simona w skoku. Piramida uderzyła z satysfakcjonująco głuchym dźwiękiem. Ale gdy tylko Stwór upadł na ziemię, odbił się natychmiast i z nieprzyjemną łatwością zerwał na nogi. Usłyszał, jak syknęła, zauważył wyraz bólu w jej oczach.

– Aha... To cię zabolało... Nie lubisz patrzeć, jak cierpi ktoś inny, co? W każdym razie nie ten...

Obejrzał się i skinął na dwa inne Stwory. Podeszły niezgrabnie i mocno chwyciły go za ramiona.

Jego oczy zmieniły się. Ciemność przybladła i po chwili z twarzy spojrzały własne oczy Simona. Popatrzył na Stwory po bokach i szarpnął się, ale jeden z nich owinął mu na przegubie kilka macek, a drugi ściskał rękę największymi na świecie szczypcami homara.

Wtedy spostrzegł Esk. Zauważył szklaną piramidę.

– Uciekaj! – syknął. – Zabierz to stąd! Nie pozwól, żeby to dostały!

Skrzywił się, gdy szczypce mocniej zacisnęły się na ręku.

– Czy to jakaś sztuczka? – spytała Esk. – Kim naprawdę jesteś?

– Nie poznajesz mnie? I co właściwie robisz w moim śnie?

– Jeśli to sen, to chciałabym się obudzić. Proszę...

– Posłuchaj. Musisz uciekać. Natychmiast. Nie stój tak z rozdziawionymi ustami!

ODDAJ NAM TO, odezwał się w głowie Esk zimny głos.

Esk przyjrzała się szklanej piramidzie z obojętnym na wszystko Dyskiem. Podniosła wzrok na Simona i ułożyła usta w zdumione „O".

– Ale co to jest?

– Popatrz uważnie.

Esk zajrzała w głąb szkła. Kiedy zmrużyła oczy, miała wrażenie, że mały Dysk ma powierzchnię granularną, jakby ułożoną z milionów maleńkich punkcików. A kiedy przyjrzała się punkcikom...

– To są liczby! – zawołała. – Cały świat... zbudowany z liczb!

– To nie jest świat, to jest idea świata – poprawił ją Simon. – Ja ją dla Nich stworzyłem. Nie mogą się do nas przedostać, rozumiesz, ale tutaj idee stają się ciałem. Idee są rzeczywiste!

DAJ NAM TO.

– Ale idee nikogo nie mogą skrzywdzić!

– Zamieniłem obiekty w liczby, żeby je lepiej zrozumieć, ale One chcą tylko władzy – stwierdził z goryczą Simon. – Zagłębili się w moje liczby jak...

Krzyknął.

ODDAJ NAM TO, BO ROZEDRZEMY GO NA STRZĘPY.

Esk spojrzała na najbliższy koszmarny pysk.

– Skąd mam wiedzieć, że mogę wam zaufać? – spytała.

NIE MOŻESZ NAM UFAĆ. ALE NIE MASZ WYBORU.

Rozejrzała się. Otaczał ją krąg twarzy, których nawet nekrofil nie mógłby pokochać, twarzy poskładanych na śmietniku handlarza ryb, twarzy złożonych z przypadkowych kawałków istot czających się w oceanicznych rowach i nawiedzanych jaskiniach, nie dość ludzkich nawet na to, by mogły krzywić się czy drwiąco szczerzyć zęby, jednak groźnych jak zmarszczka na wodzie w kształcie podejrzanie zbliżonym do litery „V" w pobliżu niczego nie podejrzewającego pływaka.

Nie mogła im ufać. Ale nie miała wyboru.

Tymczasem coś jeszcze działo się w miejscu odległym o grubość cienia.

Studenci magii przybiegli do Głównego Holu, gdzie Cutangle i Babcia Weatherwax wciąż trwali w magicznym odpowiedniku indiańskiego siłowania na ręce. Kamienie posadzki pod stopami Babci topniały już i pękały; stół za plecami Cutangle'a zapuścił korzenie, a na blacie wyrastały gęsto żołędzie.

Jeden ze studentów zdobył kilka nagród za odwagę, ośmielił się bowiem pociągnąć Cutangle'a za skraj szaty...

A teraz wszyscy tłoczyli się w wąskim pokoiku i patrzyli na dwa ciała.

Cutangle wezwał lekarzy ciała i lekarzy umysłu. Kiedy wzięli się do pracy, w pokoiku zaszumiała magia.

Babcia stuknęła Nadrektora w ramię.

– Pozwól na słówko, młody człowieku – powiedziała.

– Już nie taki młody, madam – westchnął Cutangle. – Wcale nie młody.

Czuł się wyczerpany. Minęły chyba dziesiątki lat, odkąd ostatnio toczył magiczny pojedynek. Takie zabawy były popularne wśród studentów. Miał paskudne przeczucie, że Babcia w końcu by wygrała. Walka z nią przypominała polowanie na muchę latającą dookoła własnego nosa. Nie wiedział, co go napadło, że się na coś takiego zdecydował.

Babcia wyprowadziła go na korytarz i skręciła za róg do okna. Usiadła na parapecie, opierając miotłę o ścianę. Deszcz bębnił głośno o dachy, a zygzaki błyskawic zapowiadały zbliżającą się do miasta burzę o proporcjach Ramtopów.

– To był imponujący pokaz – powiedziała. – Raz czy dwa już prawie wygrałeś.

– Och... – Cutangle wyraźnie się rozpromienił. – Naprawdę pani tak myśli?

Babcia kiwnęła głową.

Cutangle przez chwilę poklepywał się po rozmaitych częściach szaty, wreszcie znalazł kapciuch z tytoniem i zwitek papieru. Ręce mu drżały, gdy ugniatał kilka włókien używanego fajkowego ziela w cienkiego skręta. Przesunął swe dzieło po języku, ale ledwie zwilżył bibułkę. Wtedy w głębi jego umysłu obudziło się mgliste wspomnienie manier.

– Ehm... – chrząknął. – Czy wolno zapalić?

Babcia wzruszyła ramionami. Cutangle potarł zapałką o ścianę i desperacko usiłował skierować płomyk i papierosa w mniej więcej to samo miejsce. Babcia łagodnie wyjęła mu zapałkę z drżących palców i podała ogień.

Cutangle zaciągnął się, kaszlnął rytualnie i oparł się o ścianę. Jarzący się koniec skręta był jedynym światłem w mrocznym korytarzu.

– Oni Wędrują – stwierdziła w końcu Babcia.

– Wiem – zgodził się Cutangle.

– Twoi magowie nie zdołają ich sprowadzić.

– To też wiem.

– Coś jednak sprowadzić mogą.

– Wolałbym, żeby pani tego nie powiedziała.

Przez chwilę oboje rozważali, co może powrócić, zamieszkać w żywych ciałach i zachowywać się prawie tak, jak początkowi właściciele.

– To chyba moja wina – rzekli chórem i urwali zdumieni.

– Pani pierwsza, madam – ustąpił Cutangle.

– Te wasze papierosy... – zainteresowała się Babcia. – Dobrze robią na nerwy?

Cutangle otworzył usta, by zauważyć niezwykle uprzejmie, iż palenie jest nałogiem zarezerwowanym dla magów. Powstrzymał się jednak po chwili zastanowienia. Bez słowa podał Babci kapciuch.

Opowiedziała mu o narodzinach Esk, o przybyciu starego maga, o lasce i wycieczkach Esk w dziedzinę magii. Zanim skończyła, udało jej się zwinąć ciasną, wąską rurkę, która paliła się niebieskim płomykiem i szczypała w oczy.

– Wątpię, żeby to dobrze robiło roztrzęsionym nerwom. – Pociągnęła nosem.

Cutangle nie słuchał.

– To zadziwiające – mruknął. – Mówi pani, że dziecko w żaden sposób nie ucierpiało?

– Niczego takiego nie zauważyłam. Laska była... no... stała po jej stronie, jeśli rozumiesz, co mam na myśli.

– A gdzie jest teraz ta laska?

– Powiedziała, że wrzuciła ją do rzeki...

Stary mag i podstarzała czarownica spojrzeli na siebie; rozbłysk pioruna na dworze oświetlił ich twarze.

Cutangle pokręcił głową.

– Rzeka wylała – stwierdził. – Szansa jedna na milion...

Babcia uśmiechnęła się ponuro. Był to taki uśmiech, przed którym uciekają wilki. Stanowczo chwyciła miotłę.

– Szanse jedne na milion – rzekła – spełniają się w dziewięciu przypadkach na dziesięć.

Są burze wręcz teatralne, z błyskawicami i metalicznym hukiem gromów. Są burze tropikalne i ciepłe, ze skłonnością do gorących wiatrów i piorunów kulistych. Ale ta burza nadeszła przez równiny nad Okrągłym Morzem i jej główną ambicją było zalanie ziemi jak największą ulewą. Burza tego typu sprawia wrażenie, że całe niebo zażyło silny środek moczopędny. Grzmoty i błyskawice zawisły gdzieś w tle, dając rodzaj podkładu muzycznego, ale to deszcz grał rolę gwiazdy w tym pokazie. Stepował po okolicy.

Tereny Uniwersytetu rozciągały się aż do rzeki. Za dnia przecinała je równa, elegancka sieć żwirowych ścieżek i żywopłotów, ale w środku mokrej, burzliwej nocy żywopłoty jakby się gdzieś wyprowadziły, a ścieżki po prostu sobie poszły w jakieś suche miejsce.

Blade magiczne światełko jarzyło się słabo między ociekającymi wodą liśćmi. Deszcz bez trudu znajdował drogę między nimi.

– Nie mógłbyś przywołać jedną z tych waszych magicznych kul ognia?

– Litości, madam.

– Jesteś pewien, że mieliśmy iść właśnie tędy?

– Gdzieś tu powinno być coś w rodzaju mola, chyba że całkiem się zgubiłem.

Zabrzmiał odgłos przedzierania się ciężkiego ciała przez krzaki, a potem plusk.

– Przynajmniej znalazłem rzekę.

Babcia Weatherwax rozglądała się w mokrej ciemności. Słyszała szum i niewyraźnie widziała białe grzebienie fal powodzi. Czuła też niepowtarzalny aromat Ankh, sugerujący, że kilka armii wykorzystało rzekę najpierw jako toaletę, a potem jako cmentarz.

Cutangle brnął zniechęcony w jej stronę.

– To głupota – oświadczył. – Nie obrażając pani, madam. Ale przy takiej powodzi na pewno spłynęła już do morza. A ja umrę z zimna.

– Nie możesz już zmoknąć bardziej niż dotąd. A poza tym nieodpowiednio chodzisz.

– Słucham?

– Idziesz taki przygarbiony, walczysz z tym. To nie jest sposób. Trzeba... no, przemykać się między kroplami.

I rzeczywiście, Babcia wydawała się ledwie zmoknięta.

– Będę pamiętał. Chodźmy już, madam. Zorganizuję huczący ogień i po szklaneczce czegoś gorącego i niezdrowego.

Babcia westchnęła.

– Sama nie wiem. Spodziewałam się chyba, że będzie gdzieś sterczała z błota albo co... A tu jest tylko woda.

Cutangle poklepał ją delikatnie po ramieniu.

– Może zdołamy pomóc im w inny... – zaczął, ale przerwał mu trzask błyskawicy i zaraz potem huk gromu.

– Mówiłem, że może... – zaczął po raz drugi.

– Co to było, co zobaczyłam? – zawołała Babcia.

– Co to było co? – zdumiał się Cutangle.

– Daj jakieś światło!

Mag westchnął mokro i wyciągnął rękę. Strumień żółtego ognia wystrzelił nad spienioną wodą i zgasł z sykiem.

– Tam – oznajmiła tryumfalnie Babcia.

– To tylko łódka. Chłopcy pływają nimi latem...

Jak najszybciej pobrnął za stanowczą sylwetką Babci.

– Nie zamierza pani chyba wypływać nią w taką noc jak dzisiaj? To szaleństwo!

Babcia ślizgała się na mokrych deskach mola, prawie całkiem już zalanego wodą.

– Nie zna się pani na łodziach! – protestował Cutangle.

– W takim razie będę musiała się szybko nauczyć – odparła spokojnie.

– Ale ja ostatni raz pływałem łódką jeszcze jako chłopiec!

– Nie prosiłam cię, żebyś szedł za mną. Czy ta szpiczasta część to przód?

Cutangle jęknął.

– To bardzo chwalebny zamiar – powiedział. – Ale może zaczekalibyśmy do rana?

Błyskawica oświetliła twarz Babci.

– A może nie – ustąpił mag.

Powlókł się na koniec mola i przyciągnął małą wiosłową łódkę. Trafienie w pokład wymagało szczęścia, ale w końcu zdołał tego dokonać, walcząc w ciemnościach z cumą.

Łódka odbiła od mola i odpłynęła wirując powoli. Kołysała się na wzburzonych wodach. Babcia z całej siły ściskała ławeczkę i w ciemności spoglądała wyczekująco na Cutangle'a.

– No? – zapytała.

– Co no? – zapytał Cutangle.

– Mówiłeś, że znasz się na łodziach.

– Nie. Mówiłem tylko, że pani się nie zna.

– Aha.

Chwycili za burty. Łódka przechyliła się ciężko, wyprostowała cudem i popłynęła z prądem rufą do przodu.

– Kiedy wspomniałeś, że ostatni raz pływałeś łódką jako chłopiec...

– O ile pamiętam, miałem wtedy dwa lata.

Łódka wpadła w wir, zakręciła się i wystrzeliła w poprzek koryta.

– Miałam cię za kogoś, kto w dzieciństwie pływał całymi dniami.

– Urodziłem się w górach. Jeśli już musi pani wiedzieć, to dostaję morskiej choroby na mokrej trawie – wyjaśnił Cutangle.

Łódka uderzyła o zatopiony pień drzewa i drobna fala przelała się przez dziób.

– Znam czar chroniący przed utonięciem – dodał zbolałym głosem.

– Miło to słyszeć.

– Tyle że trzeba go wypowiedzieć stojąc na suchym lądzie.

– Zdejmij buty – poleciła Babcia.

– Co?

– Zdejmuj buty, człowieku!

Cutangle poruszył się niespokojnie na ławeczce.

– O co pani chodzi? – zapytał.

– Woda powinna być na zewnątrz łodzi. Tyle nawet ja wiem. – Wskazała czarną ciecz chlupiącą na dnie. – Nabieraj wody do butów i wylewaj do rzeki.

Cutangle skinął głową. Miał wrażenie, że ostatnie kilka godzin poniosło go gdzieś daleko, a on nie miał szans się oprzeć. Przez chwilę pieścił dziwnie pocieszającą myśl, że własne życie całkowicie wymknęło mu się spod kontroli i nieważne, co się wydarzy, nikt nie może go za to winić. Czerpanie wody butami podczas dryfowania na rozlanej rzece w środku nocy z kimś, kogo mógł opisać wyłącznie jako „kobietę", w tych okolicznościach wydawało się równie logiczne jak cokolwiek innego.

Wspaniałą kobietę, odezwał się zapomniany głos w głębi umysłu. Było coś niezwykłego w tym, jak wiosłowała miotłą po wzburzonych wodach – coś, co niepokoiło dawno opuszczone obszary podświadomości Cutangle'a.

Tej wspaniałości nie mógł być zresztą pewien, wobec deszczu, wiatru i Babcinego zwyczaju zakładania całej garderoby naraz. Cutangle odchrząknął niepewnie. Metaforycznie wspaniała kobieta, uznał po namyśle.

– Proszę posłuchać – zaczął. – To chwalebny zamiar, ale weźmy pod uwagę fakty, to znaczy prędkość przepływu i tak dalej. Przecież ona mogła już dotrzeć na całe mile w głąb oceanu. Może już nigdy nie dopłynie do brzegu? Mogła nawet spaść z Wodospadu Krawędziowego.

Wpatrująca się w spienione wody Babcia obejrzała się nagle.

– Czy masz pomysł, co jeszcze moglibyśmy zrobić, żeby im pomóc w jakikolwiek sposób? – spytała.

Przez chwilę Cutangle w milczeniu wybierał wodę.

– Nie – przyznał.

– A słyszałeś, żeby ktoś wrócił Z Powrotem?

– Nie.

– W takim razie warto spróbować, co?

– Nigdy nie lubiłem oceanu – wyznał Cutangle. – Powinno się go wybrukować. Żyją w nim okropne stworzenia, zwłaszcza w tych głębokich kawałkach. Straszliwe morskie potwory. Tak mówią.

– Wybieraj wodę, mój chłopcze, bo będziesz miał okazję sprawdzić, czy się nie mylą.

Burza przetaczała się nad ich głowami tam i z powrotem. Gubiła się na tych nadrzecznych równinach; jej miejsce było wśród szczytów Ramtopów, gdzie ludzie potrafili docenić porządną burzę. Burcząc głośno rozglądała się za choćby średnio wysokim wzgórzem, aby cisnąć w nie piorunem.

Ulewa przeszła w lekki deszcz, który zdolny jest padać tak całymi dniami. Do towarzystwa zjawiła się także morska mgła.

– Gdybyśmy mieli wiosła, moglibyśmy powiosłować, gdybyśmy tylko wiedzieli dokąd – zauważył Cutangle.

Babcia nie odpowiedziała.

Wylał za burtę kilka butów wody i przyszło mu do głowy, że złote hafty na jego szacie już pewnie nigdy nie będą takie jak dawniej. Przyjemnie było pomyśleć, że pewnego dnia może to mieć jakieś znaczenie.

– Nie przypuszczam, by wiedziała pani przypadkiem, z której strony jest Oś – zagaił. – Pytam dla podtrzymania rozmowy.

– Trzeba sprawdzić, z której strony mech porasta pnie drzew – odparła Babcia nie odwracając głowy.

– Aha – mruknął posępnie Cutangle.

Popatrzył smętnie na fale i zastanowił się, jakie to właściwie wody. Sądząc po zapachu soli, wypłynęli już z zatoki.

Na morzu najbardziej przerażał go fakt, że od straszliwych potworów żyjących na dnie dzieliła go tylko woda. Wiedział, oczywiście, że logicznie rzecz biorąc od – powiedzmy – tygrysów ludojadów w dżunglach Klatchu dzieliła go jedynie odległość, ale to jednak coś zupełnie innego. Tygrysy nie wynurzają się z chłodnej głębiny z paszczami pełnymi zębów ostrych jak igły...

Zadrżał.

– Czujesz to? – spytała Babcia. – Można smakować ją w powietrzu. Magia! Wycieka skądś.

– Właściwie nie jest rozpuszczalna w wodzie – zauważył Cutangle. Raz czy dwa mlasnął wargami. Mgła rzeczywiście miała metaliczny posmak, a powietrze wydawało się oleiste.

– Jesteś magiem – oświadczyła surowo Babcia. – Mógłbyś ją przywołać albo coś?

– Nikt tego jeszcze nie próbował – odparł Cutangle. – Magowie nigdy nie wyrzucają swoich lasek.

– Ona musi tu gdzieś być – burknęła Babcia. – Pomóż mi szukać, młodzieńcze.

Cutangle jęknął. Miał za sobą ciężką noc i przed kolejną próbą jakichkolwiek czarów potrzebował dwunastu godzin snu, kilku solidnych posiłków i spokojnego popołudnia przy rozpalonym kominku. Starzał się – w tym cały problem. Mimo wszystko zamknął oczy i skoncentrował umysł.

Istotnie, w powietrzu unosiła się magia. Są takie miejsca, gdzie akumuluje się ona w sposób naturalny. Zbiera się wokół złóż transnormalnego metalu oktironu, w drewnie pewnych drzew, w odizolowanych jeziorach; opada na świat i ci, którzy posiedli tę umiejętność, mogą ją chwytać i magazynować. Gdzieś w okolicy znajdował się magazyn magii.

– Jest potężna – oświadczył. – Bardzo potężna.

Podniósł dłonie do skroni.

– Robi się strasznie zimno – zauważyła Babcia.

Nieustający deszcz przeszedł w śnieg.

Świat uległ nagłej przemianie. Łódź zahamowała, ale nie powoli, a tak, jakby morze nagle postanowiło stać się ciałem stałym. Babcia wyjrzała przez burtę.

Morze było ciałem stałym. Szum fal dobiegał z bardzo daleka i z każdą chwilą oddalał się jeszcze bardziej.

Wychyliła się i postukała w wodę.

– Lód – stwierdziła.

Łódka tkwiła nieruchomo w oceanie lodu. Trzeszczał złowróżbnie.

Cutangle wolno pokiwał głową.

– To logiczne – rzekł. – Jeśli oni są... tam, gdzie myślimy, że są, to jest tam bardzo zimno. Podobno tak zimno jak w noc międzygwiezdną. I laska to czuje.

– Fakt – zgodziła się Babcia i wyszła z łodzi. – Pozostaje nam tylko znaleźć środek tego lodu i tam będzie laska. Zgadza się?

– Wiedziałem, że pani to powie. Czy mogę chociaż włożyć buty?

Ruszyli przez zamarznięte fale. Cutangle zatrzymywał się od czasu do czasu i próbował wyczuć pozycję laski. Szata zamarzała na nim. Szczękał zębami.

– Czy pani nie marznie? – spytał Babcię, której suknia trzeszczała przy każdym ruchu.

– Marznę – przyznała. – Po prostu się nie trzęsę.

– Kiedy byłem chłopcem, zdarzały się takie zimy. – Cutangle chuchnął w przemarznięte palce. – W Ankh rzadko kiedy pada śnieg.

– Naprawdę? – zdziwiła się uprzejmie Babcia, wytężając wzrok w marznącej mgle.

– Pamiętam, że na szczytach gór śnieg leżał przez okrągły rok. Teraz już nie ma takich temperatur jak za moich chłopięcych czasów.

– Jakie to były góry?

– Och, Ramtopy. Od strony Osi. Wioska zwana Mosiężnym Karkiem.

Wargi Babci poruszyły się z wolna.

– Cutangle, Cutangle... – mruczała. – Jakiś krewny starego Acktura Cutangle'a? Mieszkał w takim wielkim domu pod Skaczącą Górą. Miał mnóstwo synów.

– To mój ojciec. Niech się pod Dysk zapadnę, skąd pani to wie?

– Wychowywałam się niedaleko – odparła Babcia, powstrzymując chęć, by ograniczyć się do wyniosłego uśmiechu. – W sąsiedniej dolinie. W Głupim Ośle. Pamiętam twoją matkę. Miła kobieta, trzymała brązowe i białe kury. Chodziłam do niej kupować jajka dla swojej mamy. Zanim jeszcze zostałam czarownicą, ma się rozumieć.

– Nie pamiętam pani – zastanowił się Cutangle. – Oczywiście, to było dawno. Koło naszego domu zawsze biegała gromada dzieciaków. – Westchnął. – Przypuszczam, że mogłem kiedyś pociągnąć panią za włosy. Robiłem wtedy takie rzeczy.

– Możliwe. Przypominam sobie takiego tłustego chłopczyka. Niezbyt miłego.

– To mogłem być ja. I ja chyba przypominam sobie taką zarozumiałą dziewczynkę. Ale to było dawno temu. Bardzo dawno.

– Wtedy nie miałam jeszcze siwych włosów – szepnęła Babcia.

– Wtedy wszystko miało inny kolor.

– To prawda.

– I latem deszcz nie padał tak często.

– Zachody słońca były czerwieńsze.

– I widziało się więcej starych ludzi. Świat był ich pełen – stwierdził mag.

– Tak, pamiętam. A teraz jest pełen młodych. To właściwie zabawne. To znaczy, można by się spodziewać, że będzie odwrotnie.

– Nawet powietrze mieliśmy wtedy lepsze. Łatwiej się oddychało.

Wlekli się wśród wirujących płatków śniegu, dumając nad przedziwnymi drogami czasu i Natury.

– Bywasz w domu? – spytała Babcia.

Cutangle wzruszył ramionami.

– Byłem raz. Kiedy umarł ojciec. To dziwne... Nikomu o tym nie mówiłem, ale... to przecież byli moi bracia, bo naturalnie jestem ósmym synem; mieli dzieci i nawet wnuki, a żaden z nich nie umiałby się chyba podpisać. Mógłbym kupić całą wioskę. Traktowali mnie jak księcia, ale... bywałem w takich miejscach i widziałem takie rzeczy, od których umysły by im powiędły, walczyłem ze stworzeniami dzikszymi od ich nocnych koszmarów, znam tajemnice dostępne jedynie nielicznym...

– Czułeś się osamotniony – stwierdziła Babcia. – Nic w tym dziwnego. Taki nasz los. Takiego dokonaliśmy wyboru.

– Mag nie powinien wracać do domu – orzekł Cutangle.

– Chyba nawet nie może wrócić – zgodziła się Babcia. – Nie da się dwa razy wejść do tej samej rzeki.

Cutangle przemyślał tę tezę.

– Myślę, że w tym pani się myli – oświadczył. – Chyba z tysiąc razy wchodziłem do tej samej rzeki.

– Tak, ale ona nie była ta sama.

– Nie była?

– Nie.

Cutangle wzruszył ramionami.

– Wyglądała zupełnie jak ta sama piekielna rzeka.

– Nie ma powodów, żeby odzywać się niegrzecznie – pouczyła go Babcia. – Nie wiem, czemu mam wysłuchiwać takich wyrazów od maga, który nawet nie umie odpowiadać na listy!

Cutangle na chwilę zamilkł, jeśli nie liczyć kastanietowego rytmu jego zębów.

– Aha – powiedział. – Teraz rozumiem. Były od pani, tak?

– Zgadza się. Podpisałam je u dołu. To na ogół dość wyraźna wskazówka, prawda?

– Dobrze, dobrze. Po prostu myślałem, że chodzi o jakiś żart – wyznał posępnie Cutangle.

– Żart?

– Kobiety rzadko zwracają się do nas o przyjęcie na studia. Właściwie nigdy.

– Zastanawiałam się, dlaczego nie dostałam odpowiedzi – oświadczyła Babcia.

– Jeśli już musi pani wiedzieć, to wyrzucałem te listy do kosza.

– Mógłbyś przynajmniej... Tam jest!

– Gdzie? Gdzie? A, tam.

Mgła rozstąpiła się i teraz zobaczyli ją wyraźnie: fontannę śnieżnych płatków, ozdobną kolumnę zmrożonego powietrza. A pod nią...

Laska nie wmarzła w lód, ale pływała spokojnie w bulgoczącej kałuży wody.

Jednym z niezwykłych aspektów magicznego wszechświata jest istnienie przeciwieństw. Zauważono już tutaj, że ciemność nie jest przeciwieństwem światła, jest zaledwie brakiem światła. Zgodnie z tą samą zasadą, zero absolutne jest zaledwie brakiem ciepła. Gdyby ktoś chciał się przekonać, czym jest prawdziwe zimno, zimno tak intensywne, że woda nie zamarza, ale anty-wrze, nie musiałby szukać dalej niż ta kałuża.

Przez kilka sekund przyglądali się jej w milczeniu, zapominając o sporze. Wreszcie Cutangle rzekł:

– Jeśli wsadzić tam palce, połamią się jak marchewki.

– Myślisz, że dałbyś radę podnieść ją magicznie? – spytała Babcia.

Cutangle zaczął klepać się po kieszeniach i wkrótce znalazł kapciuch z tytoniem. Fachowo rozkruszył resztki kilku niedopałków na świeżą bibułkę, polizał ją i zwinął, nie odrywając wzroku od laski.

– Nie myślę – mruknął. – Ale spróbuję mimo wszystko.

Zerknął tęsknie na papierosa i wsadził go sobie za ucho. Wyciągnął przed siebie ręce, rozłożył palce, a jego wargi poruszyły się bezgłośnie, gdy wymamrotał kilka słów pełnych mocy.

Laska zakręciła się w przerębli i uniosła wolno nad lód, gdzie natychmiast stała się ośrodkiem kokonu zmrożonego powietrza. Cutangle stęknął z wysiłku – bezpośrednia lewitacja to najtrudniejszy element praktycznej magii, a to z powodu nieuniknionego zagrożenia ze strony dobrze znanych zasad akcji i reakcji. Mówią one, że jeśli mag spróbuje podnieść ciężki obiekt jedynie siłą woli, musi liczyć się z perspektywą zakończenia tego ćwiczenia z mózgiem we własnych butach.

– Mógłbyś ustawić ją pionowo? – poprosiła Babcia.

Z wielką ostrożnością laska wykonała powolny obrót i zawisła przed Babcią, kilka cali nad powierzchnią lodu. Szron migotał na rzeźbionych symbolach, a Cutangle'owi – przez czerwoną mgiełkę migreny przed oczami – zdawało się, że go obserwują. Z wyższością.

Babcia poprawiła kapelusz i wyprostowała się gniewnie.

– No dobrze! – powiedziała.

Cutangle zachwiał się. Głos czarownicy podciął go niczym diamentowa piła. Z chłopięcych lat zapamiętał niezbyt wyraźnie, jak karciła go matka; to był ten sam ton, tylko wyrafinowany, stężony, wyostrzony kawałeczkami korundu; ton rozkazu, który nawet trupa postawiłby na baczność i przeprowadził przez połowę cmentarza, zanim ten przypomniałby sobie, że jest martwy.

Babcia stała przed zawieszoną w powietrzu laską i swym wściekłym spojrzeniem niemal topiła jej lodową powłokę.

– To uważasz za właściwe zachowanie, co? Pływasz sobie w morzu, kiedy giną ludzie? Pięknie, bardzo pięknie!

Tupiąc gniewnie okrążyła laskę. Ku zdumieniu Cutangle'a laska odwracała się za nią.

– No to cię wyrzuciła – warknęła Babcia. – Co z tego? To przecież jeszcze dziecko, a dzieci wszystkich nas odrzucają prędzej czy później. To ma być lojalna służba? Wstydu nie masz, że leżysz tu sobie i się dąsasz, kiedy w końcu mogłabyś się na coś przydać?

Pochyliła się. Jej haczykowaty nos znalazł się o parę cali od laski. Cutangle był niemal pewien, że laska próbowała wygiąć się do tyłu i odsunąć jak najdalej.

– Mam ci powiedzieć, co spotyka złośliwe laski? – syknęła Babcia. – Jeśli Esk zginie z tego świata, mam ci powiedzieć, co z tobą zrobię? Już raz uratowałaś się od ognia, bo przeniosłaś na nią swój ból. Następnym razem to nie będzie ogień.

Głos jej opadł do chłoszczącego szeptu.

– Najpierw będzie ośnik. Potem papier ścierny, potem świder, potem struganie nożem...

– Proszę się uspokoić – wtrącił Cutangle. Oczy zaszły mu łzami.

– ...a to, co zostanie, wetknę w ziemię w lesie, dla huby, korników i żuków. Będziesz tam sterczeć latami.

Rzeźbienia poruszyły się. Większa ich część przesunęła się na drugą stronę laski, byle dalej od wzroku Babci.

– A teraz... – rzekła spokojniej – ...teraz ci powiem, co zrobimy. Wezmę cię w rękę i wszyscy razem wrócimy na Uniwersytet. Prawda? Jak nie, to posmakujesz tępej piły.

Podwinęła rękawy i wyciągnęła rękę.

– Magu – rzuciła. – Chcę, żebyś ją uwolnił.

Cutangle żałośnie skinął głową.

– Kiedy powiem: już, puszczaj. Już!

Cutangle otworzył oczy.

Babcia stała nieruchomo, wyciągając przed siebie lewą rękę. Palcami mocno obejmowała laskę.

Lód odpadał od drewna w strumieniach pary.

– No dobrze – zakończyła Babcia. – Ale jeśli coś takiego się powtórzy, będę bardzo zła. Czy wyrażam się jasno?

Cutangle opuścił ręcę i podbiegł do niej.

– Nic się pani nie stało?

Potrząsnęła głową.

– To jakby trzymać gorący sopel lodu – powiedziała. – No dalej, nie mamy czasu na pogaduszki.

– A jak wrócimy?

– Wielkie nieba, człowieku, przestań się mazać! Polecimy.

Machnęła swoją miotłą. Nadrektor przyjrzał się jej z powątpiewaniem.

– Na tym?

– Oczywiście. Czy magowie nie latają na swoich laskach?

– To trochę nie wypada.

– Jeżeli ja to jakoś znoszę, ty też dasz radę.

– Owszem, ale czy to bezpieczne?

Babcia spojrzała na niego groźnie.

– W sensie bezwzględnym? – upewniła się. – Czy, powiedzmy, w porównaniu do pozostania tutaj na topniejącym polu lodowym?

– Pierwszy raz w życiu lecę na miotle – oświadczył Cutangle.

– Naprawdę?

– Myślałem, że wystarczy na nie wsiąść, a one lecą. Nie przypuszczałem, że trzeba tak biegać tam i z powrotem i krzyczeć.

– To cała sztuka – burknęła Babcia.

– Myślałem, że lecą szybciej – kontynuował Cutangle. – I, szczerze mówiąc, wyżej.

– Co to ma znaczyć: wyżej? – Babcia starała się jakoś kompensować ciężar maga za sobą. Jak wszyscy pasażerowie od zarania dziejów, uparcie wychylał się w nieodpowiednią stronę.

– No... Bardziej nad drzewami. – Cutangle schylił się gwałtownie, gdy mokra gałąź zerwała mu z głowy kapelusz.

– Tej miotle nie dolega nic takiego, czego nie można by uleczyć, gdybyś stracił na wadze parę pudów – rzuciła gniewnie Babcia. – A może wolisz wysiąść i pójść dalej piechotą?

– Pomijając nawet fakt, że i tak przez cały czas dotykam nogami ziemi, nie chciałbym sprawiać pani kłopotu – oświadczył Cutangle. – Gdyby ktoś kazał mi wymienić wszystkie niebezpieczeństwa związane z lotem na miotle, nigdy nie przyszłoby mi do głowy, żeby wspomnieć także o zachłostaniu na śmierć po nogach przez wyrośnięte osty.

– Czy ty palisz? – spytała Babcia, posępnie wpatrując się przed siebie. – Coś tu się pali.

– To, żeby trochę uspokoić nerwy roztrzęsione tym straszliwym pędem, madam.

– Zgaś to natychmiast. I trzymaj się.

Miotła szarpnęła do przodu i zwiększyła szybkość do tempa zniedołężniałego starca na przebieżce.

– Panie Magu...

– Tak?

– Kiedy powiedziałam: trzymaj się...

– Tak?

– Nie miałam na myśli: tutaj.

Na moment zapadła cisza.

– Och. Tak. Rzeczywiście. Strasznie przepraszam.

– Nie ma o czym mówić.

– Pamięć mam już nie tę, co dawniej... Zapewniam... Nie chciałem urazić...

– Nie jestem urażona.

Przez chwilę lecieli w milczeniu.

– Mimo to – zaczęła z namysłem Babcia – sądzę, że ogólnie rzecz biorąc wolałabym, żebyś przesunął ręce.

Deszcz zalewał dachy Niewidocznego Uniwersytetu i chlustał w rynny, gdzie puste od lata krucze gniazda spływały niczym niedbale powiązane tratwy. Woda bulgotała w starożytnych, pordzewiałych rurach. Przedostała się pod dachówki i przywitała z pająkami pod okapem. Ściekała ze szczytów i tworzyła tajemne jeziorka między najwyższymi iglicami.

Na nieskończonych dachach Uniwersytetu żyły całe ekosystemy. W porównaniu z nim Gormenghast wyglądał jak szopa z narzędziami na kolejarskiej działce. Ptaki śpiewały w miniaturowych dżunglach powstałych z jabłkowych pestek i nasion traw, żaby pływały w rynnach, kolonie mrówek pracowicie tworzyły interesującą i złożoną cywilizację.

Jednego woda nie mogła robić: lać się strumieniami z ozdobnych gargulców ustawionych na obwodzie dachu. – A to dlatego, że po pierwszych kroplach deszczu gargulce uciekły i schowały się na strychu. Utrzymywały przy tym, że brzydota nie oznacza jeszcze głupoty.

Z nieba lały się potoki wody. Lały się rzeki. Lały się całe morza. Ale przede wszystkim lały się przez dach do Głównego Holu, gdzie pojedynek Babci i Cutangle'a pozostawił bardzo dużą dziurę w suficie. Treatle miał wrażenie, że w jakiś sposób deszcz pada na niego osobiście.

Stał na stole i kierował grupami studentów, którzy wynosili obrazy i cenne gobeliny, żeby ochronić je od przemoczenia. Musiał to być stół, ponieważ podłoga znajdowała się już kilka cali pod wodą.

Niestety, nie pod deszczówką. Ta woda miała prawdziwą osobowość, rodzaj zdecydowanego charakteru, jaki zyskuje woda po długiej podróży przez muliste okolice. Miała gęstość i barwę prawdziwej wody z Ankh – za mocnej, żeby ją pić, za rzadkiej, żeby orać.

Rzeka wyrwała się z brzegów i płynęła milionami strumyczków, zalewając piwnice i grając w chowanego pod kamieniami bruku.

Od czasu do czasu rozlegał się stłumiony huk, kiedy w zatopionym lochu następowało zwarcie w jakimś zapomnianym czarze, który wybuchowo oddawał energię. Treatle wcale nie był ciekaw, co oznaczają złowróżbne syki i bańki docierające na powierzchnię.

Raz jeszcze pomyślał, jak miło by mu się żyło, gdyby był magiem mieszkającym w małej jaskini gdzieś na uboczu, zbierającym zioła, pochłoniętym ważkimi myślami i rozumiejącym mowę sów. Tyle że prawdopodobnie jaskinia byłaby wilgotna, zioła trujące, a na dodatek Treatle nigdy nie był pewien, które myśli są naprawdę ważkie.

Zeskoczył niezgrabnie i ruszył po kolana w ciemnej, wzburzonej wodzie. Zrobił, co mógł. Próbował zorganizować starszych magów, żeby naprawili dach czarami, ale nastąpił ogólny spór co do zaklęć, jakich należy użyć. Zgodzono się tylko, że to robota dla murarzy.

Oto cali magowie, myślał ponuro, brnąc pod kapiącymi łukami. Zawsze sondują nieskończoność, a nie dostrzegają tego, co mają pod nosem, zwłaszcza w kwestii prac domowych. A tak było spokojnie, zanim pojawiła się ta kobieta.

Chlupiąc wspiął się na schody, oświetlone wyjątkowo imponującą błyskawicą. Żywił lodowatą pewność, że chociaż nikt nie mógł mieć do niego pretensji, i tak wszyscy będą mieli. Podciągnął skraj szaty i wyżął go z nieszczęśliwą miną. Po czym sięgnął po kapciuch z tytoniem.

Miał bardzo ładny kapciuch, zielony i wodoszczelny. To oznaczało, że cały ten deszcz, który przeniknął do wnętrza, nie mógł się już wydostać. Efekt był nie do opisania.

Znalazł swój zwitek bibułek. Skleiły się w jedną bryłę, jak przysłowiowy banknot znaleziony w tylnej kieszeni spodni po praniu, wirowaniu, suszeniu i prasowaniu.

– Niech to szlag! – zaklął z uczuciem.

– Hej tam! Treatle!

Treatle rozejrzał się. Jako ostatni wyszedł z holu, gdzie w tej chwili kilka ławek już zaczynało się unosić na wodzie. Leje i bańki powietrza znaczyły miejsca, gdzie magia sączyła się z piwnic... ale nikogo nie było widać.

Chyba że, oczywiście, przemówił któryś z posągów. Były za ciężkie, żeby je przenieść; Treatle przypomniał sobie, jak mówił studentom, że przyda im się porządna kąpiel.

Spojrzał teraz na ich surowe twarze i pożałował tego. Posągi bardzo potężnych magów miały czasem w sobie więcej życia, niż to wypada posągom. Może nie powinien mówić tak głośno...

– Słucham? – zaryzykował, wyraźnie czując na sobie kamienne spojrzenia.

– W górę, ty durniu!

Podniósł głowę. Miotła opadała ciężko w strugach deszczu, na przemian szarpiąc i nurkując. Jakieś pięć stóp nad wodą straciła ostatnie lotnicze pretensje i z głośnym pluskiem wpadła w środek wiru.

– Nie stój tam, ty idioto!

Treatle nerwowo wpatrywał się w ciemność.

– Przecież gdzieś muszę stać – zauważył.

– Chciałem powiedzieć, że masz nam pomóc – warknął Cutangle, wynurzając się z fal jak tłusta i zagniewana Wenus. – Pani pierwsza, ma się rozumieć.

Obejrzał się. Babcia szukała czegoś w wodzie.

– Zgubiłam kapelusz – wyjaśniła.

Cutangle westchnął.

– Czy to naprawdę ważne? W takiej chwili?

– Czarownica musi mieć kapelusz, bo inaczej kto ją rozpozna? – Babcia chwyciła szybko coś ciemnego i przesiąkniętego, co przepływało obok. Zaśmiała się tryumfalnie, wylała wodę i wsadziła sobie kapelusz na głowę. Stracił usztywnienie i opadał jej zawadiacko na jedno oko. – No dobrze – powiedziała głosem, który całemu wszechświatowi sugerował, żeby lepiej uważał.

Znowu jaskrawo zapłonęła błyskawica, co dowodzi, że nawet bogowie pogody mają silnie rozwinięte wyczucie efektu.

– Do twarzy pani – pochwalił Cutangle.

– Przepraszam bardzo – wtrącił Treatle. – Ale czy to nie ta ko...

– To nieistotne – przerwał mu Nadrektor, ujął Babcię za rękę i pomógł wspiąć się na schody. Mocno ściskał laskę.

– Przecież to wbrew tradycji, pozwolić ko...

Urwał zdumiony. Babcia przycisnęła dłoń do mokrej ściany obok drzwi. Cutangle postukał Treatle'a w pierś.

– A gdzie to jest napisane? – zapytał.

– Są w Bibliotece – przerwała mu Babcia.

– To było jedyne suche miejsce – wyjaśnił Treatle. – Ale...

– Ten budynek boi się burzy z piorunami – oznajmiła Babcia. – Można by go trochę pocieszyć.

– Ale tradycja... – powtarzał desperacko Treatle.

Babcia maszerowała już korytarzem, a Cutangle biegł truchtem za nią. Obejrzał się.

– Słyszałeś, co mówiła ta dama – rzucił.

Treatle rozdziawił usta i patrzył, jak odchodzą. Kiedy ucichł odgłos ich kroków, stał przez chwilę nieruchomo. Myślał o życiu i o tym, gdzie w swoim popełnił błąd.

Mimo wszystko nikt nie zarzuci mu nieposłuszeństwa.

Bardzo ostrożnie, nie wiedząc właściwie dlaczego, wyciągnął rękę i przyjaźnie poklepał ścianę.

– No no, już dobrze – powiedział.

To dziwne, ale poczuł się o wiele lepiej.

Cutangle'owi przyszło do głowy, że to on powinien na własnym terenie wskazywać drogę. Jednakże spiesząca się Babcia była nieosiągalna dla beznadziejnej ofiary nałogu nikotynowego. Dotrzymywał jej kroku podskakując trochę bokiem.

– Tędy – oznajmił, rozchlapując kałuże.

– Wiem. Budynek mi powiedział.

– A tak, właśnie chciałem o to zapytać. Ponieważ, widzi pani, do mnie nigdy się jakoś nie odezwał, a przecież mieszkam w nim od lat.

– A słuchałeś go kiedy?

– Nie, właściwie nie słuchałem – przyznał Cutangle. – Nie w sensie dosłownym.

– No właśnie – odparła Babcia, prześlizgując się obok wodospadu w miejscu, gdzie dawniej były kuchenne schody (pranie pani Whitlow już nigdy nie będzie takie jak dawniej). – Wydaje mi się, że trzeba tędy i prosto korytarzem. Tak?

Wyminęła trójkę magów, zaskoczonych jej obecnością i całkiem oszołomionych jej kapeluszem.

Cutangle biegł za nią sapiąc i dogonił przed drzwiami do Biblioteki. Chwycił ją za ramię.

– Proszę posłuchać – rzekł z naciskiem. – Bez urazy, panno... ee... pani...

– Myślę, że wystarczy Esmeralda. W końcu lecieliśmy na jednej miotle i w ogóle...

– Czy mogę wejść pierwszy, Esmeraldo? – poprosił. – To przecież moja Biblioteka.

Babcia obejrzała się, wyraźnie zdziwiona. Po chwili uśmiechnęła się.

– Oczywiście. Przepraszam.

– Dla zachowania pozorów – wyjaśnił Cutangle przepraszająco. I pchnął drzwi.

Biblioteka pełna była magów, którzy dbają o swoje książki tak samo jak mrówki dbają o jajeczka i podobnie jak one przenoszą je w chwilach zagrożenia. Woda dostała się nawet tutaj i przelewała się w dość nieoczekiwanych miejscach, a to z powodu dziwnych efektów grawitacyjnych Biblioteki. Opróżniono wszystkie dolne półki, a sztafeta magów i studentów układała tomy na wszystkich dostępnych stołach i suchych regałach. Powietrze wibrowało gniewnym szelestem stronic, zagłuszającym niemal dalekie odgłosy burzy.

Wszystko to najwyraźniej zaniepokoiło bibliotekarza, gdyż biegał od maga do maga, bez większych efektów szarpał ich za szaty i pokrzykiwał „uuk".

Zauważył Cutangle'a i podbiegł do niego szybko. Babcia nigdy jeszcze nie widziała orangutana, ale nie miała zamiaru się do tego przyznawać. Zachowała więc kamienny spokój w obecności małego, brzuchatego człowieczka z niewiarygodnie długimi rękami i półtora raza za dużą skórą.

– Uuk – wyjaśnił. – Uuk.

– Tak przypuszczałem – odparł krótko Cutangle i chwycił najbliższego maga, zgiętego pod ciężarem kilkunastu grimoire'ów. Ten zrobił minę, jakby zobaczył ducha, zerknął z ukosa na Babcię i upuścił księgi na podłogę. Bibliotekarz drgnął.

– Nadrektor? – wykrztusił mag. – Pan żyje? To znaczy... Słyszeliśmy, że został pan porwany przez... – Znów zerknął na Babcię. – To jest, myśleliśmy... Treatle mówił...

– Uuk! – zawołał bibliotekarz, zaganiając kartki z powrotem między okładki.

– Gdzie jest młody Simon i dziewczynka? Co z nimi zrobiliście? – zawołała groźnie Babcia.

– Oni... Ułożyliśmy ich, o tam. – Mag cofnął się trochę. – Ehm...

– Prowadź – rozkazał Cutangle. – I przestań się jąkać, człowieku! Można by pomyśleć, że w życiu nie widziałeś kobiety.

Mag nerwowo przełknął ślinę i z zapałem pokiwał głową.

– Oczywiście. I... to znaczy... Proszę za mną... um...

– Nie miałeś chyba ochoty wspominać o tradycji, co? – spytał Cutangle.

– Ee... Nie, Nadrektorze.

– To dobrze.

Biegli tuż za nim, wymijając zapracowanych magów, z których większość na widok Babci nieruchomiała.

– Sytuacja robi się krępująca – mruknął kącikiem ust Cutangle. – Będę musiał mianować cię honorowym magiem.

Babcia patrzyła prosto przed siebie, a jej wargi prawie się nie poruszyły.

– Spróbuj tylko – syknęła. – A mianuję cię honorową czarownicą.

Cutangle gwałtownie zacisnął usta.

Esk i Simon leżeli na stole w jednej z bocznych czytelni, pod opieką sześciu magów. Wszyscy odstąpili nerwowo, gdy nadeszła cała trójka i wlokący się z tyłu bibliotekarz.

– Myślałem – zaczął Cutangle – że może lepiej będzie dać laskę Simonowi. Jest w końcu magiem i...

– Po moim trupie – rzekła Babcia z mocą. – I twoim też. Z niego czerpią moc. Chcesz dać im więcej?

Cutangle westchnął. Podziwiał tę laskę. Była jedną z lepszych, jakie w życiu oglądał.

– Bardzo dobrze. Masz rację, oczywiście.

Pochylił się i ułożył laskę na ciele śpiącej Esk, po czym odstąpił i zamarł w dramatycznej pozie.

Nic się nie stało.

Jeden z magów zakaszlał nerwowo.

Nic nie stawało się nadal.

Rzeźbione wzory na lasce zdawały się uśmiechać złośliwie.

– To nie działa – mruknął Cutangle. – Prawda?

– Uuk.

– Dajmy jej trochę czasu – zaproponowała Babcia.

Dali jej trochę czasu. Na zewnątrz burza kroczyła przez miasto, próbując zrywać z domów pokrycia.

Babcia usiadła na stosie książek i przetarła oczy. Dłoń Cutangle'a jakby przypadkiem zabłądziła do kapciucha z tytoniem. Kolega wyprowadził z pokoju kaszlącego nerwowo maga.

– Uuk – powiedział bibliotekarz.

– Już wiem! – zawołała Babcia tak, że na pół gotowy skręt wystrzelił w deszczu tytoniowych okruchów z niezgrabnych palców Cutangle'a.

– Co?

– To nie wystarczy!

– Co?

– Esk nie może używać laski. – Babcia wstała.

– Ale sama mówiłaś, że zamiatała za nią podłogi, że ją ochraniała, że... – zaczął Cutangle.

– Nie nie nie – sprzeciwiła się Babcia. – To jedynie oznacza, że laska sama z siebie korzysta, albo wykorzystuje Esk, ale Esk sama nigdy nie będzie mogła jej użyć. Rozumiesz?

Cutangle wpatrywał się w dwa nieruchome ciała.

– Powinno jej się udać. To przecież prawdziwa laska maga.

– Więc ona jest prawdziwym magiem, tak?

Cutangle zawahał się.

– Nie, oczywiście, że nie. Nie możesz wymagać, żebyśmy mianowali ją magiem. Gdzie jest precedens?

– Co? – spytała Babcia ostrym tonem.

– Nic takiego jeszcze się nie zdarzyło.

– Wiele rzeczy jeszcze się nie zdarzyło. Rodzimy się tylko raz.

Cutangle spojrzał na nią błagalnie.

– Ale to wbrew t...

Zaczął już mówić „tradycji”, ale słowo zamarło mu na wargach nie dokończone.

– Kto to powiedział? – zapytała tryumfująco Babcia. – Gdzie jest powiedziane, że kobiety nie mogą być magami?

Przez głowę Cutangle'a przebiegały na przemian następujące myśli:

...To nie jest powiedziane gdzieś, to jest powiedziane wszędzie.

...Ale młody Simon twierdził chyba, że wszędzie jest całkiem podobne do nigdzie i właściwie trudno dostrzec jakąś różnicę.

...Czy chcę przejść do historii jako pierwszy Nadrektor, który dopuścił kobiety do studiów na Uniwersytecie? Ale... Przejdę do historii, to pewne.

...To naprawdę imponująca kobieta, kiedy stoi w takiej pozie.

...Laska ma własne pomysły.

...Jest w tym wszystkim pewien sens.

...Będą się ze mnie śmiali.

...To się nie może udać.

...To się może udać.

Nie mogła im ufać. Ale nie miała wyboru.

Spoglądała na pochylone nad sobą straszne pyski i dziwaczne ciała, litościwie okryte płaszczami.

Zamrowiły ją palce.

W świecie cieni idee są rzeczywistością. Ta myśl zdawała się płynąć w górę wzdłuż ramion.

Była to radosna myśl, myśl pełna entuzjazmu. Esk zaśmiała się, rozsunęła dłonie, a laska zabłysła między nimi jak zestalona iskra elektryczna.

Stwory zaćwierkały nerwowo, jeden czy drugi z tylnych szeregów niezgrabnie próbował się wycofać. Simon upadł do przodu, kiedy strażnicy puścili go nagle, i wylądował na czworaka w piasku.

– Użyj jej! – zawołał. – To jest to! Przestraszyły się!

Esk uśmiechnęła się do niego i nadal badała laskę. Po raz pierwszy mogła się przekonać, jak wyglądały rzeźbienia.

Simon porwał piramidę ze światem i podbiegł do niej.

– Dalej! – rzucił. – One tego nienawidzą!

– Słucham? – spytała Esk.

– Użyj laski – ponaglił ją Simon i sięgnął po nią. – Hej! Ona mnie ugryzła!

– Przepraszam. – Esk podniosła głowę i przyjrzała się wyjącym Stworom, jakby dopiero teraz je zobaczyła. – A, one... One istnieją tylko w naszych umysłach. Zniknęłyby, gdybyśmy przestali w nie wierzyć.

Simon rozejrzał się.

– Jakoś nie bardzo mnie to przekonuje – wyznał.

– Sądzę, że powinniśmy już wracać do domu. Będą się o nas martwić.

Złożyła dłonie i laska zniknęła. Przez moment tylko światło prześwitywało jej przez palce, jakby trzymała w nich świecę.

Stwory zaskowyczały. Kilka się przewróciło.

– Najważniejsze w magii jest to, jak jej nie używasz – wyjaśniła Esk, biorąc Simona pod rękę.

Z błogim uśmiechem patrzył na rozpadające się wokół formy.

– Nie używasz? – powtórzył.

– Tak. Sam spróbuj.

Wyciągnęła przed siebie ręce, stworzyła z powietrza laskę i podała mu. Simon chciał ją wziąć, ale cofnął dłoń.

– E... nie. Ona mnie chyba nie lubi.

– Nic ci nie zrobi, jeśli dam ci ją sama. Nie może się sprzeciwiać – uspokoiła go Esk.

– A gdzie ona znika?

– Staje się ideą siebie. Chyba.

Znowu wyciągnął rękę i zacisnął palce na gładkim drewnie.

– A teraz zobaczymy! – zawołał i uniósł ją w klasycznej pozie mściwego maga. – Teraz im pokażę!

– Nie. To błąd.

– Niby dlaczego błąd? Mam moc!

– One są... czymś w rodzaju naszego odbicia. Nie zdołasz pokonać własnego odbicia, zawsze jest tak samo silne jak ty. Dlatego ściągają do ciebie, kiedy używasz magii. I nie męczą się. Żywią się magią, dlatego magią nie można z nimi wygrać. Nie. Chodzi o to... To znaczy nie o to, żeby nie używać magii, bo się nie potrafi. To na nic. Ale nie używać magii, ponieważ się potrafi... To dopiero je złości. Nienawidzą takiej myśli. Gdyby ludzie zrezygnowali z magii, one by wyginęły.

Stwory przed nimi potykały się o siebie, próbując jak najszybciej usunąć się z drogi.

Simon popatrzył na laskę, na Esk, na Stwory, potem znowu na laskę.

– Trzeba to przemyśleć – stwierdził niepewnie. – Chętnie bym się tym zajął.

– Mam wrażenie, że uda ci się bez trudu.

– Uważasz, że prawdziwa moc polega na przejściu przez magię aż na drugą stronę?

– To działa, prawda?

Byli już sami na lodowatej równinie. Stwory majaczyły w oddali jak figurki z patyków.

– Zastanawiam się, czy nie na tym właśnie polega czarodzicielstwo – mruknął Simon.

– Nie wiem. Możliwe.

– Naprawdę chętnie się tym zajmę – powtórzył znowu Simon, obracając w dłoniach laskę. – Moglibyśmy zaplanować kilka eksperymentów, rozumiesz, świadomego nieużywania magii. Moglibyśmy bardzo starannie nie wykreślać na podłodze oktogramu, umyślnie niczego nie przywoływać i... na samą myśl jestem cały spocony.

– Ja wolę myśl o powrocie do domu – oświadczyła Esk, zaglądając do wnętrza piramidy.

– To właściwie moja idea świata. Powinienem znaleźć drogę. Jak ty to robisz?

Złożył ręce. Laska wśliznęła się między nie, przez sekundę światło jaśniało mu przez palce i zgasło. Uśmiechnął się.

– No dobrze. Teraz musimy tylko poszukać Uniwersytetu.

Cutangle odpalił trzeciego papierosa od niedopałka drugiego. Ten ostatni wiele zawdzięczał twórczej mocy zdenerwowania i przypominał wielbłąda z odciętymi nogami.

Nie tak dawno wszyscy widzieli, jak laska unosi się powoli nad Esk i ląduje na ciele Simona.

Teraz znowu płynęła w powietrzu.

Inni magowie przyszli to zobaczyć. Bibliotekarz siedział pod stołem.

– Gdybyśmy chociaż mieli pojęcie, co się właściwie dzieje – westchnął Cutangle. – To napięcie mnie dobija.

– Myśl pozytywnie – burknęła Babcia. – I zgaś tego przeklętego papierosa. Nię wyobrażam sobie, żeby ktoś chciał wracać do pokoju, gdzie śmierdzi jak w palenisku.

Jak jeden mąż wszyscy uczeni magowie spojrzeli wyczekująco na Cutangle'a.

Ten wyjął z ust tlący się zwitek i rozdeptał go obcasem z taką miną, że żaden z zebranych magów nie ośmielił się spojrzeć mu w oczy.

– Pora już chyba, żeby rzucić – stwierdził. – To dotyczy was wszystkich. Czasami cuchnie tu gorzej niż w smolarni.

I wtedy spojrzał na laskę. Wyglądała...

Niełatwo byłoby opisać ten efekt. Zdawało się, że laska pędzi gdzieś bardzo szybko, a równocześnie cały czas pozostaje w tym samym miejscu.

Strugi gazu strzelały z jej powierzchni i znikały... jeśli to był gaz. Jaśniała jak kometa, stworzona przez początkującego wykonawcę efektów specjalnych. Barwne iskry strzelały na wszystkie strony i gdzieś się kryły.

Zmieniała też kolor, od ciemnej czerwieni przez całe widmo aż do boleśnie jaskrawego fioletu. Węże białego ognia jarzyły się na całej jej długości.

(Powinno istnieć słowo na określenie słów, które brzmią tak, jak brzmiałyby różne rzeczy, gdyby wydawały dźwięk. Słowo „lśnić" naprawdę błyszczy oleiście, a gdyby szukać słowa brzmiącego dokładnie tak, jak wyglądają iskry pełgające po spalonym papierze, albo jak światła miast mogłyby pełznąć przez świat, gdyby całą cywilizację zmieścić w jednej nocy, wtedy nie ma nic lepszego od „jarzenia".)

Cutangle wiedział, co za chwilę nastąpi.

– Uważajcie – szepnął. – Zaraz wybuchnie.

W absolutnej ciszy – takiej, która wsysa i tłumi dźwięki – laska na całej długości rozbłysła czystą oktaryną.

Ósmy kolor, powstający w wyniku przejścia światła przez silne pole magiczne, prześwietlał ciała magów, półki z książkami i mury.

Inne barwy zamgliły się i zmieszały, jakby ta jasność była szklanką dżinu wylaną na akwarelowy obraz świata. Chmury nad Uniwersytetem zapłonęły, skręciły się w fascynujące i nieoczekiwane kształty, po czym pomknęły w górę.

Obserwator nad Dyskiem zobaczyłby, że niewielki skrawek lądu nad Okrągłym Morzem przez kilka sekund skrzy się jak klejnot i nagle gaśnie.

Ciszę w pokoju przerwał stuk laski upadającej na blat stołu.

– Uuk – odezwał się ktoś bardzo cicho.

Po chwili Cutangle przypomniał sobie, jak używać rąk i uniósł je do miejsca, gdzie zwykle miał oczy. Panowała kompletna ciemność.

– Czy... jest tu kto? – zapytał.

– Bogowie, nie wiecie nawet, jak się cieszę, że ktoś to powiedział – zawołał inny głos.

Ciszę wypełniły podniecone okrzyki.

– Jesteśmy wciąż tam, gdzie byliśmy?

– Nie wiem. A gdzie byliśmy?

– Chyba tutaj.

– Możesz wyciągnąć rękę?

– Nie, mój poczciwcze, dopóki nie będę całkiem pewna, czego dotknę – oznajmił niemożliwy do pomylenia z żadnym innym głos Babci Weatherwax.

– Niech każdy spróbuje coś złapać – nakazał Cutangle i zdusił wrzask, kiedy za kostkę chwyciły go palce przypominające ciepłą skórzaną rękawiczkę. Zabrzmiało pełne satysfakcji „uuk"; ten prosty dźwięk niósł ulgę, spokój i szczerą radość z kontaktu z innym człowiekiem, czy też – w danym przypadku – z innym antropoidem.

Coś szurnęło i zaraz potem cudownie błysnęło czerwienią. To jeden z magów na drugim końcu pokoju zapalił papierosa.

– Kto to zrobił?

– Przepraszam, Nadrektorze... To z przyzwyczajenia...

– Pal ile chcesz, człowieku.

– Dziękuję, Nadrektorze.

– Chyba widzę zarys drzwi – poinformował inny głos.

– Babciu...

– Tak, wyraźnie widzę...

– Esk?

– Tu jestem, Babciu.

– Czy ja też mogę zapalić?

– Jest z tobą ten chłopak?

– Tak.

– Uuk.

– Jestem tutaj.

– Co się dzieje?

– Natychmiast przestańcie gadać!

Zwykłe światło, jak powolna pieszczota dla oczu, spłynęło z powrotem do Biblioteki.

Esk usiadła, zrzucając laskę, która potoczyła się pod stół. Dziewczynka poczuła, że coś opada jej na czoło. Podniosła rękę.

– Chwileczkę! – Babcia podbiegła do niej, chwyciła za ramiona i uważnie spojrzała w oczy. – Witaj w domu – powiedziała i ucałowała ją mocno.

Esk sięgnęła do czoła i wymacała na głowie coś sztywnego. Zdjęła to, żeby się przyjrzeć.

Był to szpiczasty kapelusz, trochę mniejszy od Babcinego, ale za to jaskrawoniebieski, z wymalowanymi kilkoma srebrnymi gwiazdami.

– Kapelusz maga? – zdziwiła się.

Wystąpił Cutangle.

– No tak... – zaczął i odchrząknął. – Widzisz, postanowiliśmy... zdawało nam się... w każdym razie uznaliśmy...

– Jesteś magiem – rzekła z prostotą Babcia. – Nadrektor zmienił tradycję. Żadna sztuka, okazuje się.

– Gdzieś tu jest laska – przypomniał Cutangle. – Upadła chyba... Ojej.

Wstał z laską w ręku. Pokazał ją Babci.

– Zdawało mi się, że jest rzeźbiona – powiedział. – A ta wygląda jak zwykły kij.

To prawda. Laska wyglądała równie groźnie jak kawałek drewna na opał.

Esk obracała w dłoniach kapelusz z miną kogoś, kto rozwinąwszy przysłowiowe barwne opakowanie znajduje wewnątrz sole kąpielowe.

– Bardzo ładny – stwierdziła niepewnie.

– Tyle tylko umiesz powiedzieć? – zirytowała się Babcia.

– I szpiczasty – dodała Esk.

Nie wiadomo dlaczego będąc magiem wcale nie czuła się inaczej, niż kiedy jeszcze nim nie była.

Simon pochylił się do niej.

– Pamiętaj – szepnął. – Musisz zostać magiem, a dopiero potem możesz zajrzeć na drugą stronę. Sama to mówiłaś.

Z uśmiechem spojrzeli sobie w oczy.

Babcia obejrzała się na Cutangle'a. Mag wzruszył ramionami.

– Nie mam pojęcia – wyznał. – Co z twoim jąkaniem, chłopcze?

– Chyba minęło, proszę pana – odparł wesoło Simon. – Musiałem je gdzieś zostawić.

Rzeka wciąż była brunatna i wezbrana, ale przynajmniej znowu przypominała rzekę.

Jak na późną jesień było niezwykle ciepło. W całym dolnym Ankh-Morpork para unosiła się z tysięcy koców i dywanów, wystawionych do suszenia na słońce. Muł pokrywał ulice, co generalnie należy uznać za poprawę – imponująca miejska kolekcja zdechłych psów spłynęła do morza.

Para unosiła się również z posadzki werandy rezydencji Nadrektora i z imbryka herbaty na stoliku.

Babcia rozsiadła się w trzcinowym fotelu i pozwalała, by niezwykłe o tej porze roku ciepło rozgrzewało jej stopy. Obojętnie przyglądała się grupie miejskich mrówek, które od tak dawna żyły pod uniwersyteckimi brukami, że wysoki poziom magicznego tła doprowadził u nich do permanentnych zmian genetycznych. W tej chwili przenosiły wilgotną bryłkę cukru z cukiernicy na mały wózeczek. Inna grupa na brzegu stołu budowała wysięgnik z patyczków.

Babcię mógłby, ale nie musiał zainteresować fakt, że jedną z tych mrówek był Drum Billet, który postanowił w końcu dać Życiu jeszcze jedną szansę.

– Mówią – powiedziała – że jeśli znajdzie się mrówkę w Dzień Strzeżenia Wiedźm, zima będzie łagodna.

– Kto tak mówi? – zapytał Cutangle.

– Na ogół ludzie, którzy się mylą – odparła Babcia. – Notuję to w swoim „Almanachu", widzisz? Wszystko się zgadza. Większość rzeczy, w jakie wierzy większość ludzi, jest nieprawdziwa.

– Na przykład „nocą niebo czerwone, rankiem miasto spalone"? I że nie można starego psa nauczyć nowych sztuczek?

– Psy nie do tego chyba służą – mruknęła Babcia.

Bryłka cukru dotarła do wysięgnika. Para mrówek mocowała ją do mikroskopijnego wielokrążka.

– Nie rozumiem połowy z tego, co mówi Simon – wyznał Cutangle. – Chociaż niektórych studentów bardzo to ekscytuje.

– Ja tam rozumiem, co mówi Esk. Tyle że w to nie wierzę – oznajmiła Babcia. – Oprócz tego, że magom potrzebne jest serce.

– Mówi też, że czarownicom potrzebna jest głowa – przypomniał Cutangle. – Może maślaną bułeczkę? Obawiam się, że są trochę wilgotne.

– Powiedziała mi, że jeśli magia daje ludziom to, czego chcą, to rezygnacja z magii może dać im to, czego naprawdę potrzebują.

Dłoń Babci zawisła nad paterą.

– Simon też to powtarza. Nie pojmuję tego. Magia istnieje, żeby z niej korzystać, nie żeby ją magazynować. No dalej, nie odmawiaj sobie.

– Magia poza magią – parsknęła Babcia.

Wzięła bułeczkę i posmarowała ją dżemem. Po chwili namysłu posmarowała ją jeszcze bitą śmietaną.

Grudka cukru uderzyła o posadzkę. Natychmiast otoczyła ją kolejna grupa uniwersyteckich mrówek, gotowa zaprząc do pracy długi szereg schwytanych w ogrodzie mrówek czerwonych.

Cutangle zaczął wiercić się niespokojnie. Fotel zatrzeszczał.

– Esmeraldo – zaczął. – Chciałem cię zapytać...

– Nie – przerwała mu Babcia.

– Właściwie to chciałem powiedzieć, że moglibyśmy przyjąć na Uniwersytet jeszcze kilka dziewcząt. Na zasadzie eksperymentu. Jak tylko załatwimy sprawę kanalizacji.

– To już wasza sprawa, oczywiście.

– I... I... Wydawało mi się... Skoro mamy się chyba stać placówką koedukacyjną, pomyślałem, że może...

– Tak?

– Jak widziałabyś swoją karierę w... To znaczy, czy przyjęłabyś fotel...

Grudka cukru na rolkach z patyczków przejechała pod nim, do wtóru popiskiwania mrówek-poganiaczy na samej granicy słyszalności.

– Hmm... – mruknęła Babcia. – Właściwie, dlaczego nie? Zawsze chciałam mieć duży, wiklinowy, z takim małym daszkiem u góry. Jeśli nie sprawi wam to kłopotu...

– Nie całkiem o to mi chodziło – wyznał Cutangle i dodał pospiesznie: – Ale z pewnością da się to załatwić. Nie, mówiłem o fotelu kierownika katedry. To znaczy, czy zgodziłabyś się przyjeżdżać tu na wykłady dla studentów?

– O czym wykłady?

Cutangle nerwowo szukał jakiegoś tematu.

– O ziołach? – zaryzykował. – Nie bardzo znamy się tutaj na ziołach. I głowologii. Esk opowiadała mi o głowologii. Brzmi to fascynująco.

Bryłka cukru z ostatnim szarpnięciem zniknęła w szczelinie muru. Cutangle skinął głową w jej stronę.

– Bardzo lubią cukier – powiedział. – Nie mamy serca, żeby coś z tym zrobić.

Babcia zmarszczyła brwi i ruchem brody wskazała na majaczące w dali Ramtopy, przesłonięte zawieszoną nad miastem mgiełką.

– To daleko stąd – zauważyła. – Nie mogę ciągle podróżować tam i z powrotem. Nie w moim wieku.

– Moglibyśmy ci sprawić lepszą miotłę. Nie musiałabyś jej popychać, żeby wystartowała. Poza tym miałabyś tu mieszkanie. I tyle używanej odzieży, ile uniesiesz – dodał, uruchamiając swoją tajną broń. Przewidująco zainwestował sporo czasu w rozmowy z panią Whitlow.

– Hmm... – zastanowiła się Babcia. – Jedwab?

– Czerwony i czarny – zapewnił Cutangle.

Wizja Babci w czarnym i czerwonym jedwabiu przebiegła mu truchtem przez głowę; gwałtownie ugryzł bułeczkę.

– Moglibyśmy też na lato przysłać do twojej chatki kilku studentów – mówił dalej. – Na zajęcia terenowe.

– To znaczy jakie?

– Poza Uniwersytetem. Jestem przekonany, że wiele się tam nauczą.

Babcia pomyślała chwilę. Z pewnością wygódce przydałby się ogólny remont i to zanim wrócą upały. Kozia szopa na wiosnę wymaga solidnego czyszczenia. Okopywanie zagonów Ziół też jest ciężką pracą. Sufit w sypialni tylko wstyd przynosi i trzeba wymienić niektóre dachówki.

– Zajęcia praktyczne? – upewniła się.

– Absolutnie.

– Mhm... Dobrze, zastanowię się – obiecała, mgliście pamiętając, że na pierwszej randce nie należy posuwać się za daleko.

– Może wieczorem zjesz ze mną kolację i powiesz, co postanowiłaś? – zaproponował Cutangle. Oczy mu błyszczały.

– Co będziemy jeść?

– Zimne mięso i ziemniaki.

Pani Whitlow dobrze wykonała swoją pracę.

I tak się stało.

Esk i Simon pracowali nad stworzeniem nowej dziedziny magii, której nikt dokładnie nie rozumiał, ale którą mimo to wszyscy uważali za godną zainteresowania i w pewnym sensie uspokajającą.

Co może ważniejsze, mrówki wykorzystały cały cukier, jaki zdołały ukraść, do budowy niedużej piramidy w jednej z pustych ścian. Złożyły w niej zmumifikowane ciało martwej królowej. Na ścianach maleńkiej ukrytej komory grobowej wypisały owadzimi hieroglifami rozwiązanie zagadki długowieczności.

Rozwiązały ją prawidłowo. Ich odkrycie miałoby wielki wpływ na dalszy rozwój wszechświata, gdyby przy kolejnej powodzi woda znów nie zalała Uniwersytetu i nie zmyła piramidy bez śladu.